Amanda Hocking a toujours écrit des histoires. Elle a fini son premier roman à dix-sept ans. Puis elle en a écrit d'autres. Beaucoup d'autres. Elle a décidé d'autopublier l'une de ses séries, *De mon sang*, en livre numérique. Des blogueurs l'ont lue, adorée et chroniquée. Aujourd'hui, à vingt-sept ans, elle a vendu plus d'un million d'exemplaires dans le monde entier.
Amanda Hocking est très proche de ses lecteurs et communique sur tous les réseaux sociaux ainsi que sur son blog, où elle partage son expérience d'écrivain avec ses fans.
Trylle est sa deuxième trilogie publiée en France.

Échangée

Du même auteur, chez Castelmore :

De mon sang :
1. *De mon sang*
2. *Destinés*
3. *Troublée*
4. *Passionnée*

Trylle
1. *Échangée*

Amanda Hocking

TRYLLE

Tome 1 – Échangée

Traduit de l'anglais (États-Unis)
par Nenad Savic

CASTELMORE

Collection dirigée par Barbara Bessat-Lelarge

Loi n° 49-956 du 16 juillet 1949 sur les publications destinées à la jeunesse

Dépôt légal : mars 2014

ISBN : 978-2-36231-105-5

Castelmore
60-62, rue d'Hauteville – 75010 Paris
E-mail : info@castelmore.fr
Site Internet : www.castelmore.fr

Remerciements

Tout d'abord, je me dois de remercier mes lecteurs et mes amis blogueurs. Je l'ai déjà dit et je n'ai pas peur de le répéter : sans votre aide et vos encouragements, je ne serais jamais arrivée là où je suis aujourd'hui. J'aurais aimé vous remercier tous nommément, mais ce n'est évidemment pas possible. J'aimerais simplement dire un grand merci à tous ceux qui ont lu *Échangée*, qui en ont parlé à leurs amis, qui ont pris la peine de rédiger une chronique, un tweet, qui l'ont mentionné dans leur blog, qui l'ont *liké* sur Facebook. Merci mille fois !

Je tiens à remercier ma maman, ma supportrice numéro un, même dans mes projets les plus farfelus. Les mères de ce roman – à savoir Kim et Elora – ne sont pas du tout inspirées de ma propre mère ni de ma belle-mère. Ces dernières sont attentionnées, intelligentes, fortes, et m'ont toujours aimée, même lorsque je ne le méritais pas.

Je me dois également de remercier Eric Goldman, coloc et ami avec lequel j'entretiens une relation tout à fait platonique, seule personne au monde à tolérer mes nombreuses obsessions, le volume de ma voix, et le fait que je passe davantage de temps avec les personnages que je crée que dans la réalité.

Impossible d'oublier le reste de la clique – Fifi, Valerie, Greggor, Pete, Matthew, Bronson et Baby Gels. Je n'aurais pu trouver meilleurs amis dans tout l'univers. Sérieusement ! je ne comprends

toujours pas pourquoi vous avez accepté d'être mes potes, mais je vous en suis infiniment reconnaissante.
Le processus d'écriture que j'ai suivi m'a permis de rencontrer des écrivains fantastiques, dont la mafia des auteurs indépendants : Daniel Arenson, David Dalglish, David McAfee, Robert Duperre, Sean Sweeney, Mike Crane et Jason Letts. Non seulement ces personnes sont des auteurs extraordinaires (si vous n'avez pas encore lu leurs livres, vous devriez !) mais ils sont aussi drôles, intelligents, sacrément loyaux et incroyablement gentils. Ils m'ont bien aidée à garder la tête froide quand le monde devenait fou. Un grand merci à mon équipe de soutien : Stacey Wallace Benefiel et Jeff Bryan, et à tous ceux de Kindleboards.
Pour garder le meilleur pour la fin, je remercie mon équipe actuelle. On me demande souvent si je suis amère ou si j'ai du ressentiment envers les agents qui ont refusé mes manuscrits jusqu'ici, et à cela je réponds un « non » ferme. Ce n'était pas le bon moment, ou le bon endroit, et j'avais besoin de tous ces refus pour trouver le bon agent et le bon éditeur.
Dès le premier jour, mon agent, Steve Axelrod, a travaillé dur pour moi sur mes romans. J'oserai même dire qu'il est le meilleur agent sur la planète. Mon nouvel éditeur, St. Martin's Press, mon éditrice, Rose Hilliard, et le directeur éditorial, Matthew Shear, sont vraiment géniaux. Rose a cru en moi bien avant que je signe chez eux.
Et, enfin, je veux vous remercier de me lire. Sans le soutien de lecteurs tels que vous, je ne serais qu'une rêveuse. Vous êtes ceux qui faites de mes rêves une réalité au quotidien.

Pour Pete – membre de mon groupe, les Fraggin Aardvarks,
bon camarade et modèle de la couverture d'origine.

Prologue

Onze ans plus tôt

Cette journée fut remarquable à plus d'un titre : c'était mon sixième anniversaire, et ma mère tenait un couteau dans sa main. Non pas un petit couteau à steak, mais un gros couteau de boucher qui scintillait dans la lumière comme dans un mauvais film d'horreur. Car elle voulait me tuer.

J'essaie de me souvenir des jours qui ont précédé pour comprendre comment on a pu en arriver là, mais je n'ai aucun souvenir de ma mère avant cela. Je revois des images de ma petite enfance, y compris de mon père, mort quand j'avais cinq ans, mais pas d'elle.

Quand j'interroge mon frère Matt à son sujet, il me répond toujours des trucs du style : « Maman est complètement timbrée, et c'est tout ce que tu as besoin de savoir. » Comme il est mon aîné de sept ans, il se rappelle plus de choses que moi, mais il ne veut jamais m'en parler.

Quand j'étais petite, nous vivions dans les Hamptons, et ma mère consacrait ses journées à ses loisirs. Elle employait une nounou à plein-temps pour s'occuper de moi ; toutefois, la veille de mon anniversaire, celle-ci nous avait quittés à cause d'une urgence familiale. Ma mère et moi nous retrouvâmes donc toutes les deux pour la première fois de notre vie, ce qui ne nous faisait pas plus plaisir à l'une qu'à l'autre.

Je n'avais pas envie qu'on m'organise une fête. J'aimais les cadeaux, bien sûr, mais je n'avais pas de copines. Les invités étaient des amies de ma mère, venues avec leurs sales gamins snobinards. Maman avait prévu un goûter de princesse. Cela ne me disait rien, mais ne nous avait pas empêchés, Matt, la bonne et moi, de passer la matinée en préparatifs.

Le temps que les invités arrivent, j'avais déjà retiré mes chaussures et arraché les rubans de mes cheveux. Ma mère débarqua pendant l'ouverture des cadeaux, embrassant la scène de son regard de glace.

Ses cheveux blonds étaient tirés en arrière, son rouge à lèvres couleur sang accentuant la pâleur de son teint. Elle était vêtue de la robe de chambre en soie rouge de mon père, comme tous les jours depuis sa mort, et portait un collier et des escarpins noirs, s'imaginant sans doute qu'ils rendraient son accoutrement plus approprié.

Personne ne fit de commentaire, car tout le monde était occupé à regarder mon numéro. Je me plaignais de tous mes cadeaux – poupées, poneys et autres avec lesquels je ne jouerais jamais.

Ma mère entra dans la pièce et se faufila discrètement entre les invités jusqu'à moi. Je venais de déchirer un papier orné de nounours roses et de déballer une énième poupée en porcelaine. Au lieu d'exprimer ma gratitude, je commençai à critiquer ce cadeau stupide.

Sans me laisser le temps de terminer mon monologue, ma mère me gifla sèchement.

— Tu n'es pas ma fille, assena-elle d'un ton froid.

La joue brûlante, je la regardai sans comprendre.

La bonne se hâta de faire reprendre les festivités, mais l'esprit de ma mère s'était mis en branle pour ne plus s'arrêter. Elle pensait certainement ce qu'elle avait dit sur le moment, à la façon d'une mère agacée par une gamine odieuse. Mais plus elle y pensait, et plus cela lui semblait évident.

Après plusieurs heures de caprices similaires de ma part, quelqu'un décida qu'il était temps de manger le gâteau. Comme celui-ci tardait à arriver, je me rendis dans la cuisine pour voir où en était ma mère. D'ailleurs, pourquoi était-elle partie chercher le gâteau à la place de la bonne, bien plus maternelle ?

Un gros gâteau au chocolat décoré de fleurs roses trônait sur l'îlot central. Derrière celui-ci, ma mère disposait les parts qu'elle coupait avec un énorme couteau dans de minuscules soucoupes. Des mèches échappées de sa pince à cheveux lui pendillaient sur le visage.

— Du chocolat ? demandai-je en plissant le nez comme elle mettait dans une soucoupe un triangle parfait.

— Oui, Wendy, tu aimes le chocolat, m'informa-t-elle.

— Non, j'aime pas ça ! protestai-je, les bras croisés sur la poitrine. Je déteste le chocolat ! Je n'en mangerai pas, et tu ne me forceras pas !

— Wendy !

L'extrémité couverte de glaçage du couteau était pointée dans ma direction, mais je n'avais pas peur. Sinon les choses se seraient peut-être passées différemment. Mais non, j'étais partie pour faire une nouvelle crise.

— Non, non, non ! C'est mon anniversaire, et je ne veux pas de chocolat ! criai-je en tapant du pied aussi fort que je le pouvais.

— Tu ne veux pas de chocolat ? répéta ma mère en fixant sur moi son grand regard bleu incrédule.

Une lueur de folie nouvelle scintillait dans ses yeux. Cette fois, j'avais peur.

— Quel genre d'enfant es-tu, Wendy ? poursuivit-elle en contournant lentement l'îlot central, le couteau soudain menaçant. En tout cas, tu n'es pas *mon* enfant. Qu'est-ce que tu es, Wendy ?

Sans la lâcher des yeux, je fis plusieurs pas en arrière. On aurait dit une folle. Sa robe de chambre s'était ouverte, révélant ses fines clavicules et la combinaison noire qu'elle portait en dessous. Elle s'avança en pointant le couteau droit sur moi. J'aurais dû crier ou m'enfuir, mais je restai figée sur place.

— J'attendais un enfant, Wendy, mais ce n'était pas toi ! Où est mon enfant ? (Ses yeux s'emplirent de larmes, tandis que je secouais la tête.) Tu l'as tué, c'est ça ?

Elle se jeta sur moi en me sommant de lui dire ce que j'avais fait de son bébé. Je l'esquivai juste à temps, mais elle m'accula dans un coin. Je me collai contre des placards. Elle ne semblait pas disposée à me laisser lui échapper.

— Maman ! cria Matt, à l'autre bout de la pièce.

Ma mère cligna plusieurs fois des yeux, reconnaissant la voix de son fils aimé. Pendant un instant, je crus que cela l'arrêterait, au lieu de quoi elle leva son couteau, se rendant compte qu'elle n'avait plus beaucoup de temps.

Matt lui sauta dessus, mais ne put l'empêcher de transpercer ma robe et de m'entailler le ventre. Mon sang imbiba mes vêtements et je me mis à sangloter, hystérique, comme la douleur se propageait dans mon corps. Ma mère tenta de résister à Matt, refusant de lâcher le couteau.

— Elle a tué ton frère, Matthew ! insista-t-elle en fixant sur lui un regard halluciné. C'est un monstre ! Nous devons l'arrêter !

1

À LA MAISON

Je bavai sur mon pupitre et ouvris les yeux au moment où M. Meade claquait un manuel contre son bureau. Je ne fréquentais ce lycée que depuis un mois, mais j'avais rapidement appris que c'était sa manière favorite d'interrompre les petites siestes que je m'autorisais pendant ses cours d'histoire. J'avais beau faire mon possible pour rester éveillée, sa voix monocorde ne manquait jamais de me plonger dans un profond sommeil.

— Mademoiselle Everly ? tonna M. Meade. Mademoiselle Everly ?

— Hein ?

Je relevai la tête en essuyant discrètement ma salive et en priant pour que personne ne m'ait vue baver. Heureusement, la plupart des élèves ne faisaient pas attention à moi, à part Finn Holmes. C'était le petit nouveau, arrivé une semaine plus tôt. Chaque fois que je me retournais, je le surprenais à me regarder sans retenue, à me dévisager avec aplomb, comme si c'était parfaitement normal.

Finn était calme et silencieux, et je n'avais toujours pas entendu le son de sa voix, alors que nous avions quatre cours en commun. Ses cheveux étaient plaqués en arrière et assortis à ses yeux noirs. Il avait les traits fins, mais son étrangeté m'empêchait de le trouver mignon.

— Désolé de troubler votre sommeil, mademoiselle, dit M. Meade en se raclant la gorge pour attirer mon attention.

— Il n'y a pas de mal, répondis-je.

— Que diriez-vous de descendre rendre une petite visite à monsieur le proviseur ?

Je lâchai un grognement.

— Peut-être trouvera-t-il une solution pour vous maintenir éveillée durant mes cours, qu'en pensez-vous ?

— Mais je suis réveillée, insistai-je.

— Tout de suite ! tonna M. Meade en désignant la porte, comme si j'avais besoin qu'on me rappelle son emplacement.

Je le regardai fixement et, en dépit de la sévérité de son regard gris, je sus qu'il se dégonflerait facilement. *Je n'ai rien à faire dans le bureau du proviseur*, répétai-je en esprit. *Vous n'avez aucune envie de m'envoyer en bas. Laissez-moi rester en classe.* En quelques secondes, son visage se détendit et son regard devint vitreux.

— Bon, vous pouvez rester, dit-il d'une voix incertaine. (Il secoua la tête pour chasser le voile qui lui obstruait la vue.) Mais la prochaine fois vous irez directement au bureau du proviseur, mademoiselle.

Après quelques secondes de flottement, il reprit le cours de sa leçon d'histoire.

Je n'étais pas certaine de comprendre ce que je venais de faire – je m'efforçai d'ailleurs de ne pas trop y penser, n'étant pas sûre de vouloir nommer cette capacité. Il y avait environ un an de cela, j'avais découvert que je pouvais obliger les gens à faire ce que je voulais, à condition d'y penser très fort et de les regarder fixement.

C'était extraordinaire, mais j'évitai autant que possible de recourir à ce talent. En partie parce que je me trouvais folle de me croire capable de ce genre de prodige, même si cela fonctionnait chaque fois. Mais aussi – et peut-être surtout – parce que je n'aimais pas cela. J'avais l'impression d'être une manipulatrice, d'être sale.

M. Meade se remit à parler, et je suivis son cours consciencieusement, me concentrant plus que d'habitude pour oublier mon sentiment de culpabilité. Je m'en voulais de lui avoir fait cela, mais il était hors de question que je me retrouve devant le proviseur. Je venais tout juste d'être fichue à la porte de mon ancien lycée, obligeant mon frère et ma tante à déménager et à changer de vie pour nous rapprocher de ma nouvelle école.

J'avais vraiment fait de mon mieux, la dernière fois, mais la fille du conseiller principal d'éducation avait pris un malin plaisir à me pourrir l'existence. Comme ses provocations et ses plaisanteries de mauvais goût n'avaient pas suffi, elle avait fini par me coincer dans les toilettes, m'insultant copieusement, me traitant de tous les noms. Alors, n'y tenant plus, je l'avais frappée.

Le CPE m'avait renvoyée sans me laisser une seconde chance. Parce que j'avais agressé physiquement sa gamine, mais pas seulement. J'avais toujours droit à un traitement de faveur ; on ne faisait jamais preuve d'indulgence avec moi.

Une fois le cours terminé, je fourrai mes livres dans mon sac et me hâtai de filer ; je n'aimais pas m'attarder après avoir joué avec l'esprit de quelqu'un. M. Meade avait encore le temps de changer d'avis et de m'envoyer chez le proviseur, aussi fonçai-je vers mon casier.

Des autocollants colorés décoraient les placards défoncés, encourageant les élèves à participer aux soirées-débats, à auditionner pour le club de théâtre et à ne pas manquer le bal

« semi-formel » de vendredi. J'aurai aimé savoir ce que pouvait bien vouloir dire « semi-formel » dans un établissement public, mais pas au point de poser la question à quelqu'un.

J'ouvris mon casier pour ranger mes manuels et en prendre d'autres. Je n'eus pas besoin de me retourner pour savoir que Finn était derrière moi. Je regardai furtivement par-dessus mon épaule et le vit qui buvait à une fontaine.

Soudain, il se redressa et croisa mon regard. Comme s'il avait senti ma présence, lui aussi.

Ses yeux rivés sur moi me firent une peur bleue. Depuis une semaine, j'avais évité toute confrontation, m'accommodant de ses regards, mais cette fois c'en était trop. C'était lui qui se comportait de façon indécente, pas moi. Et puis je ne risquais pas de m'attirer des ennuis en allant lui parler, non ?

— Eh ! lançai-je en claquant la porte de mon casier. (Je rajustai les sangles de mon sac et traversai le hall pour le rejoindre.) Pourquoi tu me regardes comme ça ?

— Parce que tu te tiens devant moi, répondit-il simplement.

Ses yeux encadrés par des cils noirs ne trahissaient aucun embarras. C'était vraiment déconcertant.

— Tu n'arrêtes pas de me regarder, persistai-je. C'est carrément bizarre. *Tu* es bizarre.

— Je n'aspire pas spécialement à être comme les autres.

— Pourquoi est-ce que tu me dévisages tout le temps ?

Faute de réponse satisfaisante, je m'étais contentée de reformuler ma question initiale.

— Ça te dérange ?

— Réponds à ma question, s'il te plaît.

Je me tenais plus droite que jamais dans l'espoir de rendre ma présence imposante et de dissimuler le fait qu'il me fichait la trouille.

— Tout le monde te regarde, dit-il d'un ton calme. Tu es super mignonne.

Cela sonnait comme un compliment, même si sa voix était totalement dépourvue d'émotion. Je me demandai s'il se moquait de la fille prétentieuse que je n'étais pas ou s'il se contentait d'exprimer un fait. Était-ce de la flatterie ou de la moquerie ? ou bien tout autre chose ?

— Personne ne me regarde autant que toi, poursuivis-je d'une voix aussi neutre que possible.

— Si ça t'embête, je tâcherai d'arrêter, proposa-t-il.

Ça devenait délicat. Lui demander d'arrêter reviendrait à admettre qu'il m'avait déstabilisée, ce que j'aurais préféré éviter. Toutefois, si je mentais, si je le laissais continuer, il n'abandonnerait pas son manège.

— Je ne t'ai pas demandé d'arrêter, je t'ai demandé pourquoi tu me regardais, le corrigeai-je.

— Et je t'ai répondu.

— Non, rétorquai-je en secouant la tête. Tu m'as dit pourquoi tout le monde me regardait, et pas pourquoi toi tu le fais.

Le coin de sa bouche se souleva en un sourire moqueur de façon quasi imperceptible. Je l'amusais, semblait-il, mais ce n'était pas tout. Il paraissait satisfait, comme si je venais de réussir un genre de test.

Mon estomac se retourna d'une manière inédite. J'avalai ma salive avec difficulté en espérant chasser cette sensation désagréable.

— Je te regarde parce que je ne peux pas m'en empêcher, répondit-il finalement.

Abasourdie, j'essayai désespérément de trouver quelque chose d'intelligent à dire, mais mon esprit refusait de fonctionner.

Me rendant compte que j'étais bouche bée, ressemblant à une écolière subjuguée, je me hâtai de me reprendre.

— C'est un peu flippant, lâchai-je d'une voix faiblarde à défaut d'accusatoire.

— J'essaierai d'être un peu moins flippant à l'avenir, promit-il.

Je l'avais accusé d'être flippant, et cela ne lui avait rien fait. Il ne bredouilla aucune excuse, ne s'empourpra pas. Il continua de me regarder comme si de rien n'était. J'avais apparemment affaire à un sociopathe et, pour une raison que je ne m'expliquais pas, cela me plaisait.

Tandis que je me creusais les méninges pour trouver une réplique spirituelle, la cloche sonna, mettant un terme à ma piètre prestation. Finn hocha la tête et fila pour ne pas être en retard à son prochain cours, un des rares que, par chance, nous n'avions pas en commun.

Fidèle à sa parole, Finn s'efforça de ne pas être flippant jusqu'à la fin de la journée. Chaque fois que je me tournai vers lui, il était occupé à quelque chose d'inoffensif et ne me regardait pas. J'avais toujours la sensation qu'il avait le regard fixé sur moi lorsque j'avais le dos tourné, mais je ne pouvais pas le prouver.

Lorsque sonna la fin de la journée, à 15 heures, j'essayai de sortir la première. Mon frère Matt venait me chercher devant le lycée – en attendant de trouver un boulot – et je ne voulais pas le faire attendre. Et puis, surtout, il n'était pas question que je recroise Finn Holmes.

Je fonçai vers le parking situé en bordure de la pelouse en cherchant du regard la Prius de Matt et en rongeant sans m'en rendre compte l'ongle de mon pouce. J'avais un sentiment bizarre, comme un frisson me parcourant le dos. Je me retournai, m'attendant à moitié à découvrir Finn Holmes derrière moi, mais il n'y avait personne.

Je tentai de me reprendre, mais mon cœur continua à battre la chamade. Ce n'était pas juste ce garçon qui m'angoissait ; il y avait quelque chose de plus sinistre derrière tout cela. Les yeux dans le vague, j'essayais de comprendre ce qui m'arrivait, lorsqu'un puissant coup de Klaxon me fit sursauter. Matt était garé à quelques voitures de là et me regardait par-dessus ses lunettes de soleil.

J'ouvris la portière et sautai dans la Prius.

— Désolée.

Mon frère me regarda longuement.

— Quoi ? demandai-je.

— Tu as l'air nerveuse. Il s'est passé quelque chose ?

Je soupirai. Matt prenait un peu trop au sérieux son rôle de grand frère.

— Non, rien. J'en ai juste marre de l'école, expliquai-je pour clore la conversation. Rentrons à la maison.

— Ceinture, ordonna-t-il.

J'obtempérai. Matt avait toujours été calme et réservé, pesant le pour et le contre avant de prendre la moindre décision. Il était tout mon contraire, en somme – enfin presque, car nous étions tous les deux plutôt petits. Alors que mon visage, joli et féminin, était surplombé d'une masse sauvage de boucles brunes coiffées en un chignon lâche, le sien, éclairé par les yeux bleus de maman, était surmonté d'une coiffure couleur sable toujours impeccable. Il n'était pas excessivement musclé, quoique très athlétique et costaud, car il faisait beaucoup d'exercice. Doté d'un solide sens du devoir, il voulait être assez fort pour nous protéger contre tout.

— Alors, ça marche comment, le lycée ? me demanda-t-il.

— Comme sur des roulettes. C'est génial. Merveilleux.

— Tu penses avoir ton bac cette année ?

Matt ne jugeait plus mes performances scolaires depuis bien longtemps. En réalité, il se fichait pas mal que j'obtienne mon diplôme ou non.

— Qui sait ? répondis-je dans un haussement d'épaules.

Où que j'aille, c'était la même histoire : mes camarades de classe me rejetaient avant même que j'aie eu le temps de dire « ouf » ou de faire une bêtise. Apparemment, il y avait un truc de bizarre en moi, et tout le monde le savait. Malgré mes efforts, je n'étais jamais acceptée. Évidemment, je me défendais comme je pouvais... Les proviseurs et le CPE n'étaient jamais longs à me mettre dehors ; sans doute voyaient-ils en moi la même chose que les élèves.

Je n'étais tout simplement pas à ma place.

— Je te préviens, Maggie prend ça très au sérieux, poursuivit Matt. Elle s'est mis dans la tête que tu aurais ton bac cette année, et dans ce lycée.

— Génial, soupirai-je.

Si Matt se fichait pas mal de ma scolarité, ce n'était pas le cas de tante Maggie. Et comme elle était ma tutrice légale, son avis comptait davantage.

— Elle a prévu quoi, pour me pourrir la vie ?

— De t'envoyer au lit de bonne heure ! m'informa Matt avec un sourire suffisant.

Comme si m'envoyer au lit plus tôt pouvait m'empêcher d'être impliquée dans des disputes et des bagarres.

— J'ai presque dix-huit ans ! protestai-je. Qu'est-ce qu'elle s'imagine ?

— Tu auras dix-huit ans dans quatre mois, me corrigea-t-il sèchement en serrant plus fort le volant.

J'avais beau lui soutenir le contraire, le pauvre était persuadé que j'attendais ma majorité pour m'enfuir.

— Ouais, si tu veux, concédai-je. Alors, tu lui as répondu qu'elle était complètement folle ?

— Je me suis dit que tu t'en chargerais toi-même, contra-t-il.

— Tu as trouvé du boulot ? m'enquis-je avec méfiance.

Matt secoua la tête. Durant l'été, il avait effectué un stage chez un grand architecte. Il n'avait pas du tout rechigné à emménager dans une ville sans avenir pour un jeune architecte prometteur, mais je ne pouvais m'empêcher de me sentir un peu coupable.

— C'est une jolie ville, dis-je en regardant par la fenêtre.

Nous approchions de notre nouvelle maison, perdue dans une rue ordinaire au milieu de nombreux érables et ormes. D'accord, c'était une petite bourgade ennuyeuse, mais je m'étais promis d'en profiter au maximum. Je le souhaitais vraiment. Pas question que je déçoive Matt une nouvelle fois.

— Tu vas vraiment essayer de réussir ici ? me demanda-t-il en se tournant vers moi.

Nous venions de nous garer dans l'allée à côté de la maison victorienne couleur beurre que Maggie avait achetée le mois dernier.

— J'essaie déjà, me défendis-je dans un sourire. J'ai parlé à un type, aujourd'hui. Il s'appelle Finn.

Bon, je ne lui avais parlé qu'une fois, et on ne pouvait pas vraiment dire que c'était un ami, mais il fallait bien que je dise quelque chose à Matt.

— Voyez-vous ça ! lança-t-il en coupant le contact et en me considérant avec un amusement voilé. À peine arrivée, et elle se fait déjà des amis.

— Et toi, tu en as combien, d'amis ? contre-attaquai-je.

Il secoua la tête et sortit de la voiture. Je le suivis rapidement.

— C'est bien ce que je pensais…

— J'avais des amis, avant, rétorqua-t-il avant d'entrer par la porte latérale. J'allais à des soirées, j'avais des copines, tout ça.

— C'est ce que tu dis.

Je me débarrassai de mes chaussures en entrant dans la cuisine encore pleine de cartons. À force de déménager, nous étions fatigués de tout déballer, aussi avions-nous tendance à vivre au milieu des boîtes.

— Perso, je n'ai vu qu'une seule de tes soi-disant copines, ajoutai-je.

— Évidemment, quand elle est venue à la maison, tu as mis le feu à sa robe ! Celle qu'elle portait ! lança Matt en retirant ses lunettes de soleil pour me lancer un regard sévère.

— Arrête un peu, c'était un accident, et tu le sais très bien.

— Tu parles.

Il ouvrit le réfrigérateur.

— Il y a quelque chose d'intéressant, là-dedans ? demandai-je en m'asseyant sur l'îlot central. Je suis affamée.

— Il n'y a probablement rien pour toi, répondit Matt en commençant à fouiller.

Il avait raison, évidemment. Tout le monde savait que j'étais très difficile. Sans être cent pour cent végétarienne, je détestais la plupart des aliments qui contenaient de la viande ou des produits chimiques. C'était étrange et très énervant pour les gens qui devaient me préparer mes repas.

Maggie apparut dans l'encadrement de la porte, ses cheveux blonds maculés de gouttelettes de peinture. Sa combinaison couverte de taches multicolores était là pour me rappeler nos déménagements passés. Voyant qu'elle avait les mains sur les hanches, Matt ferma la porte du réfrigérateur pour lui faire face.

— Vous étiez censés m'appeler avant de rentrer. Pour me prévenir…

— Eh bien, ça y est, on est là.

Maggie leva les yeux au ciel et se tourna vers moi.

— Alors, le lycée ? me demanda-t-elle.

— C'était bien. Je fais des efforts.

— J'ai déjà entendu ça, il me semble, remarqua Maggie avec méfiance.

Je détestais quand elle me regardait comme cela, mais je me détestais aussi de l'avoir tellement déçue. Elle avait tant fait pour moi, et elle ne me demandait qu'une chose : *essayer* de réussir à l'école. Cette fois-ci, je ferais en sorte d'y arriver.

— Euh… oui… c'est vrai, mais… (Du regard, je cherchai l'aide de Matt.) J'ai promis à Matt. Et puis je me suis fait un ami.

— Elle a parlé à un type, un certain Finn, intervint Matt pour corroborer mes dires.

— Tu veux dire un… garçon ? insista Maggie avec un sourire trop large à mon goût.

L'idée qu'il puisse y avoir quelque chose entre Finn et moi n'avait pas traversé l'esprit de Matt, qui se raidit soudain, me scrutant d'un regard intense. Heureusement pour lui, cette idée ne m'avait pas non plus traversé l'esprit.

— Non, non, protestai-je en secouant la tête. C'est un garçon, oui. Enfin, je ne sais pas. Il a l'air sympa.

— Sympa ? s'extasia Maggie. C'est un bon début ! En tout cas, c'est mieux que l'autre anarchiste avec un tatouage sur le visage.

— Ce n'était pas mon ami. Je lui ai juste piqué sa mobylette. Pendant qu'il était dessus, d'ailleurs.

Dire que personne n'avait cru à mon histoire… C'est à cette occasion que j'avais découvert ma capacité à forcer les gens à m'obéir. J'étais en train de me faire la réflexion que j'avais vraiment envie de cette mobylette. Je le regardais, et lui, il m'écoutait, alors que je ne parlais pas. L'instant d'après, j'enfourchais la mobylette et je partais avec.

— On dirait que c'est un nouveau départ pour nous, hein ?

Maggie avait du mal à contenir son excitation. Ses yeux bleus s'emplissaient de larmes de joie.

— Wendy, c'est formidable ! poursuivit-elle. On va pouvoir s'installer ici pour de bon, avoir un chez-nous !

J'espérais qu'elle avait raison, même si je n'étais pas aussi optimiste qu'elle. J'avais tellement besoin de me sentir chez moi quelque part.

2

If You Leave

À la grande joie de Maggie, notre nouvelle maison était pourvue d'un grand jardin potager. Matt et moi étions beaucoup moins emballés qu'elle. J'adorais la nature et les grands espaces, mais de là à aimer le travail manuel…

L'automne s'installait, et Maggie voulait à tout prix que nous nettoyions le jardin de sa végétation morte pour préparer les semis du printemps. Elle utilisait des mots comme « motoculteur » et « paillis » ; j'ignorais de quoi il s'agissait, mais j'espérais que Matt se chargerait du boulot. Quand il y avait du travail, la plupart du temps je me contentais de tendre les outils à Matt et de lui tenir compagnie.

— Quand est-ce que tu sors le motoculteur ? demandai-je à Matt tandis qu'il arrachait des genres de plantes grimpantes.

On aurait dit de la vigne, mais rien n'était moins sûr. Pendant qu'il s'activait, mon boulot consistait à tenir près de lui une brouette pleine de déchets.

— Nous n'avons pas de motoculteur, lança-t-il en jetant des plantes mortes dans la brouette. Tu pourrais m'aider, tu sais ? Tu n'es pas obligée de tenir ce truc tout le temps.

— Je prends mon travail très au sérieux. Pas question que j'arrête.

Il leva les yeux au ciel, grommela, mais je fis la sourde oreille. Une douce brise d'automne se mit à souffler. Je fermai les yeux et inspirai profondément. L'atmosphère sentait bon le maïs fraîchement coupé, l'herbe et les feuilles humides. Un carillon tinta quelque part, tout près, me faisant penser à l'arrivée prochaine de l'hiver – l'hiver qui emporterait tout cela.

Je profitais de ce moment, goûtant sa perfection, lorsque quelque chose y mit brusquement un terme. Comme un sentiment étrange. Je sentis mes poils se hérisser sur mes bras. L'air se refroidit soudain, et je sus qu'on nous observait.

Je jetai un regard circulaire sur le jardin, essayant de voir de qui il s'agissait, et cette crainte étrange me submergea. Il y avait une clôture dans le fond et deux haies épaisses de part et d'autre de la maison. Je les scrutai, à l'affût d'une silhouette dissimulée ou d'une paire d'yeux. Je ne vis rien du tout, mais ma sensation ne se dissipa pas.

— Tu ferais mieux d'enfiler des chaussures, dit Matt, m'arrachant à mes pensées. (Il se redressa et s'étira.) Wendy ?

— Ça va, répondis-je d'un air absent.

Je crus voir quelque chose bouger sur le côté de la maison et m'éloignai de Matt. Mon frère m'appela, mais je ne lui répondis pas. Je contournai la bâtisse et m'arrêtai net. Finn Holmes se tenait sur le trottoir ; bizarrement, il ne me regardait pas. Il avait les yeux fixés sur la rue, sur quelque chose que je ne pouvais pas voir.

Si étrange que cela puisse paraître, dès que je l'eus découvert, mon anxiété commença à se dissiper. J'aurais dû me dire qu'il était responsable de mon malaise, puisqu'il ne cessait pas de m'espionner, mais non. Il n'était pour rien dans la sensation qui m'avait étreinte dans le jardin. J'étais toujours très gênée quand il me regardait, au lycée, mais là… j'avais la chair de poule.

Subitement, Finn se tourna dans ma direction. Le visage n'exprimant aucun sentiment, comme à son habitude, il posa ses yeux noirs sur moi pendant quelques secondes, puis, sans un mot, s'en fut d'un air décidé.

—Wendy, qu'est-ce qu'il y a ? demanda Matt en me rejoignant.

—J'ai cru voir quelque chose, répondis-je en secouant la tête.

—Ah… ? (La mine inquiète, il me dévisagea longuement.) Tu te sens bien ?

—Ouais. Je vais bien, le rassurai-je en me forçant à sourire et en retournant dans le jardin. Allez, viens. On a encore pas mal de boulot à faire si je veux avoir une chance d'aller à ce bal.

—Tu as toujours envie d'y aller ? grimaça Matt.

Parler de cette soirée à Maggie avait peut-être été la plus mauvaise idée de ma vie, qui n'était qu'une succession de mauvaises idées. Je ne voulais pas vraiment y aller mais, dès qu'elle en avait entendu parler, Maggie avait décidé qu'il s'agissait de la nouvelle du siècle. Je n'étais encore jamais allée à un bal, et elle était tellement excitée que je n'avais pas eu le cœur de la contredire.

La fête commençant à 19 heures, elle pensait avoir le temps de finir de peindre la salle de bains. Matt avait émis des réserves – surtout liées à mes relations hypothétiques avec le sexe opposé –, mais Maggie l'avait rapidement fait taire avant de l'envoyer travailler dans le jardin pour ne pas l'avoir dans les pattes toute la journée. Matt avait obtempéré car il avait conscience que, cette fois, Maggie serait inébranlable.

Malgré les efforts de Matt pour nous ralentir, nous terminâmes assez rapidement et je pus rentrer pour me préparer. Offrant suggestions et conseils, Maggie s'assit sur mon lit pendant que je fouillais dans mon placard. Les questions sur

Finn fusaient. Matt ponctuait mes réponses de grognements et de rires contenus, montrant qu'il était en train d'écouter.

Lorsque je me fus décidée pour une robe bleue toute simple qui, à en croire Maggie, me mettait superbement en valeur, je la laissai s'occuper de mes cheveux. Ma tignasse refusait toujours de m'obéir, et elle ne se montra pas tellement plus docile avec Maggie ; toutefois, ma tante réussit à la mater, laissant quelques boucles autour de mon visage et tirant le reste en arrière.

Quand il me vit, Matt sembla à la fois agacé et impressionné. J'en conclus que le résultat devait être plutôt pas mal.

Maggie m'accompagna au bal, car ni elle ni moi n'étions sûres que Matt me laisserait sortir de la voiture. En plus, il voulait à tout prix m'imposer de rentrer à 21 heures, alors que le bal se terminait à 22 heures. Je n'avais pas l'intention de rester jusqu'à la fin, mais Maggie me dit de prendre tout mon temps.

Je ne connaissais les bals qu'à travers ce que j'en avais vu à la télévision, mais la réalité se révéla moins exotique. Apparemment, le thème de la soirée était « Gymnase et papier crépon »… Un thème respecté à la lettre et parfaitement maîtrisé.

Les couleurs de l'établissement étant le blanc et le bleu marine, il y avait des rubans et des ballons blancs et bleu marine dans tous les sens. Pour rendre l'ambiance plus romantique, on avait suspendu des guirlandes de Noël lumineuses partout.

Des rafraîchissements étaient alignés sur une table, le long d'un mur, tandis que le groupe, pas si mauvais, jouait sur une scène de fortune, sous un panier de basket. Tous les morceaux de leur *set-list* semblaient tirés des films de John Hughes ; j'arrivai au milieu de *Weird Science*, le générique d'*Une créature de rêve*.

Contrairement à ce que j'avais vu dans les films, ici, personne ne dansait. Un groupe de filles se tenait devant la scène, en pâmoison devant le chanteur, mais en dehors de cela la piste était quasi déserte.

Comme les gens étaient assis sur les gradins, je décidai de faire comme tout le monde et trouvai une place au premier rang. Je retirai immédiatement mes chaussures car je détestais en porter en général. N'ayant rien d'autre à faire, j'observai les élèves, mais cela devint assez vite ennuyeux.

À mesure que les gens arrivaient, la piste de danse se remplit. Le groupe joua un *medley* des Tears for Fears. J'avais décidé qu'il était temps pour moi de m'éclipser discrètement lorsque Finn poussa la porte d'entrée.

Vêtu d'un jean sombre et d'une chemise noire ceintrée aux manches relevées et légèrement déboutonnée, il était plutôt pas mal. Je me demandai pourquoi je n'avais jamais remarqué qu'il était si sexy.

Nos regards se croisèrent, et il entreprit immédiatement de me rejoindre, me surprenant par son attitude directe. Il me regardait certes souvent, mais il n'avait encore jamais initié un contact entre nous. Pas même cet après-midi, devant chez moi.

— Tiens, je ne te voyais pas trop en danseuse, commença-t-il.

— J'en ai autant à ton service.

Il haussa les épaules et s'assit à côté de moi. Je me raidis aussitôt. Il me regarda sans rien dire. À peine arrivé, et il s'ennuyait déjà, semblait-il. Un silence maladroit s'installa, que je me hâtai de rompre.

— Tu es arrivé vachement tard. Tu ne savais pas comment t'habiller ? le taquinai-je.

— J'avais du boulot, expliqua-t-il d'un ton vague.

— Tu travailles pas loin de chez moi ?

— Ouais, si on veut. (Il soupira, apparemment pressé de changer de sujet.) Tu as déjà dansé.

— Sûrement pas. La danse, c'est pour les losers.

— D'où ta présence au bal de ce soir. (Il remarqua mes pieds nus.) Il faut dire que tu n'as pas les bonnes chaussures pour danser. Ni pour marcher, d'ailleurs.

— Je n'aime pas les chaussures, me défendis-je.

Ma robe m'arrivait au-dessus du genou, ce qui ne m'empêcha pas de tirer dessus pour essayer de cacher la source de mon embarras.

Finn me lança un regard que je ne parvins pas à identifier, avant de s'intéresser aux danseurs devant nous. La piste était presque surpeuplée, désormais. Ne restaient plus dans les gradins que les moches avec appareil dentaire et pellicules.

— Tu es venue pour ça, alors ? pour regarder les autres danser ?

— On dirait, concédai-je dans un haussement d'épaules.

Finn se pencha en avant et posa les coudes sur ses genoux. Je me raidis encore et me frottai les bras ; je portais une robe sans bretelles et je me sentais mal à l'aise, nue.

— Tu as froid ? s'enquit-il en me regardant du coin de l'œil, mais je secouai vigoureusement la tête. C'est vrai qu'il ne fait pas chaud, ici.

— Il fait un peu frais, mais c'est largement supportable.

Finn me regardait à peine, alors que, d'habitude, il passait ses journées à m'épier. Bizarrement, cela m'embêta. Pourquoi était-il venu à ce bal, s'il détestait tant cela ? J'allais lui poser la question lorsqu'il se tourna vers moi.

— Tu veux danser ?

— Tu m'invites à danser ?

— Ben, ouais.

— Ben, ouais ? répétai-je, sarcastique. On peut dire que tu sais t'y prendre pour draguer les filles, toi.

Ses lèvres se soulevèrent en un semblant de sourire, qui, à mon corps défendant, finit officiellement de me faire craquer.

— Comme tu voudras. (Finn se leva et me tendit la main.) Chère Wendy Everly, m'accorderiez-vous cette danse ?

— Bien sûr.

Je mis ma main dans la sienne en tâchant de ne pas faire attention à la douce chaleur de sa peau et aux battements frénétiques de mon cœur, et je me levai.

Comme par hasard, le groupe se mit à jouer *If You Leave*, d'OMD, me donnant l'impression de jouer dans un film. Finn me conduisit jusqu'à la piste et me prit par la taille. Je posai une main sur son épaule et lui donnai l'autre.

Nous étions si près l'un de l'autre que je sentais la chaleur délicieuse de son corps. Jamais je n'avais vu yeux aussi noirs, et ceux-là étaient rivés sur moi et moi seule. Le temps d'une minute idéale, ma vie sembla parfaite – plus parfaite qu'elle ne l'avait jamais été. Ne manquait plus qu'une poursuite braquée sur nous, sur le plus beau couple du monde.

Soudain, quelque chose changea dans l'expression de Finn, quelque chose d'indéfinissable, mais sa mine devint nettement plus sombre.

— Tu n'es pas très bonne danseuse, commenta-t-il de son ton neutre caractéristique.

— Euh… merci, répondis-je d'une voix incertaine.

Nous nous balancions en décrivant un petit cercle, et je ne voyais pas comment il était possible de mal se débrouiller.

D'autant que tout le monde, autour de nous, dansait de la même façon. Peut-être plaisantait-il ?

— Remarque, tu n'es pas terrible non plus, rétorquai-je d'un ton joueur.

— Je suis un formidable danseur, contra-t-il. J'ai juste besoin d'une partenaire digne de ce nom.

— D'accord…, acquiesçai-je en cessant de le regarder dans les yeux pour me concentrer sur un point imaginaire au-dessus de son épaule. Je n'ai rien à répondre à ça.

— Pourquoi répondrais-tu ? Tu n'es pas obligée de parler tout le temps, mais c'est quelque chose que tu as du mal à comprendre, on dirait.

Son ton était devenu glacial, mais je n'avais pas la présence d'esprit nécessaire pour le planter là et m'en aller.

— Je n'ai presque rien dit. Je dansais avec toi, c'est tout. (Je déglutis difficilement et regrettai de me sentir aussi mal.) Et puis c'est toi qui m'as invitée à danser ! Ce n'est pas comme si tu me rendais service.

— Ben voyons, dit-il en levant ostensiblement les yeux au ciel. Tu respirais le désespoir. Si tu avais osé, tu m'aurais supplié de danser avec toi. Alors, oui, je te rends service.

— Eh ! (Je fis un pas en arrière, tandis que mes yeux s'emplissaient de larmes de confusion et qu'une souffrance atroce grossissait en moi.) Qu'est-ce que je t'ai fait ?

Son visage se radoucit, mais il était trop tard.

— Wendy…

— Non !

Autour de nous, tout le monde avait cessé de danser pour nous regarder, mais je m'en moquais.

— Tu n'es qu'un connard !

— Wendy ! répéta-t-il.

Je tournai les talons et fendis la foule.

Je ne pensais plus qu'à une chose : sortir de ce gymnase. Patrick, un type de mon cours de biologie, se tenait à côté de la réserve de punch. Je me précipitai vers lui. Nous n'étions pas amis, mais c'était un des rares élèves de ce lycée à s'être montré gentil avec moi. Quand il me vit, l'incrédulité céda vite la place à l'inquiétude sur son visage, mais au moins avais-je réussi à attirer son attention.

— Je veux partir, *maintenant*, sifflai-je.

— Quoi… ?

Avant que Patrick ait eu le temps de me demander ce qui n'allait pas, Finn se matérialisa à côté de moi.

— Écoute, Wendy, je suis vraiment désolé, s'excusa-t-il sincèrement, ce qui m'énerva davantage.

— Je ne veux plus entendre parler de toi ! aboyai-je en refusant tout contact visuel.

Patrick nous regardait tour à tour en essayant de comprendre ce qui se passait.

— Wendy, bafouilla Finn. Je ne voulais pas…

— J'ai dit que je ne voulais plus entendre parler de toi !

Je lui lançai un regard noir, qui ne dura qu'une seconde.

— Tu pourrais lui laisser sa chance, suggéra Patrick.

— Non ! Sûrement pas ! Je veux partir ! insistai-je en tapant du pied comme une petite fille.

Finn se dressa devant moi. Je serrai les poings et ne lâchai pas Patrick des yeux. Me comporter de la sorte devant tout le monde ne me plaisait pas, mais je devais à tout prix m'en aller d'ici. En esprit, je me répétai inlassablement ce que je souhaitais le plus au monde : *Je veux rentrer chez moi. S'il te plaît, ramène-moi chez moi, s'il te plaît, s'il te plaît. Je ne peux plus rester ici !*

Le visage de Patrick changea doucement, son expression se fit détendue et distante. Il cligna des yeux et me regarda sans me voir pendant quelques secondes.

— Je crois que je devrais te raccompagner chez toi, finit-il par dire d'une voix incertaine.

— Qu'est-ce que tu viens de faire ? me demanda Finn, les yeux plissés.

Mon cœur cessa de battre. Le temps d'un effroyable moment, je fus certaine qu'il savait. Puis je décidai que c'était impossible.

— Je n'ai rien fait ! assenai-je avant de me tourner vers Patrick. Allons-nous-en.

— Wendy ! insista durement Finn. Sais-tu ce que tu viens de faire ?

— Je n'ai rien fait du tout !

J'agrippai le poignet de Patrick et l'entraînai vers la sortie. À mon grand soulagement, Finn ne nous suivit pas.

Dans la voiture, Patrick essaya de m'interroger sur ce qui s'était passé entre Finn et moi, mais je refusai de lui répondre. Il conduisit alors sans parler, me laissant le temps de me calmer, et me déposa devant chez moi, ce dont je lui fus très reconnaissante.

Matt et Maggie m'attendaient près de la porte, mais je n'avais rien à leur dire. Matt se mit aussitôt dans tous ses états, menaçant de tuer tous les garçons du bal, mais je parvins à le rassurer, affirmant que j'allais bien et qu'il ne s'était rien passé. Il me laissa enfin monter dans ma chambre, où je me jetai sur mon lit en m'efforçant de ne pas pleurer.

La soirée défila dans ma tête comme un rêve bizarre. Je n'arrivais pas à comprendre le comportement de Finn. La plupart du temps, il agissait de manière étrange et presque effrayante. Et puis nous avions partagé un incroyable moment en dansant, avant qu'il gâche tout.

Malgré la façon dont il m'avait traitée, j'avais du mal à oublier le contact délicieux de ses bras autour de moi. D'une manière générale, je n'étais pas du genre tactile, je n'aimais pas que les gens me touchent mais, là, c'était différent.

Sa main, forte et douce, sur mes reins, la chaleur de son corps. Quand il m'avait regardée à ce moment-là, avec une telle sincérité, je m'étais dit que…

Mais ce n'était qu'un mensonge.

Plus déstabilisant encore, il semblait avoir remarqué que j'avais fait quelque chose à Patrick. Comment était-ce possible ? D'ailleurs, lui avais-je réellement fait quelque chose ? Une personne normalement constituée n'imaginerait même pas qu'un tel pouvoir existe.

Soudain, le comportement étrange de Finn s'expliquait : il était complètement fou.

Tout bien réfléchi, je ne le connaissais pas vraiment. J'étais incapable de dire quand il se moquait de moi et quand il était sincère. Parfois, j'avais l'impression de lui plaire, tandis qu'à d'autres moments il semblait me haïr.

Je ne savais presque rien de lui, mais force m'était d'avouer que, malgré tout, je commençais à l'apprécier.

Après avoir passé un débardeur et un vieux survêtement, m'être longuement agitée et retournée sur mon lit, je finis par m'endormir au milieu de la nuit. Lorsque je me réveillai, il faisait toujours nuit noire, et mes joues étaient maculées de larmes séchées. J'avais pleuré dans mon sommeil. C'était injuste – moi qui ne me permettais jamais de pleurer lorsque j'étais éveillée.

Je me retournai pour jeter un coup d'œil à mon radio-réveil. Les petits chiffres furieux m'informèrent qu'il était un peu plus de 3 heures, et je me demandai bien pourquoi j'étais éveillée.

J'allumai ma lampe de chevet, baignant ma chambre d'une une lumière ambrée et chaude. Alors je vis quelque chose qui me fit tellement peur que mon cœur cessa de battre.

3

Harcelée

Une silhouette était accroupie derrière ma fenêtre, alors que ma chambre se trouvait au *premier* étage. Oui, il y avait bien une petite avancée sur laquelle il était possible de se tenir, mais jamais je ne me serais attendue à voir quelqu'un dessus, d'autant qu'il ne s'agissait pas de n'importe qui.

Finn Holmes ne semblait pas du tout honteux d'avoir été surpris en train de m'espionner, au contraire. Il n'était pas non plus effrayé pour un sou. Il toqua à ma fenêtre, et je compris que c'était cela qui m'avait réveillée.

Il ne souhaitait donc pas me regarder dans mon sommeil, mais entrer dans ma chambre, ce qui était peut-être un peu moins bizarre.

Sans trop savoir pourquoi, je me levai et lui ouvris. Au passage, j'aperçus mon reflet dans le miroir et ne l'appréciai que moyennement. Mon pyjama était du genre laid mais confortable, mes cheveux étaient ébouriffés et mes yeux rouges et gonflés.

Je n'aurais pas dû le laisser entrer. C'était probablement un sociopathe, et il me mettait mal à l'aise. En plus, Matt nous tuerait s'il nous attrapait.

Les bras croisés sur la poitrine, je lui lançai un regard noir. J'étais furieuse et blessée, et je voulais qu'il le sache. En temps normal, je me targuais de n'être pas touchée par ce que disaient les autres, et il ne me serait jamais venu à l'idée de me plaindre à quelqu'un d'avoir été blessée. Cette fois, cependant, je comptais bien lui dire qu'il s'était comporté comme un goujat.

— Je suis désolé ! commença-t-il assez fort pour que je l'entende à travers la vitre en me regardant d'un air contrit.

Il paraissait réellement regretter ce qui s'était passé, mais je n'étais pas encore prête à accepter ses excuses. Peut-être même ne le serais-je jamais.

— Qu'est-ce que tu veux ? répondis-je en faisant attention à ne pas réveiller Matt.

— Je voudrais m'excuser. Et te parler. (Il avait l'air sérieux.) C'est important.

Je me mordis la lèvre, hésitant entre ce que j'aurais dû faire et ce que j'avais envie de faire.

— S'il te plaît..., insista-t-il.

Malgré tout ce que je pouvais penser, je finis par ouvrir. Je laissai la moustiquaire en place et fis un pas en arrière pour m'asseoir au bout de mon lit. Finn souleva facilement le panneau – ce n'était semblait-il pas la première fois qu'il passait par la fenêtre pour entrer dans la chambre d'une jeune femme.

Une fois à l'intérieur, il referma la fenêtre avec précaution. Il jeta un coup d'œil autour de lui, ce qui me mit encore une fois mal à l'aise. Le désordre régnait ; il y avait des vêtements et des livres un peu partout, même si la majeure partie de mes affaires se trouvait encore dans deux cartons et un coffre relégués dans un coin de la pièce.

— Qu'est-ce que tu veux ? lui demandai-je pour attirer son attention et l'empêcher de regarder autour de lui.

— Je suis désolé, répéta Finn avec la même sincérité que lorsqu'il était dehors. J'ai été cruel, ce soir.

Il détourna les yeux, pensif, avant de poursuivre :

— Je ne veux pas te faire souffrir.

— Dans ce cas, pourquoi m'as-tu blessée ? insistai-je sèchement.

Il se passa la langue sur les lèvres, s'agita un peu et soupira. Il avait fait preuve d'une méchanceté délibérée. Il ne s'était pas agi d'un accident ; il n'était pas du genre frimeur et inconscient de la manière dont il traitait les gens. Tout ce qu'il faisait était méticuleusement réfléchi.

— Je ne veux pas te mentir, et je te promets que je ne voulais pas te faire souffrir, répondit-il avec circonspection. Je ne peux rien te dire de plus.

— Il me semble que j'ai le droit de savoir ce qui se passe ! lâchai-je avant de me rappeler que Matt et Maggie dormaient dans des chambres voisines et de continuer à voix basse. Et puis, qu'est-ce que tu fiches à ma fenêtre au milieu de la nuit ?

— Je suis venu te parler, m'assura-t-il. Pour tout t'expliquer. Comme nous n'avons pas l'habitude de procéder de la sorte, j'ai dû passer un coup de fil avant de venir te voir. J'avais besoin de méditer et de comprendre, voilà pourquoi il est si tard, désolé.

— Appeler qui ? Comprendre quoi ? l'interrogeai-je dans un mouvement de recul.

— C'est au sujet de ce que tu as fait ce soir à Patrick.

Mon estomac menaça de se retourner.

— Je n'ai rien fait à Patrick, me défendis-je en secouant la tête. Je ne vois pas de quoi tu parles.

— C'est vrai ? s'étonna-t-il, l'air soupçonneux.

— Je... je ne comprends rien à ce que tu racontes, bredouillai-je.

Un frisson me parcourut, et je me sentis soudain nauséeuse.

— Si, tu comprends très bien, contra Finn en hochant la tête d'un air solennel. Mais tu ignores encore la nature de ce que tu as fait.

— Je suis juste très convaincante, dis-je sans aucune conviction.

Je ne voulais pas m'enfermer dans le déni, mais parler de cette chose, admettre la réalité de cette folie privée, m'effrayait au plus au point

— Ouais, très convaincante, admit Finn. Mais tu ne peux pas recommencer ce que tu as fait ce soir.

— Je n'ai rien fait ! Et même si j'avais fait quelque chose, en quoi ça te regarde ? Qui es-tu pour vouloir m'en empêcher ? (Une idée fusa dans mon esprit, et je le regardai fixement.) Es-tu capable de m'en empêcher ?

— Tu ne peux pas te servir de ton aptitude sur moi, répondit-il en secouant la tête d'un air absent. Elle n'a d'ailleurs rien d'extraordinaire. Surtout de la manière dont tu t'en sers.

— Qu'est-ce que c'est ? l'interrogeai-je doucement, la bouche engourdie.

Mes épaules s'affaissèrent comme j'abandonnai l'idée de continuer à faire semblant de ne pas comprendre.

— On appelle ça la *persuasion*, répondit-il avec emphase, comme si c'était très différent de ce que j'avais dit plus tôt. Techniquement, c'est de la psychokinésie, une forme de contrôle de l'esprit.

Je trouvai très déstabilisant le fait qu'il parle de tout cela aussi légèrement que de nos devoirs de biologie.

— Comment peux-tu savoir ? Comment sais-tu ce que je peux faire ou non ? Comment t'en es-tu aperçu ?

Il haussa les épaules.

— L'expérience.

— C'est-à-dire ?

— C'est compliqué. (Il se frotta l'arrière de la tête, le regard fixé sur le sol.) Tu ne vas pas me croire, mais je ne t'ai pas menti et je ne te mentirai jamais. Tu me crois, au moins ?

— Euh… oui, hésitai-je.

Nous ne nous étions adressé la parole que très peu de fois, aussi n'avait-il pas vraiment eu l'occasion de me mentir.

— C'est un bon début. (Finn inspira profondément, et je tortillai une mèche de cheveux avec nervosité en le dévisageant.) Tu as été échangée, poursuivit-il avec méfiance.

Il fit une pause, attendant un genre de réaction dramatique, apparemment.

— Qu'est-ce que ça veut dire ? Ce n'est pas un film avec Angelina Jolie ou un truc comme ça ? (Je secouai la tête.) Je ne comprends pas.

— Tu ne comprends pas ? (Il eut un sourire satisfait.) Évidemment. Ce serait beaucoup trop facile si tu avais la moindre idée de ce qui se passe.

— C'est clair…

— Tu es une enfant qu'on a secrètement échangée contre un autre.

Ma chambre se fit soudain brumeuse. Je repensai à ma mère et à toutes ces choses qu'elle m'avait criées. J'avais toujours eu le sentiment de n'être pas à ma place, mais je n'avais jamais sérieusement réfléchi à cette possibilité.

Et voilà que Finn confirmait soudain tous les doutes que j'avais nourris au fil des ans. Toutes ces choses horribles que ma mère m'avait dites étaient vraies.

— Mais comment… (Étourdie, je secouai la tête, quand une question clé s'imposa à moi.) Comment peux-tu le savoir ? Même si c'est vrai, comment peux-tu être au courant ?

— Eh bien… (Finn me regarda longuement pendant que j'encaissais difficilement son annonce.) Tu es une Trylle, et c'est notre tradition.

— Une quoi ? C'est ton nom de famille, non ?

— Non, rétorqua-t-il dans un sourire. Trylle est le nom de notre tribu, si tu veux. (Il se massa les tempes.) C'est difficile à expliquer. Nous sommes… des trolls.

— Tu es en train de me dire que je suis une troll ?

Je haussai un sourcil et décidai qu'il était bel et bien fou à lier.

Rien en moi n'évoquait une poupée à poils roses avec une pierre précieuse sur le ventre ou un petit monstre flippant vivant sous un pont. D'accord, je n'étais pas très grande, mais Finn, lui, mesurait plus d'un mètre quatre-vingts.

— Tu vois les trolls tels qu'ils ont été représentés, évidemment, se hâta-t-il d'expliquer. C'est pour ça que nous préférons Trylle. Tu peux oublier toute l'imagerie débile liée à *The Three Billy Goats Gruff**. Tu me regardes comme si je n'avais pas toute ma tête !

— Tu n'as pas toute ta tête.

Je tremblais de peur et d'incompréhension. J'aurais dû le jeter dehors ou, plutôt, je n'aurais jamais dû le laisser entrer dans ma chambre.

— Bon, réfléchis, Wendy. (Finn entreprit donc de me raisonner, comme si son discours était des plus logiques.) Tu ne t'es jamais vraiment intégrée nulle part. Tu t'emportes assez facilement. Tu es très intelligente et très difficile à satisfaire d'un point de vue culinaire. Tu détestes les chaussures. Ta chevelure, il est vrai très jolie, est impossible à dompter. Et puis elle est brune, tout comme tes yeux.

* Référence à un conte populaire norvégien. (*NdT*)

— Qu'est-ce que la couleur de mes yeux a à voir là-dedans ? ou mes cheveux ou le reste ?

— Les couleurs de la nature. Nos cheveux et nos yeux sont toujours de la couleur de la terre. Souvent, nous avons le teint un peu verdâtre.

— Je ne suis pas verte !

Je vérifiai aussitôt, juste au cas où, mais ma peau était tout sauf verte.

— Quand c'est le cas c'est très, très léger, précisa Finn, mais non, tu n'es pas verte. Pas vraiment. Il arrive qu'on le devienne un peu plus après avoir vécu un certain temps en compagnie d'autres Trylles.

— Je ne suis pas une troll, insistai-je avec force. Ce que tu racontes est complètement débile. C'est… Bon, d'accord, je suis soupe au lait et je suis différente, mais la plupart des ados ressentent la même chose. Ça ne prouve rien. (Je me passai la main dans les cheveux pour prouver que je n'étais pas si sauvage, mais mes doigts s'emmêlèrent dans ma tignasse comme pour confirmer ses dires.) Ça ne veut rien dire !

— Je ne me contente pas de supposer, Wendy, m'annonça-t-il avec un sourire satisfait. Je sais qui tu es. Je sais que tu es une Trylle. C'est pour ça que je suis venu à ta recherche.

— Tu me cherchais ? répétai-je, bouche bée. C'est pour ça que tu n'arrêtes pas de me regarder, de me harceler !

— Je ne harcèle personne, se défendit Finn en levant les deux mains. Je suis un pisteur. C'est mon boulot. Je retrouve les échangés et je les ramène.

De toutes les choses qui m'arrivaient et qu'il avait dites, la plus gênante était qu'il s'agissait de son « boulot ». Il n'avait donc ressenti aucune attirance pour moi. Il n'avait fait que son travail en me pistant.

Il m'avait suivie partout, non pas parce qu'il en avait envie, mais parce qu'il devait le faire.

— Je sais que ça fait beaucoup d'informations à encaisser d'un seul coup, admit Finn. Je suis vraiment désolé. Normalement, on attend que l'échangé vieillisse un peu, mais comme tu te sers déjà de la persuasion, je pense que tu devrais rejoindre la communauté. Tu es précoce.

— Je suis quoi ? lâchai-je en le regardant avec des yeux ronds.

— Ton apprentissage de la psychokinésie est précoce, répondit-il comme s'il s'agissait d'une évidence. Les Trylles n'ont pas tous les mêmes aptitudes. Les tiennes sont manifestement évoluées.

— Ils ont des *aptitudes* ? (Je déglutis à grand-peine.) Toi aussi, tu en as ? (Une idée nouvelle s'imposa à moi, me retournant de l'intérieur.) Tu peux… lire dans mes pensées ?

— Non.

— Tu mens.

— Je ne te mentirais pas, me promit-il.

S'il n'avait été si beau, là, au milieu de ma chambre, je n'aurais eu aucun mal à ne pas l'écouter. Si je n'avais ressenti cette absurde connexion avec lui, je l'aurais mis dehors sans attendre.

En tout état de cause, il était difficile de le regarder dans les yeux et de ne pas le croire. Mais comment accepter ses révélations sans admettre que ma mère avait toujours eu raison, que j'étais un monstre, que j'étais mauvaise ? Ma vie durant, je m'étais efforcée d'être bonne, de bien agir ; j'avais tout fait pour lui donner tort.

— Je ne peux pas te croire.

— Wendy…, lâcha Finn, exaspéré. Tu sais que je ne mens pas.

— Oui, acquiesçai-je en hochant la tête. Pas volontairement, en tout cas. Après tout ce que j'ai vécu avec ma mère, je ne suis pas près de laisser un autre taré entrer dans ma vie. Voilà pourquoi tu dois partir.

— Wendy !

Son visage trahissait une incrédulité totale.

— Ne me dis pas que tu attendais une autre réaction ! (Je me levai, les bras croisés sur la poitrine, l'air aussi assurée que possible.) Tu pensais vraiment qu'après m'avoir traitée comme une merde au bal tu pourrais t'introduire dans ma chambre au milieu de la nuit pour m'annoncer que je suis une troll, que j'ai des pouvoirs magiques, sans que ça pose le moindre problème ? Et puis, pourquoi tu me racontes tout ça ? lui demandai-je directement. Qu'est-ce que tu essaies de me faire faire ?

— Je veux te convaincre de venir avec moi, de rentrer dans la communauté, répondit-il, défait.

— Tu t'imagines que je vais te suivre comme ça, sans poser de questions ? me moquai-je en m'efforçant de dissimuler le fait que j'étais vraiment tentée de le suivre, même s'il était fou.

— C'est ce que font les échangés, en général, rétorqua-t-il, me désarçonnant.

Sa réponse me fit redescendre sur terre. Comme je l'appréciais plus que de raison, j'aurais pu tomber dans le panneau, mais le fait qu'il y ait eu de nombreuses autres filles avant moi me refroidit un peu. J'étais peut-être bien folle, mais délurée, non.

— Bon, tu dois t'en aller. Maintenant.

— Réfléchis. Tu prends les choses différemment des autres, ce que je comprends parfaitement. Je vais te laisser un peu de temps. (Il se retourna et ouvrit la fenêtre.) Sache toutefois que tu as ta place quelque part. Que tu as une famille, là-bas. Alors, penses-y.

— Oui, oui, j'y penserai, acquiesçai-je avec un sourire de façade.

Comme j'attendais qu'il sorte pour refermer la fenêtre, il se redressa et se tourna vers moi. Nous étions dangereusement proches l'un de l'autre. Son regard brûlait d'un feu intérieur.

Quand il me regardait comme ça, mes poumons se vidaient. Je me demandai si Patrick avait ressenti la même chose quand j'avais usé de ma persuasion sur lui.

— J'avais presque oublié, dit-il doucement, son visage si près du mien que je sentais son souffle sur ma joue. Tu étais vraiment très belle, ce soir.

Il resta immobile quelques instants, me subjuguant littéralement, puis me tourna le dos et sortit de ma chambre.

Je restai là, oubliant presque de respirer, tandis qu'il agrippait une branche de l'arbre qui poussait devant ma fenêtre et se laissait tomber au sol. Une brise fraîche s'engouffra dans ma chambre. Je refermai la fenêtre et tirai les rideaux.

Un peu étourdie, je titubai vers mon lit et m'écroulai dessus. Jamais je n'avais été aussi déroutée de toute ma vie.

Je dormis en pointillé cette nuit-là, et mon sommeil agité fut peuplé de petits trolls verts venus m'enlever. Je restai allongée dans mon lit pendant un bon moment après m'être réveillée. Tout se mélangeait dans ma tête ; j'étais paumée.

Je refusais de croire ce que m'avait dit Finn, et pourtant j'en avais tellement envie. Je ne m'étais jamais sentie à ma place. Jusqu'à récemment, Matt était la seule personne dont je me sentais un peu proche.

Étendue sur mon lit à six heures et demie, j'entendais les oiseaux du matin chanter devant ma fenêtre. Sans faire de bruit, je me levai et descendis au rez-de-chaussée. Je ne voulais pas réveiller Matt et Maggie trop tôt. Mon frère se levait de bonne heure tous les matins pour me tirer du lit et me conduire au lycée, aussi ne pouvait-il se reposer que le week-end.

J'étais soudain prise d'un furieux besoin de trouver quelque chose qui prouve que nous avions bien le même sang. Toute ma vie, j'avais voulu démontrer le contraire, mais, après ce que m'avait dit Finn, j'avais envie de protéger cette histoire, même si ce n'était pas la mienne.

Matt et Maggie avaient tout sacrifié pour moi. Ils m'aimaient tous les deux de façon inconditionnelle, alors que je n'avais rien fait pour le mériter. N'était-ce pas une preuve suffisante ?

Je me rendis dans le salon et m'accroupis à côté des cartons. Maggie y avait écrit le mot « souvenirs » en jolis caractères cursifs.

Sous les diplômes de Matt et Maggie et de nombreuses photos d'université de mon frère, je trouvai plusieurs albums. Il était facile de deviner lesquels avaient été achetés par Maggie. Ma tante adorait les fleurs, les pois et tout ce qui était gai.

Un seul de ces albums appartenait à ma mère, et il était brun passé, terne. Il y avait aussi un petit album de bébé bleu et abîmé. Je pris les deux avec circonspection.

Mon album de bébé était bleu car, échographie à l'appui, les médecins avaient dit à ma mère que j'étais un garçon. Coincé à la fin de l'album, il y avait même un tirage craquelé avec un cercle tracé autour de ce que les docteurs avaient pris pour mon pénis.

Dans la plupart des familles, on aurait plaisanté de cette erreur, mais pas dans la mienne. « Tu aurais dû être un garçon », aurait même dit ma mère, dédaigneuse, juste après ma naissance.

En général, les mères remplissaient scrupuleusement le début de l'album, puis devenaient de moins en moins sérieuses. Pas la mienne. Elle n'avait jamais rien écrit dedans. J'y reconnus les écritures de mon père et de Maggie.

On y trouvait les empreintes de mes pieds, ainsi que mes mensurations et mon extrait de naissance. J'effleurai délicatement ce dernier afin de m'assurer de sa réalité, de sa tangibilité. J'étais bien née dans cette famille, que cela plaise ou non à ma mère.

— Qu'est-ce que tu fais, ma chérie ? demanda doucement Maggie dans mon dos, me faisant sursauter. Excuse-moi, je ne voulais pas te faire peur.

Enveloppée dans sa robe de chambre, échevelée, Maggie bâilla et se gratta la tête.

— Ce n'est rien. (J'essayai de dissimuler mon album de bébé, comme si elle m'avait surprise en train de faire une bêtise.) Qu'est-ce que tu fais debout si tôt ?

— Je pourrais te retourner la question, rétorqua-t-elle dans un sourire. (Elle s'assit par terre à côté de moi et s'adossa au canapé.) Je t'ai entendue te lever. (Elle désigna du menton la pile d'albums sur mes genoux.) Nostalgique, hein ?

— Oh ! je ne sais pas.

— Qu'est-ce que tu regardes ? demanda Maggie en se penchant vers l'album de ma mère. Ah ! celui-là est très vieux. Tu n'étais qu'un bébé.

J'ouvris l'album dans lequel les photos étaient classées par ordre chronologique. Nous découvrîmes d'abord un Matt bébé. Et puis Maggie gloussa en montrant un portrait de mon père. Elle l'effleura du bout des doigts et remarqua à quel point il était beau.

Mon père avait été un type super, disait-on ; pourtant, nous ne parlions presque jamais de lui. C'était notre façon d'éviter le sujet épineux de ma mère et de ce que qui m'était arrivé. Nous faisions comme si ma vie avait commencé à mon sixième anniversaire, comme si même mon père n'avait jamais existé.

La plupart des photos montraient Matt. Il y en avait aussi de nombreuses de ma mère et de mon père avec leur fils. Ils semblaient incroyablement heureux, tous les trois. Ils avaient tous les cheveux blonds et les yeux bleus. On aurait dit une publicité pour Kinder.

Vers la fin de l'album, avec mon arrivée, l'ambiance changeait. Ma mère devenait triste et morose. Sur la toute première photo, je n'avais que quelques jours. Je portais un pyjama orné de petits trains bleus, et ma mère me regardait avec dégoût.

— Tu étais si mignonne ! rit Maggie. Je me rappelle bien cette époque. Le premier mois, tu étais habillée comme un garçon !

— Ça explique beaucoup de choses, marmonnai-je, ce qui fit rire Maggie. Pourquoi ne m'ont-ils pas acheté de nouveaux vêtements ? Ils avaient de l'argent.

— Oh ! je ne sais pas, soupira-t-elle, le regard perdu dans le lointain. C'était la décision de ta mère. (Elle secoua la tête.) Elle était un peu bizarre, parfois.

— J'étais censée m'appeler comment ?

— Mmh… Michael ! répondit Maggie en claquant des doigts. Michael Conrad Everly. Mais bon, comme tu es née fille…

— Pourquoi Wendy ? poursuivis-je en plissant le nez. Michelle aurait été plus logique.

— Euh… (Maggie réfléchit en s'abîmant dans la contemplation du plafond.) Ta mère a refusé de choisir, et ton père… n'avait pas d'idée. C'est donc Matt qui a opté pour Wendy.

— Oui, c'est vrai, me rappelai-je vaguement. Mais pourquoi Wendy ?

— Ça lui plaisait, c'est tout. (Elle haussa les épaules.) Il adorait *Peter Pan*, ce qui est ironique, vu que *Peter Pan* parle d'un garçon qui refuse de grandir, et que Matt a toujours été vieux, si l'on peut dire. (Elle gloussa.) C'est pour ça qu'il a toujours été si protecteur avec toi. Il t'a baptisée. Tu étais à lui.

Je posai les yeux sur une photo datant de l'époque où j'avais deux ou trois ans. J'étais dans les bras de Matt, allongée sur le ventre, les bras et les jambes tendus et écartés. Mon frère riait comme un imbécile. Il me baladait comme cela dans toute la maison, me faisait voler. Il m'appelait « Titi Wendy », et cela me faisait rire.

Au fil du temps, il devint évident que je n'avais rien de commun avec ma famille. Mes yeux marron et mes bouclés contrastaient pour le moins avec les leurs.

Sur toutes les photos de moi, ma mère paraissait exaspérée, comme si elle avait passé la demi-heure précédente à se démener avec moi. Ce qui était sans doute vrai. J'étais son contraire.

— Tu as toujours su ce que tu voulais, commenta Maggie en regardant une photo de moi, le visage barbouillé de gâteau au chocolat, le jour de mon cinquième anniversaire. Tu voulais décider de tout. Bébé, tu souffrais de coliques. Mais tu as toujours été une enfant adorable, éveillée et rigolote. (Maggie écarta avec douceur une mèche de cheveux de mon visage.) Tu as toujours été digne d'amour. Tu n'as jamais rien fait de mal, Wendy. Le problème, c'était elle, pas toi.

— Je sais, acquiesçai-je en hochant la tête.

Pour la première fois, toutefois, j'avais l'impression qu'au contraire tout était ma faute. Si Finn avait dit la vérité, ce que ces photos semblaient confirmer, je n'étais pas leur enfant. Je n'étais même pas humaine. J'étais exactement ce que ma mère m'accusait d'être. Elle avait apparemment l'instinct plus développé que la plupart des gens.

— Qu'est-ce qu'il y a ? s'inquiéta Maggie. Qu'est-ce qui t'arrive ?

— Rien, mentis-je en refermant l'album.

— Il s'est passé quelque chose, hier soir ? insista-t-elle, les yeux tellement pleins d'amour que j'avais du mal à ne pas voir en elle ma vraie tante. Tu as dormi, au moins ?

— Ouais. Je me suis juste… réveillée…, répondis-je vaguement.

— Qu'est-ce qui s'est passé au bal ? s'enquit Maggie sans me lâcher des yeux, adossée au canapé, le menton posé sur la main. Il s'est passé un truc avec un garçon ?

— Disons que la soirée ne s'est pas déroulée comme j'aurais voulu, avouai-je. Pas du tout, même.

— Ce Finn n'a pas été gentil avec toi ? voulut-elle savoir d'un ton un peu protecteur.

— Non, non, pas du tout, la rassurai-je. Finn est très bien, mais c'est juste un copain.

— Oh…

Une lueur de compréhension brilla dans ses yeux. J'en conclus qu'elle se faisait sans doute des idées, mais au moins cela l'empêcherait-il de me poser plus de questions.

— Être adolescente n'est pas facile, et ce dans toutes les familles.

— M'en parle pas.

J'entendis Matt marcher à l'étage. Maggie me regarda d'un air nerveux, et je me hâtai de ranger les albums. Je ne craignais pas la colère de mon frère, mais je n'avais pas envie de me disputer avec lui de bon matin – en plus, je n'étais même pas certaine d'être sa sœur.

— Tu sais, si tu as envie de parler de tout ça, je suis là, chuchota Maggie tandis que je rangeais les albums dans le carton. Quand Matt ne sera pas là, évidemment.

— Je sais, répondis-je en lui souriant.

— Et si je te préparais ton petit déjeuner ? (Maggie se leva et s'étira.) Que dirais-tu de flocons d'avoine avec des fraises ? Tu aimes ça, hein ?

— Ouais, ça me va, approuvai-je, même si quelque chose, dans sa question, me dérangeait.

Il y avait tellement d'aliments que je ne mangeais pas, et j'avais tout le temps faim. Me nourrir avait toujours été un problème. Quand j'étais bébé, je refusais même le sein de ma mère, ce qui l'encouragea à penser que je n'étais pas son enfant.

Maggie me tourna le dos et se dirigea vers la cuisine.

— Eh ! Mags, l'appelai-je. Merci pour tout. De me faire à manger et tout ça…

— Mais c'est normal !

Matt descendit une minute plus tard, surpris que Maggie et moi nous soyons levées avant lui. Nous prîmes notre petit déjeuner tous ensemble, ce qui n'était pas arrivé depuis des années. Grâce au petit compliment que je lui avais adressé, Maggie était aux anges. J'étais un peu abattue, mais je réussis plus ou moins à feindre une certaine bonne humeur.

J'ignorais s'ils étaient ou non ma famille ; tant de détails semblaient suggérer le contraire. Toutefois, ils m'avaient élevée et avaient toujours été à mes côtés. Ma propre mère n'avait pas été à la hauteur, mais Matt et Maggie si. Ils n'avaient jamais cessé de m'aimer, acceptant le plus souvent de ne rien recevoir en retour.

Peut-être cela démontrait-il que ma mère avait raison à mon sujet. Ils donnaient, tandis que, moi, je me contentais de prendre.

4

Échangée

Le week-end fut mouvementé. J'attendis que Finn réapparaisse à ma fenêtre, mais cela n'arriva pas. Je n'aurais d'ailleurs su dire si c'était une bonne ou une mauvaise nouvelle. J'avais envie de lui parler, mais j'étais terrifiée. Terrifiée à l'idée qu'il m'ait menti, mais aussi à celle qu'il m'ait dit la vérité.

Je passai mon temps à chercher des indices partout. Par exemple, Matt était plutôt petit, comme moi ! Mais il préférait l'hiver à l'été, alors que, moi, je détestais l'hiver…

En fait, tout cela ne prouvait rien du tout, et je le savais pertinemment. Ma vie tout entière n'était plus qu'une grande question, et je désespérais d'en trouver la réponse.

Il y avait également la question brûlante de savoir ce que Finn voulait vraiment de moi. Parfois, il me traitait comme si j'étais un vulgaire nuisible, mais il lui arrivait aussi de me regarder d'une manière qui me coupait le souffle.

J'espérai que notre retour au lycée apporterait une conclusion heureuse à mes problèmes. Lorsque je me levai le lundi matin, je passai plus de temps que d'habitude à me préparer tout en faisant semblant de m'en désintéresser, de ne pas avoir une idée derrière la tête. J'allais revoir Finn pour la première fois depuis qu'il s'était introduit dans ma chambre. Et j'avais envie de lui parler, de l'impressionner.

Lorsque la cloche sonna la fin du premier cours et que Finn n'était toujours pas assis quelques rangées derrière moi, une boule commença à grossir dans mon ventre. Je le cherchai du regard la moitié de la journée, m'attendant presque à le voir caché quelque part, mais non.

Je n'écoutai pas un seul de mes professeurs et, à la fin de la journée, je me dirigeai vers la voiture de Matt d'un pas lourd et défait. Alors que j'avais espéré tirer des bénéfices de ce lundi, je repartais chez moi avec encore plus de questions dans la tête.

Matt remarqua ma mauvaise humeur et tenta de me tirer les vers du nez, mais je m'enfermai dans mon mutisme. Mon frère était de plus en plus inquiet à mon sujet depuis mon retour du bal le samedi précédent, et j'étais incapable de le rassurer.

L'absence de Finn m'était déjà douloureuse. Pourquoi ne l'avais-je pas suivi ? Ce type m'attirait plus qu'aucun autre avant lui, et je ne parlais pas seulement d'attirance physique. En règle générale, les gens ne m'intéressaient pas. Lui, si.

Il m'avait promis une vie nouvelle, une place, il m'avait dit que j'étais spéciale. Plus important encore, il m'avait laissée entrevoir une vie avec lui. Mais alors, qu'est-ce que je faisais ici ?

Je n'étais pas convaincue d'être mauvaise. Je n'étais pas encore prête à faire une croix sur ce que j'avais eu tellement de mal à bâtir.

Je ne connaissais qu'une seule personne capable de voir à travers ma façade, de lire en moi comme dans un livre ouvert. Cette personne serait en mesure de me dire si j'avais du bon en moi. Autrement, je n'aurais qu'à laisser tomber pour m'enfuir avec Finn.

— Eh ! Matt ? commençai-je, le regard rivé sur mes mains. Tu es occupé, cet après-midi ?

— Je ne crois pas…, répondit-il avec méfiance en tournant dans notre rue. Pourquoi ? Tu as prévu quelque chose ?

— Je me disais… J'aimerais bien rendre visite à maman.

— Sûrement pas ! (Il me lança un regard furieux.) Quelle idée ! C'est carrément hors de question, Wendy. Ce serait… obscène.

Tandis qu'il me regardait dans les yeux, je me répétai encore et encore la même pensée : *Je veux voir ma mère. Conduis-moi à elle. S'il te plaît. Je veux la voir.* Son visage était dur, mais bientôt son expression se radoucit quelque peu.

— Je vais te conduire à notre mère, dit-il d'une voix monocorde, comme s'il dormait.

Je me sentais coupable de le manipuler de façon si cruelle, mais j'avais de bonnes raisons pour cela : j'avais besoin de voir ma mère, et c'était le seul moyen d'y arriver.

J'étais nerveuse et nauséeuse, et je savais que Matt serait très en colère lorsqu'il se rendrait compte de ce qu'il faisait. J'ignorais combien de temps la persuasion tiendrait. Peut-être même n'aurions-nous pas le temps d'arriver à l'hôpital où était internée maman, mais je me devais d'essayer.

Cela faisait plus de onze ans que je ne l'avais pas vue.

À plusieurs reprises, au cours de ce long trajet, Matt sembla prendre conscience qu'il était en train de faire quelque chose qu'il n'aurait jamais autorisé en temps normal. Il s'emporta, pesta, répétant que ma mère était affreuse et qu'il ne comprenait pas comment il avait pu se laisser convaincre de me conduire là-bas.

Étrangement, il ne lui vint pas à l'esprit de faire demi-tour ; peut-être ne le pouvait-il tout simplement pas.

— Elle est horrible ! tenta-t-il une dernière fois comme nous approchions de l'hôpital.

Je devinais la bataille interne qui faisait rage derrière ses grimaces et ses yeux bleus torturés. Ses mains agrippaient le volant. Quelque chose, dans sa manière de le tenir, suggérait qu'il aurait bien voulu le lâcher, mais qu'il ne le pouvait pas.

Une vague de culpabilité déferla une nouvelle fois sur moi, que je m'efforçai de repousser. Je ne voulais pas le faire souffrir, et le contrôler de la sorte était répréhensible.

La seule chose qui me consolait, au bout du compte, était que je ne faisais rien de répréhensible ; je voulais juste voir ma mère, et j'en avais tout à fait le droit. Matt était un protecteur un peu trop zélé, comme à son habitude.

— Elle ne pourra rien me faire, lui rappelai-je pour la énième fois. Elle est enfermée et sous médicaments. Tout ira bien.

— Ce n'est pas comme si elle allait t'étrangler, concéda Matt d'un ton qu'il voulait convaincant. C'est juste que… c'est une mauvaise personne. Je ne vois pas ce que tu espères tirer de cette visite !

— J'en ai besoin, insistai-je doucement en regardant par la vitre.

Je ne connaissais pas cet hôpital, qui se révéla différent de ce que j'avais imaginé, à savoir une imposante bâtisse en briques similaire à l'asile d'Arkham, avec en toile de fond un ciel orageux perpétuellement zébré d'éclairs.

Il pleuvait un peu, et le ciel était chargé lorsque nous arrivâmes, mais c'était là la seule similitude avec l'hôpital psychiatrique tel que je me l'étais imaginé. Niché au milieu d'une dense forêt de pins et de collines herbeuses, le vaste bâtiment blanc ressemblait plus à un hôtel qu'à un hôpital.

Après que ma mère eut tenté de me tuer et que Matt l'eut plaquée sur le carrelage de la cuisine, quelqu'un avait appelé les secours. Tandis qu'on me portait vers une ambulance et qu'on l'embarquait dans une voiture de police, elle n'avait pas cessé de hurler que j'étais un monstre.

Ma mère fut inculpée de tentative d'homicide, mais ne fut jamais jugée car déclarée irresponsable. Les premières expertises avaient conclu à une dépression *post-partum* latente, doublée d'une psychose temporaire provoquée par la mort de mon père.

Grâce aux médicaments et à une psychothérapie, tout le monde avait cru qu'elle sortirait relativement vite de l'asile.

Onze ans plus tard, cependant, mon frère était en train de parler au vigile pour qu'il nous laisse entrer dans l'établissement. D'après ce qu'on m'avait dit, elle n'éprouvait pas le moindre remords et ne regrettait pas du tout d'avoir tenté de me tuer.

Matt lui avait rendu visite une fois, cinq ans plus tôt, et, d'après ce que j'avais compris, elle n'avait pas le sentiment d'avoir fait quelque chose de mal. Sans le dire clairement, les médecins pensaient qu'elle serait capable de recommencer s'ils la laissaient sortir.

Il y eut beaucoup d'agitation lorsque nous fûmes enfin à l'intérieur. Une infirmière dut appeler un psychiatre pour lui demander si j'étais autorisée à la voir. Matt allait et venait autour de moi en marmonnant que tout le monde était devenu fou.

Nous attendîmes quarante-cinq minutes dans une petite salle pleine de chaises en plastique et de magazines qu'un médecin arrive. Nous eûmes une brève conversation lors de laquelle je lui expliquai que je souhaitais juste lui parler. Je n'eus pas besoin de le persuader ; il semblait croire que cette rencontre me ferait du bien.

Matt voulut m'accompagner car il craignait qu'elle s'en prenne à moi d'une manière ou d'une autre, mais le docteur lui assura qu'il y aurait des infirmiers à proximité et que ma mère n'était pas violente. À mon grand soulagement, mon frère finit par céder, m'évitant d'avoir recours à la persuasion sur lui.

Il ne devait pas être là durant notre conversation, car j'avais besoin de réponses honnêtes.

Une infirmière me conduisit à une salle d'activités. J'y découvris quelques chaises et de petites tables, sur lesquelles trônaient des puzzles non terminés, ainsi qu'un placard débordant de vieilles boîtes de jeux et de puzzles usés. En dehors des plantes qui flanquaient les fenêtres, la pièce était stérile, sans vie. L'infirmière me dit que ma mère serait bientôt là, aussi m'assis-je à une table pour l'attendre.

Un infirmier très grand et très costaud l'accompagnait. Je me levai dès qu'elle entra, faisant preuve d'un respect incongru. Elle était plus vieille que je l'avais pensé. Dans mon esprit, je me l'étais imaginée inchangée, avec le même visage que la dernière fois que je l'avais vue, sauf qu'elle devait avoir dans les quarante-cinq ans, à présent.

Ses cheveux blonds négligés et crêpelés étaient noués en une courte queue-de-cheval. Elle était toujours aussi mince, à sa manière gracieuse et élégante, quoique quasi anorexique. Une grosse robe de chambre bleue pendait sur ses épaules, usée et effilochée, ses longues manches lui masquant les mains.

Sa peau était blanche comme de la porcelaine et, même sans maquillage, elle était d'une beauté stupéfiante. Et puis elle avait un port de tête quasi aristocratique. On voyait clairement qu'elle avait grandi dans un milieu aisé, qu'elle avait passé une bonne partie de sa vie au sommet de l'échelle sociale, qu'elle avait toujours été la reine – à l'école, dans ses cercles sociaux et même à la maison.

— Quand ils m'ont dit que tu étais là, je ne les ai pas crus, commença-t-elle avec un sourire satisfait.

Elle se dressait à quelques pas de moi, mais je ne savais pas comment réagir. Elle m'inspectait comme si j'étais un insecte particulièrement hideux qu'elle s'apprêtait à écraser d'un coup de talon.

— Salut, maman, répondis-je avec douceur, incapable de trouver mieux à dire.

— Kim, me corrigea-t-elle. Je m'appelle Kim. Ne faisons pas semblant. Je ne suis pas ta mère, et nous le savons toutes les deux. (Elle désigna d'un vague geste la chaise que j'avais poussée derrière moi et s'avança jusqu'à la table.) Assieds-toi.

— Merci, marmonnai-je en obtempérant.

Elle prit place en face de moi, croisa les jambes et s'appuya contre son dossier comme si j'étais contagieuse, qu'elle voulait garder ses distances pour ne pas attraper ma maladie.

— Alors, ça y est ? demanda-t-elle en agitant sa main devant son visage avant de la poser sur la table.

Ses ongles étaient longs et parfaits, récemment recouvert d'un vernis transparent.

— Tu as enfin compris ? reprit-elle. Ou bien as-tu toujours su ? Je n'en suis toujours pas certaine.

— Non, je ne me doutais de rien, répondis-je doucement. Je ne suis d'ailleurs sûre de rien.

— Regarde-toi. Tu n'es pas ma fille. (Ma mère m'examina en faisant la moue.) Tu ne sais ni t'habiller ni marcher ni parler. Tu mutiles tes ongles, ajouta-t-elle en montrant d'un doigt parfaitement entretenu mes ongles rongés. Et tes cheveux !

— Les tiens ne sont pas vraiment mieux, rétorquai-je.

Mes boucles étaient coiffées en chignon, comme d'habitude, mais j'avais passé pas mal de temps à les arranger ce matin-là et j'étais assez contente du résultat. J'avais tort, apparemment.

— Ah… (Elle eut un sourire dénué d'humour.) Disons que j'ai des ressources limitées. (Elle détourna les yeux pendant quelques instants, avant de river un regard de glace sur moi.)

Et toi ? tu dois avoir tous les produits de beauté du monde. Entre Matthew et Maggie, je parie que tu es pourrie gâtée.

— Je me débrouille, répondis-je, amère.

À l'entendre, j'aurais dû avoir honte, comme si j'avais volé toutes les choses que je possédais. C'était effectivement ce qu'elle devait penser.

— Qui t'a conduite jusqu'ici ? s'enquit-elle soudain en jetant un coup d'œil par-dessus son épaule, s'attendant à voir Matt ou Maggie dans le couloir.

— Matt.

— Matthew ? répéta-t-elle, réellement choquée. Jamais il ne t'aurait permis de… Il ne sait même pas… (Un voile de tristesse lui couvrit le visage, et elle secoua la tête.) Il n'a jamais compris. Si j'ai fait ce que j'avais à faire, c'était aussi pour le protéger. Il n'était pas question que je te laisse poser tes griffes sur lui.

Elle se toucha nerveusement les cheveux, tandis que des larmes naissaient au coin de ses yeux ; toutefois, elle se reprit rapidement et son visage devint un masque de pierre

— Il pense qu'il doit me protéger, lui dis-je, avant tout pour l'embêter.

Cela ne marcha pas. Elle se contenta de hocher la tête d'un air entendu.

— Matthew a toujours été très mûr pour son âge, mais aussi incroyablement naïf. Il te voyait comme un petit chiot perdu et malade dont il devait s'occuper. (Elle repoussa une mèche de cheveux crêpés de son front et s'abîma dans la contemplation du sol.) Il t'aime parce que c'est un bon garçon, comme l'était son père, et ça toujours été sa faiblesse. (Puis elle me regarda avec espoir.) Est-ce qu'il va venir me voir ?

— Non, répondis-je, presque triste pour elle.

Elle m'adressa un sourire amer, me rappelant pourquoi elle était ici.

— Tu l'as retourné contre moi. Je savais que ça arriverait, mais… (Elle haussa les épaules avec désinvolture.) Ça ne rend pas les choses plus faciles pour autant, hein ?

— Je ne sais pas. (Je me penchai vers elle.) Écoute, ma… je veux dire Kim, je suis venue pour une raison précise. Je veux savoir ce que je suis. Enfin, je veux dire, ce que je suis selon toi.

— Tu es une échangée, répondit-elle comme si de rien n'était. Je suis étonnée que tu ne le saches pas déjà.

Mon cœur cessa de battre, mais je m'efforçai de conserver un air neutre. Je posai mes mains à plat sur la table pour les empêcher de trembler. C'était exactement ce que je craignais. Peut-être l'avais-je toujours su.

Lorsque Finn me l'avait dit, cela avait résonné en moi, mais, là, c'était très différent.

— Comment peux-tu savoir ?

— J'ai su que tu n'étais pas mon enfant dès que le docteur t'a mise dans mes bras. (Elle entortilla une mèche de cheveux autour de son doigt et détourna les yeux.) Mon mari ne voulait pas me croire. Je n'arrêtais pas de lui répéter que… mais il…

Elle déglutit, car le souvenir de l'homme qu'elle avait aimé la faisait souffrir.

— Je n'ai découvert ta véritable nature qu'une fois enfermée ici, parce que j'ai eu tout le temps de chercher, poursuivit-elle, le regard plus dur, la voix forte d'une conviction recouvrée. J'ai lu tous les livres pour trouver une explication. Dans un vieux bouquin sur les contes de fées, j'ai découvert quel genre de parasite tu es : une *échangée*.

— Une *échangée* ? répétai-je d'une voix que j'espérai contrôlée. Qu'est-ce que ça veut dire ?

— À ton avis ? lâcha-t-elle en me regardant comme si j'étais stupide. Echangée ! Tu as pris la place d'un autre enfant ! On m'a pris mon fils et on t'a mise à sa place !

Elle s'empourpra de colère, et l'infirmier fit un pas dans sa direction. Elle leva la main et lutta pour se contenir.

— Pourquoi ? demandai-je, comprenant que j'aurais dû poser la question à Finn. Pourquoi quelqu'un ferait-il une chose pareille ? Pourquoi t'aurait-on pris ton bébé ? Qu'auraient-ils fait de lui ?

— Je ne sais pas à quel jeu tu joues.

Elle sourit tristement, et ses yeux s'emplirent de larmes nouvelles. Ses mains tremblaient lorsqu'elle se toucha les cheveux. Elle ne voulait apparemment plus croiser mon regard.

— Tu sais très bien ce que tu as fait avec lui, reprit-elle. Tu le sais mieux que moi.

— Non, je ne sais pas !

L'infirmier me lança un regard sévère, et je sus que je devais faire mon possible pour ne pas avoir l'air d'être terrifiée.

— De quoi est-ce que tu parles ? l'interrogeai-je d'une voix étouffée.

— Tu l'as tué, Wendy ! vociféra ma mère. (Elle se pencha vers moi, les poings serrés ; elle se donnait apparemment beaucoup de mal pour ne pas me frapper.) D'abord tu as tué mon fils, puis tu as rendu mon mari fou avant de le tuer. Tu les as tués tous les deux !

— Maman… enfin, Kim, merde ! (Je fermai les yeux et me frottai les tempes.) C'est n'importe quoi. J'étais juste un bébé ! Comment est-ce que j'aurais pu tuer qui que ce soit ?

— Comment as-tu convaincu Matthew de te conduire jusqu'ici ? demanda-t-elle en serrant les dents tandis qu'un frisson glacé me parcourait la colonne vertébrale. Jamais il n'aurait accepté. Jamais il ne t'aurait laissée me voir. Et pourtant il l'a fait. Comment t'y es-tu prise pour l'obliger ?

Je baissai les yeux, incapable ne serait-ce que de faire semblant.

— Tu as peut-être fait la même chose à Michael ! continua ma mère en serrant les poings et en respirant si fort que ses narines palpitaient.

— Je n'étais qu'un bébé, insistai-je sans conviction. Je n'aurais pas pu… Et même si j'ai fait quelque chose, d'autres personnes devaient être impliquées. Ça n'explique rien ! Pourquoi l'aurait-on emmené et m'aurait-on mise à sa place ?

Elle fit comme si elle n'avait pas entendu ma question.

— Tu as toujours été mauvaise ; je l'ai su dès que je t'ai tenue dans mes bras. (Elle se calma un peu et s'adossa contre sa chaise.) Je l'ai vu dans tes yeux. Ils n'étaient pas humains. Ils n'étaient ni gentils ni bons.

— Dans ce cas, pourquoi ne m'as-tu pas tuée ? demandai-je, de plus en plus irritée.

— Tu n'étais qu'un bébé ! (Ses mains et ses lèvres se mirent à trembler. Sa confiance vacillait.) C'était ma conviction profonde mais, comme tu t'en doutes, je ne pouvais être sûre de rien, expliqua-t-elle en pinçant les lèvres et en essayant de contenir ses larmes.

— Et qu'est-ce qui t'a fait changer d'avis ? Tu te rappelles mes six ans ? Pourquoi ce jour-là en particulier ? Qu'est-ce qui s'est passé ?

— Tu n'étais pas à moi. Je le savais, dit-elle en s'essuyant les yeux. En réalité, je l'ai toujours su. Je n'arrêtais pas de penser à ce qu'aurait dû être cette journée. Avec mon mari et mon fils. C'est Michael qui aurait dû fêter son sixième anniversaire ce jour-là, pas toi. Toi, tu étais une enfant terrible, horrible, et tu étais en vie. Eux étaient morts. Alors je… Ça ne pouvait plus durer, c'est tout. (Elle prit une profonde inspiration et secoua la tête.) Je pense la même chose aujourd'hui.

— J'avais six ans…, commençai-je d'une voix tremblante. (D'habitude, quand je pensais à elle et à ce qui s'était passé, j'étais comme paralysée. Pour la première fois, cependant, je me sentais aussi blessée et trahie.) *Six ans…* Tu comprends ce que ça veut dire ? J'étais une petite fille, et tu étais censée être ma mère !

Qu'elle soit ou non ma mère n'était finalement pas important ; j'étais une enfant, et elle était supposée m'élever.

— Je n'avais rien fait de mal, ajoutai-je. Je n'avais jamais vu Michael.

— Tu mens ! siffla-t-elle. Tu as toujours été une menteuse et un monstre ! Je sais que tu fais des choses à Matthew ! Laisse-le tranquille ! C'est un bon garçon ! (Elle tendit le bras et m'agrippa douloureusement le poignet, attirant aussitôt l'attention de l'infirmier, qui vint se positionner derrière elle.) Prends ce que tu veux, prends tout, mais laisse Matthew tranquille !

— Venez, Kimberley, dit l'homme en posant sa main puissante sur son bras, l'empêchant de se dégager. Kimberley !

— Laisse-le tranquille ! cria-t-elle, tandis que l'infirmier la relevait et l'éloignait de la table. Tu m'entends, Wendy ? Je sortirai bien d'ici un jour ! Et, si tu lui fais du mal, je terminerai ce que j'ai commencé !

— Ça suffit ! beugla l'homme en l'entraînant hors de la salle.

— Tu n'es pas humaine, Wendy ! Je le sais !

Sur ce, on l'emmena dans sa chambre.

Le personnel soignant me laissa une minute seule, le temps de reprendre mon souffle et mes esprits. Matt ne devait pas me voir dans cet état. Par miracle, je réussis à ne pas vomir.

Tout était vrai. J'étais une échangée. Je n'étais pas humaine. Elle n'était pas ma mère. Elle était juste Kim, une femme qui avait perdu le sens des réalités lorsqu'elle avait compris que je n'étais pas son enfant. J'avais pris la place de son fils, Michael, dont je ne savais strictement rien.

Peut-être était-il mort. Peut-être l'avais-je réellement tué. Ou bien quelqu'un d'autre s'en était-il chargé ? Quelqu'un comme Finn.

Elle était convaincue que j'étais un monstre, et je ne pouvais pas vraiment la contredire. Dans ma vie, je n'avais jamais causé que des malheurs. J'avais gâché la vie de Matt, et je continuais.

Non seulement il devait constamment déménager, non seulement il se faisait beaucoup de souci pour moi, mais en plus je le manipulais, je le contrôlais. Et j'étais bien incapable de dire depuis quand cela durait. J'ignorais d'ailleurs les effets à long terme de ce que je lui faisais subir.

Peut-être aurait-il été plus sage de la laisser me tuer quand j'avais six ans. Ou, mieux encore, quand j'étais un bébé. Alors je n'aurais plus été en mesure de faire souffrir qui que ce soit.

Quand les infirmières m'accompagnèrent jusqu'à la salle d'attente, Matt se précipita vers moi et me prit dans ses bras. Je restai sans bouger, ne lui rendant pas son étreinte. Il m'inspecta pour s'assurer que j'allais bien. Il avait entendu des éclats de voix, et il était pétrifié à l'idée qu'il me soit arrivé quelque chose. Je me contentai de hocher la tête et me hâtai de quitter cet endroit.

5

Folie

— Alors… ? commença Matt.

J'appuyai ma tête contre la vitre froide et refusai de le regarder. Je n'avais pas prononcé un mot depuis que nous étions partis.

— Qu'est-ce que tu lui as dit ? me demanda-t-il.

— Des trucs, répondis-je, vague.

— Arrête, je suis sérieux. Que s'est-il passé ?

— J'ai essayé de lui parler, et elle s'est énervée, répondis-je dans un soupir. Elle a dit que j'étais un monstre. Enfin, tu connais la chanson.

— Franchement, je me demande pourquoi tu tenais tant à la voir. C'est une mauvaise personne.

— Elle n'est pas si mauvaise, rétorquai-je en dessinant des étoiles sur la buée formée par ma respiration sur la vitre. Elle s'inquiète pour toi. Elle a peur que je te fasse du mal.

— Cette femme est folle, se moqua-t-il. Évidemment, puisqu'elle est enfermée, mais… tu ne dois pas l'écouter, Wendy. J'espère que rien de ce qu'elle t'a dit ne t'a atteinte, hein ?

— Non, mentis-je. (Je tirai sur ma manche et effaçai mes dessins, me redressant sur mon siège.) Comment le sais-tu ?

— Quoi ?

— Qu'elle est folle. Que… je ne suis pas un monstre. (Je jouai nerveusement avec l'anneau de mon pouce et regardai fixement Matt, qui secouait la tête.) Je suis sérieuse, insistai-je. Et si j'étais vraiment mauvaise ?

Matt enclencha son clignotant et se rangea sur la bande d'arrêt d'urgence. La pluie martelait les vitres, tandis que les voitures défilaient à grande vitesse sur l'autoroute. Mon frère se retourna complètement vers moi et posa le bras sur le dossier de mon siège.

— Wendy Luella Everly, il n'y a rien de mauvais en toi. *Rien*, insista-t-il, solennel. Cette femme est complètement folle. Je ne sais pas pourquoi, mais elle n'a jamais été une mère pour toi. Tu ne dois pas l'écouter. Elle ne sait pas de quoi elle parle.

— Soyons sérieux, Matt, contrai-je. Je me suis fait virer de toutes les écoles que j'ai fréquentées. Je suis indisciplinée, geignarde, têtue et tellement difficile. Je sais bien que Maggie et toi devez tout le temps lutter contre moi.

— Tu n'es pas mauvaise pour autant. Tu as eu une enfance traumatisante et, c'est vrai, tu n'es pas encore tirée d'affaire, mais non, tu n'es pas mauvaise. Tu es une adolescente décidée qui n'a peur de rien. C'est tout.

— Un jour viendra où mon passé ne sera plus une excuse. D'accord, elle a essayé de me tuer, mais il va bien falloir que je devienne une personne responsable.

— Mais tu es une personne responsable ! dit Matt dans un sourire. Depuis qu'on est arrivés en ville, tout se passe beaucoup mieux. Tes notes s'améliorent, et tu te fais des amis. Même si ça m'embête un peu, je sais que c'est bon pour toi. Tu grandis, Wendy, et tout va bien se passer.

Je hochai la tête, ne trouvant rien à répondre.

— Je sais que je ne te le dis pas assez souvent, mais je suis fier de toi et je t'aime.

Matt se pencha vers moi et me déposa un baiser sur le front. Il ne l'avait pas fait depuis des années, et cela me bouleversa. Je fermai les yeux pour ne pas pleurer. Il se rassit derrière le volant et me lança un regard sérieux.

— D'accord ? Ça ira, maintenant ?

— Ouais, ça va, répondis-je avec un sourire forcé.

— Bien.

Il s'inséra dans le trafic, et nous reprîmes la route de la maison.

Malgré tous les soucis que je leur avais causés, je briserais le cœur de Maggie et Matt si je partais. Suivre Finn était tentant, mais je ne voulais pas les faire souffrir ni accorder plus de valeur à mes besoins qu'aux leurs.

En restant, en montrant que je pensais plus à eux qu'à moi, je prouverais ma véritable nature.

Une fois à la maison, je montai sans donner à Maggie le temps de m'interroger. Comme ma chambre était trop silencieuse, j'attrapai mon iPod et fis défiler les chansons. Un léger tapotement m'interrompit et me fit sursauter.

Je m'approchai de la fenêtre, tirai le rideau et découvris Finn, accroupi sur le rebord. Je fus tentée de remettre le rideau en place et de retourner à mes occupations, mais ses yeux noirs étaient irrésistibles. Et puis cela me donnerait l'occasion de lui dire au revoir dans les règles de l'art.

— Qu'est-ce que tu fais ? demanda-t-il dès que j'eus ouvert la fenêtre.

Je restai devant lui, l'empêchant d'entrer dans ma chambre.

— Et toi, qu'est-ce que tu fais ? rétorquai-je en croisant les bras sur ma poitrine.

—Je suis venu pour m'assurer que tu allais bien, répondit-il, inquiet.

—Et pourquoi je n'irais pas bien ?

—Je ne sais pas, j'ai eu comme un pressentiment. (Il regarda par-dessus son épaule un homme qui promenait son chien sur le trottoir, avant de se tourner vers moi.) Ça ne te dérange pas si j'entre pour que nous terminions notre conversation ?

—Si tu veux.

Je fis un pas en arrière en feignant une indifférence absolue mais, lorsqu'il se glissa par la fenêtre en me frôlant, mon rythme cardiaque s'accéléra. Il se tenait devant moi, les yeux noirs et brûlants, et le reste du monde cessa d'exister. Je secouai la tête et reculai afin de briser le charme.

—Pourquoi passes-tu encore par la fenêtre ? demandai-je.

—Je ne pouvais pas faire autrement. Ce type, en bas, ne m'aurait jamais laissé entrer.

Il avait sans doute raison. Matt le haïssait depuis le bal.

—Ce *type* est mon frère, et il s'appelle Matt, rétorquai-je, sur la défensive.

Vu la manière dont il m'avait soutenue après ma conversation avec Kim, je me sentais le devoir de le protéger.

—Ce n'est pas ton frère. Je te conseille d'arrêter de penser à lui en ces termes. (Il posa sur ma chambre un regard désobligeant.) Alors c'est ça ? C'est pour ça que tu ne veux pas partir ?

—Tu serais bien incapable de comprendre mes raisons, répliquai-je en allant m'asseoir sur mon lit, comme pour affirmer le lien physique qui m'unissait à ces lieux.

—Que s'est-il passé, ce soir ? demanda Finn, qui ne semblait pas avoir remarqué ma réaction.

—Qu'est-ce qui te fait dire qu'il s'est passé quelque chose ?

— Tu es partie quelque part, répondit-il comme si le fait qu'il surveille mes allées et venues était tout à fait normal.

— Je suis allée voir ma mère. Enfin, la femme qui est censée être ma mère. (Je secouai la tête, tant cette phrase sonnait faux à mes oreilles. Je fus tentée de lui mentir, mais il en savait déjà plus que quiconque sur cette affaire.) Et elle, comment tu l'appelles ? Il existe un nom pour les personnes comme elle ?

— Son prénom suffira.

— Euh... ouais, bien sûr, dis-je en me sentant un peu idiote. (Je pris une profonde inspiration.) Bref, je suis allée voir Kim, poursuivis-je. Tu la connais ? Enfin, je me demande ce que tu sais exactement sur moi.

— À vrai dire, je ne sais pas grand-chose, parut-il regretter. J'ai eu beaucoup de mal à te pister. C'était assez déconcertant, je dois l'avouer.

— Alors, tu ne... (Ma voix s'éteignit, et je me rendis compte, incrédule, que j'étais au bord des larmes.) Elle savait que je n'étais pas sa fille. Quand j'avais six ans, elle a essayé de me tuer. Elle n'arrêtait pas de me dire que j'étais un monstre, que j'étais mauvaise, et moi, je la croyais.

— Tu n'es pas mauvaise, insista-t-il avec force, m'arrachant un petit sourire et me faisant oublier ma tristesse. Tu ne peux pas rester ici, Wendy.

— Les choses ont beaucoup changé, le contrai-je en détournant les yeux. Elle ne vit pas ici, et mon frère et ma tante donneraient tout pour moi. Je ne peux pas les abandonner. Je ne le ferai pas.

Finn me détailla avec insistance, essayant de déterminer si j'étais sérieuse. Je m'en voulais de le trouver si attirant, d'être sous son emprise. Ma vie partait à vau-l'eau, et pourtant la manière dont il me regardait était obsédante, et je ne pensai à rien d'autre qu'à mon cœur battant la chamade.

— Te rends-tu compte de tout ce à quoi tu renonces ? demanda-t-il doucement. La vie a tant de choses à t'offrir. À condition de ne pas rester ici, bien sûr. Si Matt savait ce que tu rates, il t'encouragerait à partir.

— Tu as raison. Si c'était mieux pour moi, il me laisserait partir, admis-je. Voilà pourquoi je dois rester.

— Tu sais, moi aussi je veux ce qu'il y a de mieux pour toi. C'est pour ça que je t'ai trouvée et que je m'efforce de te ramener à la maison, expliqua-t-il d'un ton affectueux qui me fit frissonner. Crois-tu vraiment que je te demanderais de tout plaquer si ce n'était pas pour ton bien ?

— Je pense que tu ne sais pas ce qui est bon pour moi, répondis-je d'une voix aussi neutre que possible.

Il avait failli m'avoir en me laissant entendre qu'il se souciait de moi, mais je ne devais pas oublier que cela faisait partie de son travail. Comme tout le reste, d'ailleurs. Ce qui lui importait, c'était de me ramener où il voulait en un seul morceau, ce qui ne signifiait pas qu'il s'intéressait à moi.

— C'est vraiment ce que tu veux ? reprit-il.

— Absolument, affirmai-je avec une force qui me faisait en réalité défaut.

— J'aimerais pouvoir te dire que je te comprends, mais ce n'est pas le cas, soupira-t-il, résigné. En revanche, je peux te dire que je suis déçu.

— Je suis désolée, m'excusai-je.

— Tu ne devrais pas. (Il se passa la main dans les cheveux et me regarda de nouveau.) Je n'irai plus au lycée. Ça ne servirait plus à rien, et je ne veux pas perturber tes études. Tu devrais au moins t'instruire de façon décente.

— Hein ? Et toi, tu n'as pas besoin de t'instruire ?

Mon cœur tomba dans mon estomac comme je comprenais que je ne le reverrais peut-être plus jamais.

— Wendy, lança-t-il avec un rire sans humour. Je croyais que tu le savais. J'ai vingt ans. L'école, c'est terminé pour moi.

— Mais alors, pourquoi… ?

En réalité, je connaissais déjà la réponse à la question que je n'avais pas fini de poser.

— Je n'ai fréquenté ce lycée que pour entrer en contact avec toi, et j'y suis parvenu. (Finn baissa les yeux et soupira.) Quand tu changeras d'avis… (il hésita un instant) je te retrouverai.

— Tu pars ? m'étonnai-je en essayant de masquer ma déception.

— Tu es toujours ici, donc je reste. Pour l'instant, en tout cas.

— C'est-à-dire ?

— Ça dépend… Tout, dans ta situation, est tellement différent. Difficile d'avoir des certitudes.

— Tu n'arrêtes pas de répéter que je suis différente. Qu'est-ce que ça signifie ? De quoi parles-tu ?

— Normalement, nous attendons que les échangés soient un peu plus vieux, qu'ils comprennent par eux-mêmes qu'ils ne sont pas humains. Lorsque le pisteur apparaît, ils sont soulagés et pressés de partir.

— Dans ce cas, pourquoi m'as-tu contactée si tôt ?

— Tu as déménagé tant de fois, dit-il en désignant la maison. Cela nous a inquiétés, alors je suis venu pour te surveiller, et j'ai cru que tu étais prête. Apparemment, je me suis trompé, déplora-t-il dans un long soupir.

— Tu ne peux pas me *persuader* de te suivre ? demandai-je.

Une part de moi voulait qu'il en soit effectivement capable.

— Non, répondit Finn en secouant la tête. Je ne peux pas te forcer à venir. Si c'est ta décision, je suis obligé de la respecter.

Je hochai la tête, consciente d'abandonner toute chance de connaître mes vrais parents et l'histoire de ma famille. Et de passer plus de temps avec Finn. Sans compter mes aptitudes – à commencer par la persuasion –, dont il m'avait dit qu'elles se développeraient avec l'âge. Toute seule, je ne les comprendrais ni ne les maîtriserais jamais.

Nous nous regardâmes, et je regrettai qu'il soit aussi loin de moi. J'étais en train de me demander s'il serait approprié que nous nous disions au revoir en nous serrant dans les bras quand la porte de ma chambre s'ouvrit.

Matt était monté pour voir si j'allais bien. Dès qu'il avisa Finn, son regard s'embrasa. Je me levai et lui barrai la route pour l'empêcher de tuer Finn.

— Matt ! tout va bien ! lançai-je en levant les mains.

— Comment ça, tout va bien ? gronda-t-il. Qui est ce type, bordel ?

— Matt, s'il te plaît !

Je posai mes paumes sur son torse pour le repousser loin de Finn, mais c'était comme tenter de déplacer un mur de briques. Je me tournai vers Finn, qui se contentait de fixer sur Matt un regard morne.

— T'as un sacré culot, mon pote ! beugla Matt en pointant un doigt accusateur par-dessus mon épaule. Elle n'a que dix-sept ans ! Je ne sais pas ce que tu es venu faire dans cette chambre, mais tu ne la reverras plus jamais !

— Matt, s'il te plaît, arrête, le suppliai-je. Il est juste venu me dire au revoir ! *S'il te plaît !*

— Je pense que tu devrais l'écouter, intervint Finn avec un calme qui ne pouvait qu'attiser la colère de mon frère.

Matt avait eu une sale journée, lui aussi, et il n'avait sûrement pas besoin qu'un type vienne le défier chez lui. Même si Finn était posé et tranquille, Matt voudrait à coup sûr l'effrayer pour lui faire passer l'envie de m'approcher.

Mon frère m'écarta de sa route, me faisant tomber par terre. Finn lui lança un regard noir et, lorsque Matt le bouscula, il ne bougea pas d'un millimètre. Il regarda mon frère avec fureur, et je compris qu'en cas de bagarre Matt serait celui qui serait grièvement blessé.

— Matt ! criai-je en me relevant.

J'avais déjà commencé à psalmodier : *Quitte ma chambre. Quitte ma chambre. Calme-toi et sors de ma chambre. S'il te plaît.* Comme j'ignorais si la technique était efficace sans contact visuel, je l'attrapai par le poignet et le forçai à me faire face.

Il voulut se dégager, mais je l'en empêchai. Je le regardai fixement sans cesser de lui parler en esprit. Enfin, son expression se radoucit, et son regard se voila.

— Je vais quitter ta chambre, annonça-t-il d'un ton mécanique.

À mon grand soulagement, il tourna les talons et sortit dans le couloir, fermant la porte derrière lui. Comme j'ignorais s'il allait vraiment redescendre et si j'avais beaucoup de temps devant moi, je m'adressai aussitôt à Finn :

— Tu dois partir, insistai-je, le souffle court, comme il me considérait avec inquiétude.

— Il fait ça souvent ?

— Quoi ?

— Il t'a poussée. Il a clairement du mal à contrôler sa colère, poursuivit Finn en fixant un regard noir sur la porte de ma chambre. Il est instable. Tu ne devrais pas rester ici avec lui.

— Ouais, eh bien, soyez plus regardant sur les personnes à qui vous refilez vos bébés, marmonnai-je en me dirigeant vers la fenêtre. On n'a peut-être plus beaucoup de temps devant nous, alors file.

—À mon avis, il ne devrait plus être autorisé à entrer dans ta chambre, ajouta Finn d'un air absent. Je suis sérieux, Wendy. Je ne veux pas te laisser avec lui.

—Mais je n'ai pas le choix ! lançai-je en me passant la main dans les cheveux avec exaspération. Matt n'est pas comme ça, d'habitude ; il ne me ferait jamais de mal. Il a eu une journée vraiment très difficile, et il t'en veut de m'avoir fait souffrir, l'autre soir, ce qui est compréhensible. (Mon sentiment de panique se dissipant, je me rendais compte que j'avais de nouveau utilisé mon pouvoir de persuasion sur Matt, et cela me donna la nausée.) Je déteste lui faire ça. Ce n'est pas juste et ce n'est pas bien.

—Je suis désolé, me dit Finn, sincère. Je sais que tu as fait ça pour le protéger et que tout est de ma faute. J'aurais dû faire profil bas, mais quand je l'ai vu te pousser... j'ai réagi instinctivement.

—Il ne me fera aucun mal, promis-je.

—Je suis désolé de t'avoir causé des ennuis.

Finn jeta un coup d'œil vers la porte, et je compris qu'il n'avait pas envie de partir. Il se tourna vers moi et lâcha un profond soupir. Il se retenait sans doute de me prendre sur son épaule pour m'emmener. Au lieu de quoi, il grimpa sur le rebord de la fenêtre et se laissa glisser jusqu'au sol.

Puis il contourna la haie des voisins et disparut. Je continuai néanmoins à le chercher du regard, espérant qu'il ne se soit pas agi d'adieux.

La terrible vérité était que j'étais affreusement triste de le voir partir. À la fin, je refermai la fenêtre et tirai mes rideaux.

Après le départ de Finn, je trouvai Matt assis dans l'escalier, ahuri et de mauvaise humeur. Il avait envie de me crier après à cause de Finn, mais paraissait incapable de comprendre ce qui s'était passé. Il me marmonna néanmoins qu'il s'était juré de tuer Finn si celui-ci m'approchait de nouveau, et je fis semblant d'approuver ses paroles.

La journée de lycée suivante fut interminable car je passai mon temps à chercher Finn du regard. Une part de moi-même se répétait que ces derniers jours n'avaient été qu'un mauvais rêve, que Finn devrait toujours être là à me regarder comme il le faisait toujours.

Le pire, c'était que j'avais le sentiment d'être épiée. Mon cou me démangeait comme lorsque Finn m'observait avec trop d'insistance mais, lorsque je me retournais, il n'y avait personne. Personne de notable, en tout cas.

À la maison, j'étais distraite et mal à l'aise. Je quittai la table du dîner prématurément pour monter dans ma chambre. Je soulevai légèrement mes rideaux dans l'espoir de surprendre Finn en train de rôder dans les environs, mais je n'eus pas cette chance. Chaque fois que je le cherchais sans le trouver, mon cœur me faisait un peu plus souffrir.

Je m'agitai et me retournai toute la nuit dans mon lit en essayant de ne pas me demander combien de temps encore Finn resterait en ville. Il m'avait très clairement dit que, sa mission terminée, il n'avait aucune raison de rester.

Je n'étais pas prête à l'accepter. Et puis je n'aimais pas l'idée qu'il poursuive sa route sans moi.

Vers 5 heures, j'abandonnai l'idée de dormir. Je jetai un nouveau coup d'œil par la fenêtre et, cette fois, je crus voir quelque chose – une ombre, un vague mouvement, du coin de l'œil. Il ne m'en fallut pas plus pour en conclure qu'il était là, dehors.

J'avais besoin de sortir, de trouver Finn pour lui parler et m'assurer qu'il était toujours là. Je ne me donnai pas la peine de passer autre chose que mon pyjama, et ne me coiffai même pas.

À la hâte, je me hissai sur le rebord de la fenêtre et essayai d'agripper la branche de l'arbre pour descendre comme l'avait fait Finn. Malheureusement, aussitôt la branche dans ma main, mes doigts glissèrent, et je tombai lourdement par terre, sur le dos. Mes poumons se vidèrent, et je me mis à tousser violemment.

J'aurais adoré rester allongée dans l'herbe en attendant que la douleur se dissipe, mais je craignais que Matt ou Maggie m'ait entendue. Je me relevai tant bien que mal et contournai la haie, me dirigeant vers la maison du voisin.

La rue était complètement déserte. Je serrai mes bras contre moi pour me protéger du froid mordant et jetai un regard circulaire sur les environs. J'étais sûre de l'avoir vu. Qui d'autre se baladerait furtivement devant chez moi à cette heure ? Peut-être ma chute l'avait-elle effrayé ? Peut-être avait-il craint d'avoir réveillé Matt ?

Je décidai de m'éloigner un peu de la maison, de scruter les jardins des voisins à la recherche d'un pisteur caché. À cause de ma chute, j'avais mal au dos et une sensation bizarre dans le genou. Il était 5 heures du matin, j'étais en pyjama et je boitillais dans la rue… Je devais vraiment avoir perdu l'esprit.

Soudain, j'entendis quelque chose. Des pas ? Quelqu'un me suivait et, à en juger par les frissons désagréables qui me parcouraient l'échine, il ne s'agissait pas de Finn. Je n'aurais su expliquer pourquoi j'étais certaine que ce n'était pas lui, mais c'était bel et bien le cas. Lentement, je me retournai.

6

Monstres

Une fille se tenait à quelques mètres de moi. À la lueur des lampadaires, elle était ravissante. Ses cheveux étaient coupés court et coiffés en pointes. Elle portait une minijupe et un manteau en cuir noir qui lui tombait jusqu'aux mollets. Le vent se leva, le soulevant un peu, et elle me fit penser à une star de cinéma, à une héroïne de *Matrix*, peut-être.

Ce qui attira mon attention, cependant, c'était qu'elle était pieds nus.

Comme elle me regardait sans rien dire, je me sentis obligée de parler.

— Euh... bon, je crois que je vais rentrer chez moi, maintenant.

— Wendy Everly, tu devrais nous suivre, dit-elle avec un sourire en coin.

— Nous ? demandai-je, avant de sentir une autre présence dans mon dos.

J'ignorais d'où cette personne était sortie, mais je savais qu'elle était là, derrière moi. Je regardai par-dessus mon épaule et découvris un grand type aux cheveux bruns plaqués en arrière. Il portait un manteau semblable à celui de la fille, et je me dis que c'était cool ; leurs tenues étaient coordonnées comme celles d'une équipe de superhéros.

Il me sourit, et c'est alors que je compris que j'allais avoir des ennuis.

— Merci beaucoup de m'inviter, poursuivis-je, mais j'habite tout près d'ici. (J'indiquai la direction de ma maison, comme s'ils ignoraient où j'habitais…) Oui, je devrais me dépêcher de rentrer avant que mon frère se mette à me chercher partout.

— Tu aurais dû penser à ça avant de sortir de chez toi, me suggéra l'homme.

Je fus tentée de faire quelques pas en avant pour m'éloigner de lui, mais je craignis que cela l'encourage à me bondir dessus. Je me sentais capable de me défendre contre la fille, mais contre lui ce serait une autre paire de manches ; il me dépassait d'une bonne tête.

— Vous êtes des pisteurs ? m'enquis-je.

Quelque chose, dans leur façon de me regarder, me rappelait Finn – surtout le Finn des débuts.

— C'est qu'elle est rapide, en plus, lança la fille avec un grand sourire qui ne me plut guère.

Ils étaient des pisteurs, évidemment, mais n'avaient rien à voir avec Finn. Peut-être étaient-ils des chasseurs de primes ou des kidnappeurs ou simplement des adeptes de la vivisection et du découpage de jeune fille en rondelles. Une peur intense s'empara de moi, mais j'essayai de me contrôler.

— Bon, eh bien, ç'a été super, mais je dois me préparer pour le lycée. J'ai des contrôles, aujourd'hui.

Je commençai à m'éloigner, mais la main de l'homme m'agrippa douloureusement le bras.

— Ne nous l'abîme pas, insista la fille en écarquillant les yeux. Il ne faut pas lui faire de mal.

— Absolument, laissez-moi ! approuvai-je, mais le type refusa de me lâcher.

En tout cas, j'avais décidé de ne pas aller là où ils voulaient m'emmener. Vu qu'ils avaient reçu l'ordre de ne pas me faire de mal, cela me donnerait un avantage en cas de bagarre. Je n'avais que trois maisons à remonter, et je savais que Matt gardait un pistolet sous son oreiller.

Je donnai un grand coup de coude dans l'estomac du gars. Il se plia en deux en toussant, mais ne me lâcha pas pour autant. Alors je lui donnai un coup de pied dans le tibia et mordis dans la main qui m'agrippait.

Comme il hurlait de douleur, la fille se matérialisa devant moi. L'homme ayant lâché prise, elle essaya de m'attraper. Je voulus lui donner un coup de poing au visage, mais elle l'esquiva, et je n'atteignis que son épaule.

Je perdis l'équilibre, et le type me saisit par la taille. Je criai en lui donnant de grands coups de pied. Apparemment lassé, il finit par me jeter à terre.

Je me relevai aussitôt, mais il m'agrippa de nouveau le bras et me força à lui faire face. Il leva la main et me gifla plus sèchement que je ne l'avais jamais été. Le monde devint blanc, et mon oreille se mit à siffler. Il me lâcha, et je m'affaissai dans l'herbe.

— Je t'avais dit de ne pas lui faire de mal !

— Je ne lui ai pas fait mal, je l'ai juste maîtrisée, gronda le type en me toisant. Et, si elle ne la ferme pas, je recommencerai, mais plus fort.

Il m'avait frappé si violemment que j'avais mal au cou et la mâchoire en feu. Une douleur brûlante pulsait derrière mon œil gauche, mais je tentai de me relever tant bien que mal. Alors la fille me donna un coup de pied juste assez appuyé pour me faire basculer en arrière.

Je restai allongée sur le dos, le regard rivé sur le ciel. Du coin de l'œil, je vis une lumière s'allumer dans la maison située juste derrière moi. Si nous étions trop loin de chez moi pour que Matt nous entende, nous faisions suffisamment de bruit pour réveiller les voisins.

J'ouvris la bouche pour crier, pour appeler à l'aide, mais le grand pisteur comprit ce que j'avais derrière la tête. Un faible couinement s'échappa d'entre mes lèvres lorsque sa botte m'écrasa la gorge.

— Essaie un peu pour voir, me menaça-t-il. Je peux appuyer beaucoup plus que ça. Je n'ai peut-être pas le droit de te briser le cou, mais je peux te faire regretter de n'être pas morte.

N'arrivant plus à respirer, j'attrapai son pied et essayai de le repousser. Quand il me demanda si je promettais d'être gentille, je hochai frénétiquement la tête. Pour être autorisée à respirer de nouveau, j'aurais accepté n'importe quoi.

Il fit un pas en arrière, et j'avalai aussitôt de grandes bouffées d'air qui me brûlèrent la gorge.

— Emmenons-la à la voiture, dit la fille, exaspérée.

Le type se baissa pour me soulever, mais je lui écartai vivement les mains. Allongée sur le dos, les jambes relevées, j'étais prête, non pas à lui donner des coups de pied, mais à le repousser s'il tentait de m'approcher.

En réaction, il me frappa le mollet assez fort pour me provoquer une crampe, mais je ravalai la douleur en serrant les dents. Il appuya son genou sur mon ventre, me plaquant au sol, m'empêchant de bouger.

Quand il voulut m'attraper, je repoussai ses bras, mais il parvint à m'agripper les poignets et à les plaquer au sol d'une main.

— Arrête ! m'ordonna-t-il.

Je luttai pour me libérer, mais il serra encore plus fort, menaçant de me briser les os.

— Je t'ai dit d'arrêter, insista-t-il. De toute façon, on va t'embarquer, alors ne résiste pas.

— Vous n'allez embarquer personne ! aboya Finn, et sa voix sembla sortir de nulle part.

Je tournai la tête dans tous les sens pour le voir. De ma vie, je n'avais été plus heureuse d'entendre quelqu'un.

— Merde ! lâcha la fille dans un soupir. Si tu n'avais pas perdu tout ce temps à te bagarrer avec elle, on aurait déjà filé.

— C'est sa faute ! protesta le grand type.

— Maintenant, c'est avec moi que tu vas devoir te battre ! gronda Finn en lui lançant un regard assassin. Lâche-la tout de suite !

— Finn, discutons de tout cela calmement, tenta la fille d'une voix à la fois boudeuse et charmeuse que Finn ne parut même pas entendre. (Elle fit un pas vers lui.) Je sais que tu prends ton devoir très au sérieux, mais je suis certaine que nous pouvons nous arranger.

Elle se rapprocha encore un peu, mais Finn la poussa durement, la faisant tomber sur le derrière.

— Je déteste me battre contre toi, Finn.

Le type me libéra les poignets et ôta son genou de mon ventre. J'en profitai pour essayer de lui mettre un coup de pied dans les parties, mais il eut le réflexe de se jeter sur moi pour me gifler.

Sans me laisser le temps de le maudire de m'avoir frappée, Finn se rua sur lui. M'étant tournée sur le côté pour mettre mon visage meurtri hors de portée de mon agresseur, je ne voyais qu'une petite partie de la scène.

Mon assaillant était parvenu à se relever, mais j'entendais Finn le frapper. La fille lui sauta sur le dos pour l'arrêter, mais Finn lui donna un coup de coude. Elle s'écroula au sol en tenant son nez ensanglanté.

— Ça suffit ! cria l'homme en se protégeant le visage, ayant renoncé à se battre. C'est bon, on s'en va !

— Vous avez intérêt à vous tirer *illico* ! cria Finn. Si je vous revois dans les parages, je vous tue !

Le type aida la fille à se relever, et tous les deux coururent vers un SUV noir garé à un pâté de maisons de là. Finn resta devant moi, sur le trottoir, et les suivit des yeux jusqu'à ce qu'ils montent à bord de la voiture et disparaissent.

Un instant plus tard, il s'agenouilla à côté de moi, dans l'herbe, et posa la main sur ma joue, là où j'avais été giflée. Ma peau était douloureuse et me picotait, mais je refusai de le lui montrer. Le contact de sa main était trop agréable pour que je l'abrège.

Il m'examina d'un air peiné. Si terribles qu'aient été les dernières minutes, je ne regrettai pas du tout de les avoir vécues car elles avaient débouché sur ce moment, sur ce doux contact et sur son regard posé sur moi.

— Je suis désolé d'avoir mis autant de temps, s'excusa-t-il en pinçant les lèvres. (Il s'en voulait manifestement de n'avoir pu intervenir plus tôt.) Je dormais et je ne me suis réveillé que lorsque tu étais complètement paniquée.

— Tu dors tout habillé ? demandai-je en avisant ses habituels jean et chemise noirs.

— Ça m'arrive, répondit-il en retirant sa main de mon visage. Je savais que quelque chose se préparait aujourd'hui. Je le sentais, mais je n'en étais pas sûr, car j'étais malheureusement trop loin de toi. Je n'aurais jamais dû m'endormir.

— Il ne faut pas t'en vouloir. Je n'aurais pas dû sortir de ma chambre.

— Qu'est-ce que tu faisais dehors à cette heure ? me demanda-t-il avec curiosité.

Je détournai les yeux, embarrassée.

— J'ai cru te voir, avouai-je doucement.

— J'aurais dû être là, marmonna-t-il, l'air sombre.

Il se releva et me prit par la main. Je grimaçai un peu, mais essayai de ne pas trop le montrer.

— Ça va ?

— Ouais, merci, répondis-je avec un sourire forcé. J'ai un peu mal, mais ça ira.

Il m'effleura de nouveau la joue du bout des doigts, et des frissons me parcoururent le corps. Il étudia ma blessure de près. Soudain, son regard noir et magnifique plongea dans le mien. À cet instant, je sus que j'étais amoureuse de lui.

— Tu vas avoir un bleu, murmura-t-il en retirant sa main. Je suis vraiment désolé.

— Tu n'y es pour rien. C'est moi, la coupable. Je me suis comportée comme une idiote. J'aurais dû me douter que...

Je ne terminai pas ma phrase. Comment aurais-je pu me douter de quoi que ce soit ? Je ne connaissais même pas ces gens.

— Qui sont ces gens ? Qu'est-ce qu'ils voulaient ?

— Les Vittras, gronda Finn en se retournant comme si la mention de leur nom risquait de faire revenir mes agresseurs.

Il se raidit un peu en scrutant l'horizon.

— Viens, reprit-il en me mettant la main dans le dos. Je t'expliquerai dans la voiture.

— La voiture ?

Je me figeai. Sa main se fit plus pressante, mais il comprit vite que je n'irais pas plus loin. Je dus faire abstraction du contact de sa paume sur mes reins pour pouvoir lui tenir tête.

— Je ne monterai pas dans la voiture, repris-je. Je dois rentrer chez moi avant que Matt se réveille et se rende compte de mon absence.

— Tu ne peux pas retourner là-bas, s'excusa Finn d'un ton ferme. Je suis navré. Je sais que tu as envie de rentrer chez toi, mais tu n'y serais plus en sécurité. Les Vittras t'ont trouvée. Habiter cette maison t'est désormais impossible.

— Je ne comprends rien à ton histoire de Vittras, et puis Matt…

Je m'agitai nerveusement et me tournai vers ma maison.

Pour un type normal, Matt était costaud, mais je n'étais pas certaine qu'il fasse le poids contre le gars qui m'avait agressée. Et même si c'était le cas, je ne voulais pas lui imposer cela. Si quelque chose arrivait à mon frère ou à Maggie à cause de moi, je ne me le pardonnerais jamais.

Les lumières rouges et bleues d'une voiture de police baignèrent le quartier. Les voisins devaient avoir appelé les flics en m'entendant me battre contre les pisteurs. Les policiers n'ayant pas jugé utile de faire hurler leurs sirènes, j'en conclus qu'ils pensaient intervenir dans un banal cas de tapage nocturne.

— Wendy, il faut y aller, insista Finn.

Comme l'arrivée de la police semblait l'inquiéter, je hochai la tête et acceptai de le suivre.

Apparemment, il était venu à ma rescousse à pied car sa voiture était garée devant chez lui, à deux pâtés de maisons de là. Nous nous mîmes à courir, mais comme la voiture de police se rapprochait dangereusement nous préférâmes nous cacher derrière un abri de jardin.

— Ça va briser le cœur de Matt, chuchotai-je tandis que les flics nous dépassaient.

— Matt voudrait que tu sois en sécurité, m'assura-t-il.

Il avait raison, sauf que Matt n'était pas au courant de ce qui m'arrivait. Je serais peut-être en sécurité, mais il n'en saurait rien.

Lorsque Finn fut certain que les policiers étaient partis, nous sortîmes de notre cachette et nous précipitâmes vers sa voiture.

— Tu as un téléphone portable ? demandai-je.

— Pourquoi ?

Finn ne cessait pas de regarder par-dessus son épaule. Il sortit les clés de la voiture de sa poche et déverrouilla les portières à distance.

— Je veux appeler Matt pour lui dire que je vais bien, répondis-je.

Finn m'ouvrit la portière côté passager, puis fit le tour du véhicule pour se mettre au volant.

— Alors ? Je peux l'appeler ? insistai-je.

— Tu veux vraiment lui parler ? demanda Finn en tournant la clé de contact.

— Ben, oui, évidemment ! Ça t'étonne ?

Finn enclencha la première et s'engagea sur la chaussée. À part nous et les voisins que nous avions réveillés, la ville tout entière était encore endormie. Il me regarda du coin de l'œil, hésitant, puis finit par extraire son téléphone portable de sa poche.

— Merci, lui dis-je avec un sourire reconnaissant.

Je commençai à taper le numéro de Matt d'une main tremblante. J'avais la nausée. Je m'apprêtais à vivre la conversation la plus difficile de ma vie. Je collai l'appareil contre mon oreille et écoutai les sonneries en tentant de calmer les battements de mon cœur.

— Allô ? répondit Matt d'une voix endormie.

Je l'avais réveillé. Il ne savait donc pas que je n'étais plus à la maison. Était-ce une bonne chose ? Je n'en étais pas sûre.

— Allô ? Qui est à l'appareil ?

Je fermai les yeux et pris une profonde inspiration.

— Matt ?

— Wendy ? répondit-il, soudain alerte et quelque peu paniqué. Où es-tu ? Que se passe-t-il ? Il y a un souci ?

— Non, je vais bien. (J'avais toujours mal à la joue, mais ce n'était pas grave – et, même si ça l'était, je ne le lui aurais pas dit.) J'appelle parce que… je pars. Je voulais que tu saches que je vais bien.

— Comment ça, tu pars ?

Je l'entendis ouvrir violemment sa porte puis la mienne.

— Où es-tu, Wendy ? poursuivit-il. Reviens tout de suite à la maison !

— C'est impossible, Matt, rétorquai-je en me frottant le front et en lâchant un soupir saccadé.

— Pourquoi ? Tu es avec quelqu'un ? C'est ce Finn qui t'a emmenée ? m'interrogea-t-il.

En fond, j'entendais Maggie qui lui posait des questions. À force de claquer des portes et de hausser la voix, il l'avait réveillée.

— Si ce petit connard pose la main sur toi, je le tue !

— Oui, je suis avec Finn, mais ce n'est pas ce que tu crois, dis-je d'une voix sourde. J'aimerais bien pouvoir t'expliquer, mais ce n'est pas possible. Sache quand même qu'il s'occupe de moi. Il veille à ma sécurité.

— Pourquoi, tu es menacée ? C'est à moi de te protéger ! Pourquoi est-ce que tu fais ça ? (Il prit une profonde inspiration et essaya de se calmer.) Si on s'y prend mal, dis-le nous, on corrigera le tir, Wendy. Il faut que tu rentres tout de suite, ajouta-t-il d'une voix chevrotante qui me brisa le cœur. S'il te plaît, Wendy.

— Tu n'as pas besoin de corriger le tir. (Des larmes silencieuses coulaient sur mes joues, et j'essayai d'avaler la boule qui s'était formée dans ma gorge.) Tu n'as rien fait de mal. Ça n'a rien à voir avec Maggie ou toi, je t'assure. Je vous adore et, si je le pouvais, je vous emmènerais, mais je ne peux pas.

— Tu n'arrêtes pas de répéter que tu ne peux pas ; est-ce qu'il t'oblige ? Dis-moi où tu es, que je prévienne la police.

— Il ne me force pas, Matt. (Je soupirai en me demandant si j'avais bien fait d'appeler. Peut-être avais-je rendu les choses encore plus difficiles pour lui.) S'il te plaît, n'essaie pas de me retrouver. Tu n'y arriverais pas et, de toute façon, je n'en ai pas envie. Je voulais juste vous dire que je vais bien, que je vous aime et que vous n'avez jamais rien fait de mal. D'accord ? Je veux que vous soyez heureux.

— Wendy, qu'est-ce que tu racontes ?

Il y avait une telle détresse dans sa voix... Je n'en étais pas certaine, mais il me sembla qu'il pleurait.

— On dirait que tu pars pour toujours, que tu ne reviendras jamais, continua-t-il. Tu ne peux pas... Écoute, je ne sais pas ce qu'il s'est passé, mais je vais m'en occuper. Je ferai le nécessaire. Rentre tout de suite, Wendy.

— Je suis vraiment désolée, Matt, mais c'est impossible. (J'essuyai mes larmes et secouai la tête.) Je te rappellerai si je le peux, mais, si tu n'entends plus parler de moi, ne t'en fais pas, tout ira bien.

— Wendy ! Arrête de dire ça ! cria Matt. Tu dois rentrer à la maison tout de suite ! Wendy !

— Au revoir, Matt.

Je raccrochai tandis qu'il hurlait mon nom à l'autre bout du fil.

Je pris une profonde inspiration et me répétai que j'avais fait ce qu'il fallait. C'était la seule manière de les protéger et de garantir ma propre sécurité, chose qui comptait beaucoup pour Matt.

Si j'avais pu lui expliquer, il aurait compris. Néanmoins, lui dire au revoir de la sorte avait été une torture. Entendre sa douleur et sa frustration…

— Eh ! Wendy, tu as fait ce qu'il fallait, me rassura Finn.

Je répondis d'un reniflement. Il me prit la main et la serra doucement. En temps normal, cela m'aurait ravie, mais à ce moment précis j'eus les plus grandes difficultés à me retenir de sangloter et de vomir. Je m'essuyai de nouveau les yeux, mais n'arrivai pas à contrôler mes larmes.

— Viens par ici, me dit-il doucement.

Il me prit dans ses bras et m'attira contre lui. Je posai la tête sur son épaule, et nous restâmes longtemps blottis l'un contre l'autre.

7

Förening

Prenant une respiration profonde et saccadée, je parvins enfin à cesser de pleurer. Le bras de Finn n'était plus autour de mes épaules, mais nous étions assis si près l'un de l'autre que nous nous touchions presque. Puis nos regards se croisèrent, et il éloigna un peu son bras.

— Que se passe-t-il ? demandai-je. Qui étaient ces gens ? Pourquoi est-ce qu'on doit fuir ?

Finn me regarda longuement, puis se concentra sur la route.

— Ta mère t'expliquera ça mieux que moi ; je ne saurais pas par où commencer.

— Ma mère ? (Comment Kim pouvait-elle être au courant ? Alors je compris qu'il parlait de ma vraie mère.) On va la voir ? Où est-elle ? Où allons-nous ?

— On va à Förening. C'est là que j'habite – et où tu vas habiter. (Il eut un petit sourire destiné à me rassurer, et cela fonctionna un peu.) Malheureusement, c'est à sept heures de voiture.

— C'est-à-dire ?

— C'est dans le Minnesota, au bord du Mississippi, dans un coin très reculé.

— Förening ? C'est quoi, exactement ? demandai-je sans le lâcher des yeux.

— C'est une ville, en quelque sorte. Enfin, eux préfèrent utiliser le terme de « complexe ». Tu as entendu parler de la propriété des Kennedy à Hyannis Port ? Disons que c'est une communauté très fermée.

— Il y a des gens normaux, là-bas ? des humains, je veux dire ? Peut-être pourrais-je y faire venir Matt ?

— Pas dans le sens où tu l'entends. (Il hésita avant de poursuivre en me regardant du coin de l'œil.) Il n'y a que des Trylles, des pisteurs et des mänskligs. En tout, ça fait dans les cinq mille habitants. Nous avons des stations-service, une épicerie et une école. C'est une petite communauté très calme.

— Nom de..., lançai-je en écarquillant les yeux. Tu veux dire qu'il y a une ville de... trolls dans le Minnesota ? Et personne n'a jamais rien remarqué ?

— On vit très calmement, insista Finn. Et il existe des manières d'empêcher les gens de remarquer.

— À t'écouter, on croirait que tu es dans la mafia, remarquai-je, lui arrachant un sourire en coin. Vous éliminez les gens avant de les balancer dans le fleuve ?

— La persuasion est bien utile, parfois, répondit-il, et son sourire s'effaça.

— Toi aussi, tu maîtrises la persuasion ? m'enquis-je avec circonspection.

Ma question le dérangea et, comme je m'y attendais, il secoua la tête.

— Pourquoi ? le pressai-je.

— Je suis pisteur. Nos aptitudes sont différentes.

Sentant que je n'étais pas satisfaite de ses explications, il poursuivit de lui-même :

— Et plus utiles pour pister, évidemment. La persuasion n'est pas forcément un atout dans ma profession.

— De quelles aptitudes parles-tu ? m'impatientai-je.

— C'est difficile à expliquer. Ce ne sont pas vraiment des aptitudes, d'ailleurs. (Il s'agita sur son siège en serrant nerveusement les dents.) C'est plus un instinct, de l'intuition. Un peu comme un limier suit une odeur, sauf que moi je ne sens rien. Je sais, c'est tout. (Il se tourna vers moi pour vérifier si j'avais bien compris, mais je le regardai avec des yeux ronds.) Par exemple, quand tu as rendu visite à cette femme, l'autre soir…

Celle que j'avais prise pour ma mère toute ma vie.

— … je savais que tu étais loin et que quelque chose t'avait bouleversée.

— Tu sais quand je ne me sens pas bien ? même si je suis loin de toi ?

— Tant que je te piste, oui, répondit-il en hochant la tête.

— Je croyais que tu n'étais pas médium…, marmonnai-je. Être capable de deviner mes sentiments, c'est quand même un peu…

— Non, je t'ai dit que je ne pouvais pas lire dans tes pensées.

Puis il ajouta dans un soupir exaspéré :

— Ce que tu penses, je n'en ai pas la moindre idée. Et je ne sais pas non plus ce que tu ressens, sauf si c'est de la peur ou de la détresse. Je suis à l'écoute de ces sentiments car j'ai besoin de savoir si tu es en danger et si tu as besoin d'aide. Mon boulot consiste à assurer ta sécurité et à te ramener à la maison.

— Comment fais-tu pour nous pister ? avant de nous rencontrer, je veux dire ?

— Ta mère possède un souvenir de l'époque où tu étais bébé. Une mèche de cheveux – en général, il s'agit de ça. Je m'imprègne de ce qu'elle dégage. Et puis, souvent, les parents ont une vague idée de l'endroit où vous vivez. Quand je suis à proximité, je perçois plus de choses, et le tour est joué.

Une chaleur bizarre emplit ma poitrine. Ma mère avait gardé des souvenirs de moi. Kim ne chérissait aucun souvenir de ma prime enfance, au contraire de cette femme que je ne connaissais pas. Elle avait coupé une mèche de mes cheveux et l'avait gardée pendant toutes ces années.

— C'est pour ça que tu me regardais tout le temps ? parce que tu percevais des choses ?

Je repensai à ses yeux constamment posés sur moi, à son expression indéchiffrable.

— Oui.

Sa réponse laconique me sembla bizarre. Il ne mentait pas, ou alors par omission… Je fus tentée d'insister, mais il y avait tant de choses que je voulais savoir.

— Et… tu fais ça souvent ?

— Tu es ma onzième.

Il scruta mon visage, à l'affût d'une réaction, aussi fis-je mon possible pour rester le plus impassible possible. Et pourtant sa réponse m'avait surprise. Pour commencer, sa méthode demandait beaucoup de temps, et il me paraissait bien jeune. Et puis, le fait qu'il y ait tant d'échangés dans la nature était quelque peu déstabilisant.

— Depuis combien de temps tu fais ça ?

— Depuis l'âge de quinze ans.

— Quinze ans ? Tu te fiches de moi ? lançai-je en secouant la tête. Tu es en train de me dire que tes parents t'ont envoyé dans le vaste monde pister des jeunes gens alors que tu n'avais que quinze ans ? Et ces ados, ils t'ont cru, ils ont eu confiance en toi ?

— Je suis très doué dans mon métier, répondit-il d'un ton léger.

— Quand même… Ça semble tellement… irréel. (J'avais du mal à accepter cette idée.) Ils ont tous accepté de te suivre ?

— Oui, bien sûr.

— Ils le font toujours ? je veux dire, avec tous les pisteurs ?

— Non. En général, oui, mais pas toujours.

— Mais avec toi ça marche toujours ? insistai-je.

— Oui. (Il se tourna de nouveau vers moi.) C'est si difficile à croire ?

— Eh bien, oui, un peu. (J'essayai de mettre le doigt sur ce qui me dérangeait le plus.) Attends. Tu avais quinze ans ? Ça signifie que tu n'es pas un échangé. Tous les Trylles ne sont donc pas des échangés. Je ne suis pas sûre de comprendre…

— Les pisteurs n'en sont pas, confirma-t-il en se massant le cou et en faisant la moue. Il vaut mieux que ta mère t'explique tout ça.

— Les échangés ne peuvent pas être pisteurs ? Pourquoi ?

— On s'entraîne toute la vie pour être pisteur. Notre jeunesse est un atout. Il est beaucoup plus facile de se rapprocher d'un ado quand on en est soi-même un que quand on a quarante ans.

— Une grande partie de ton travail consiste à établir une relation de confiance avec l'échangé, dis-je en le regardant d'un air soupçonneux.

— En effet, admit-il.

— Et quand tu t'es comporté en véritable connard, vendredi soir, c'était aussi pour consolider notre relation de confiance ?

Pendant une fraction de seconde, il sembla touché, puis son visage redevint un masque froid.

— Non, j'essayais simplement de mettre de la distance entre nous. Je n'aurais jamais dû t'inviter à danser. Alors il a fallu que je corrige mon erreur. J'avais besoin de ta confiance, mais tout autre sentiment aurait été superflu et contre-productif.

Il ne s'était donc agi que de cela, de me persuader de le suivre. Notre relation n'avait été qu'une blague. Il avait assuré ma sécurité, avait réussi à se faire apprécier, mais, lorsqu'il avait noté une évolution de mes sentiments, il avait fait le nécessaire pour me remettre à ma place. C'était très douloureux à admettre. Je déglutis difficilement en regardant droit devant moi.

— Je ne voulais pas te faire souffrir, dit-il doucement.

— Pas de souci, le rassurai-je d'un ton glacial. Tu as fait ton travail.

— Je me rends bien compte que tu essaies de dédramatiser, mais tu as raison : j'ai fait mon travail. (Il s'interrompit quelques instants.) Et je continue à le faire.

— Comme tu l'as dit toi-même, tu es très doué dans ce que tu fais, conclus-je en croisant les bras, les yeux rivés sur la route.

Je n'avais plus envie de parler. Je me posais toujours des millions de questions, mais je préférais attendre de parler à quelqu'un d'autre. N'importe qui d'autre. Alors que je me croyais trop nerveuse et excitée pour dormir, au bout d'une heure de route environ, ma tête se fit de plus en plus lourde. Je luttai pour ne pas sombrer avant de décider que le voyage passerait beaucoup plus vite si je dormais un peu.

Lorsque j'ouvris les yeux, le soleil brillait déjà haut dans le ciel. J'avais dormi recroquevillée sur le siège, les genoux repliés contre la poitrine, et j'avais mal partout. Je regardai autour de moi, me redressai et m'étirai en essayant de débloquer mon cou endolori.

— J'ai bien cru que tu allais dormir pendant tout le trajet.

— On est encore loin ? m'enquis-je en bâillant et en m'étirant, cognant mes genoux contre le tableau de bord.

— Plus très loin.

Le décor avait changé au profit d'une campagne vallonnée bordée de hauts arbres. La voiture franchissait des collines et des vallées à la beauté stupéfiante. Finn ralentit et quitta la route principale, se dirigeant vers un promontoire. De l'autre côté, nous serpentâmes parmi les arbres et plongeâmes vers le Mississippi, qui scintillait à travers le feuillage automnal.

Nous arrivâmes devant un grand portail en fer gardé par un homme. Celui-ci avisa Finn, hocha la tête et nous fit signe de passer. Nichées au milieu des arbres se dressaient de magnifiques maisons. Comme je ne les distinguais qu'en partie, j'avais l'impression bizarre qu'il y en avait d'autres, beaucoup d'autres. Elles étaient belles, luxueuses, et parfaitement mises en valeur par le paysage.

Finn gara la voiture devant un riche manoir perché de façon précaire au sommet d'une falaise. D'un blanc immaculé, il était joliment orné de lierre. La façade arrière, tournée vers le fleuve, était entièrement constituée de panneaux de verre sertis dans une structure à l'apparence fragile. Bien que d'une beauté certaine, la demeure semblait sur le point de sombrer dans le vide.

— Qu'est-ce que c'est ? finis-je par demander en m'arrachant à la contemplation de la maison.

Finn eut un sourire qui me fit frissonner de partout.

— On y est. Bienvenue chez toi, Wendy.

J'avais grandi dans une famille aisée mais, là, c'était autre chose. Le manoir était d'une élégance tout aristocratique. Comme je suivais Finn vers la porte, l'idée que j'étais originaire d'un tel milieu s'installa en moi. Difficilement. Jamais, de toute ma vie, je ne m'étais sentie si petite et ordinaire.

Vu l'allure de la maison, je m'attendais à ce qu'un majordome nous ouvre, au lieu de quoi je découvris un garçon d'à peu près mon âge à la chevelure couleur sable tombant en cascade sur le front. Il était très beau, ce qui était logique ; comment imaginer, en effet, qu'une telle demeure abrite quelque chose de laid ? Elle était si parfaite.

D'abord un peu déconcerté et surpris, il avisa Finn et comprit.

— Oh! mon Dieu, tu dois être Wendy, commença-t-il, tout sourires, en ouvrant grand la lourde porte pour nous laisser entrer.

Finn m'encouragea à passer la première. J'étais nerveuse et surtout gênée par la manière dont le garçon me souriait ; après tout, j'étais en pyjama et j'avais la joue meurtrie. Il était habillé comme tous les jeunes que j'avais fréquentés – du moins dans des lycées privés –, ce que je trouvai également bizarre. Dans une maison telle que celle-là, ne portait-on pas toujours un smoking ?

— Euh... ouais, marmonnai-je, maladroite.

— Au fait, je m'appelle Rhys, dit-il en se tapotant la poitrine. Nous ne vous attendions pas si tôt, ajouta-t-il à l'attention de Finn.

— Comme quoi...

— J'aurais beaucoup aimé rester pour discuter, mais j'étais juste rentré déjeuner. Si je ne me dépêche pas, je vais arriver en retard à l'école. (Rhys regarda par-dessus son épaule.) Elora est en bas, dans le salon, si ça ne vous dérange pas de la rejoindre seuls...

— Pas de problème, acquiesça Finn en hochant la tête.

— Super. Encore désolé de vous expédier comme ça, lança Rhys avec un sourire contrit en ramassant sa besace, posée à côté de la porte. Heureux d'avoir fait ta connaissance, Wendy. On aura bientôt l'occasion de se revoir.

Dès qu'il fut parti, je pris le temps d'examiner les lieux. Le sol était dallé de marbre, et un énorme lustre en cristal pendait au-dessus de nous. De là où nous nous trouvions, je distinguais la vue à couper le souffle qui s'étalait derrière les baies vitrées du fond. Du sol au plafond, la paroi entièrement de verre donnait sur la cime des arbres et le fleuve, situés loin en contrebas.

C'était largement assez pour me donner le vertige, et ce même si je me trouvais à l'autre bout de la maison.

— Suis-moi.

Finn s'engouffra dans un couloir à la décoration très chargée, et je me hâtai de le rattraper.

— C'était qui ? murmurai-je comme si les murs pouvaient m'entendre.

Ceux-ci étaient couverts de tableaux, dont certains de maître, apparemment.

— Rhys.

— Ouais, j'avais compris. Est-ce que c'est mon… frère ?

— Non.

J'attendis la suite, mais elle ne vint jamais.

Soudain, il changea de direction et entra dans une pièce qui occupait un coin de la maison et dont deux des côtés étaient entièrement vitrés. On y trouvait également une cheminée – au-dessus de laquelle était suspendu le portrait d'un bel homme d'âge mûr – et une énorme bibliothèque. Il y avait des meubles anciens et élégants un peu partout, dont une méridienne en velours installée devant l'âtre.

Une femme était assise sur un tabouret, dans un coin, et nous tournait le dos. Elle était vêtue d'une robe ample et noire, tout comme la chevelure qui lui tombait dans le dos. Une grande toile était posée sur un pupitre, devant elle. Le tableau n'était pas terminé, mais il semblait représenter un genre de feu, avec des lustres brisés visibles derrière un voile de fumée.

Elle continua à peindre pendant plusieurs minutes pendant que nous attendions. Je me tournai plusieurs fois vers Finn, mais, chaque fois, il secoua la tête et me dissuada de me plaindre à voix haute. Les mains dans le dos, il se tenait bien droit à la manière d'un soldat.

— Elora ? appela-t-il avec circonspection, comme s'il était intimidé.

Je trouvai cela étonnant et déstabilisant, surtout de la part de Finn.

Elle se retourna enfin, et j'en oubliai presque de respirer. Elle était beaucoup plus âgée que ce à quoi je m'attendais – au moins cinquante ans –, mais tout en elle était particulièrement élégant et beau, en particulier ses grands yeux noirs. Jeune, elle avait dû être d'une beauté surnaturelle. Irréelle.

— Finn ! lança-t-elle d'une voix claire et angélique, avec un enthousiasme communicatif.

Elle se leva d'un mouvement gracieux et rapide. Finn s'inclina légèrement. Gênée, je tentai maladroitement de l'imiter, ce qui la fit rire. Elle regarda Finn et me désigna d'un geste de la main.

— C'est elle ?

— Oui, c'est elle, répondit-il avec une pointe de fierté.

Il avait réussi à me ramener à bon port, et je commençais à comprendre qu'il s'était agi d'une mission très spéciale.

Quand elle se déplaçait, elle était encore plus gracieuse et imposante. Sa robe frôlait le sol, donnant l'impression qu'elle flottait au lieu de marcher.

Elle s'arrêta devant moi et m'inspecta avec attention. Mon pyjama lui déplut, apparemment, d'autant qu'il était taché aux genoux à cause de la bagarre. Elle eut une moue désapprobatrice à la vue de mon visage meurtri.

— Mon Dieu…, murmura-t-elle, étonnée, mais pas du tout inquiète. Que s'est-il passé ?

— Les Vittras, expliqua Finn avec le même mépris que la première fois que je l'avais entendu prononcer ce mot.

— Ah…, fit Elora en haussant un sourcil. Lesquels ?

— Jen et Kyra.

— Je vois.

Elora se perdit dans ses pensées pendant une minute, lissa des plis imaginaires sur sa robe, puis, lâchant un soupir las, elle reprit :

— Tu es sûr ? Il n'y avait que Jen et Kyra ?

— Il me semble, confirma Finn en réfléchissant. Personne n'est venu à leur rescousse quand je suis intervenu. Ils étaient vraiment décidés à l'enlever. Jen s'est même montré violent.

— C'est ce que je vois. En tout cas, tu es superbe, dit-elle, impressionnée, ce qui me fit monter le rouge aux joues. Wendy, c'est bien ça ?

— Oui, madame, répondis-je avec un sourire nerveux.

— Quel nom ordinaire pour une fille extraordinaire ! remarqua-t-elle, mécontente. Excellent travail, Finn. J'aimerais m'entretenir avec elle en privé. Mais reste à proximité. Je t'appellerai quand j'aurai besoin de toi.

Finn s'inclina de nouveau et quitta la pièce. La déférence dont il faisait preuve à son égard me mit étrangement mal à l'aise. Je ne savais pas comment me comporter en sa présence.

— Pour toi, je serai Elora, d'accord ? Tu vas devoir t'habituer à tellement de choses, ici. Je me rappelle quand je suis arrivée… (Elle sourit et secoua légèrement la tête.) J'étais un peu perdue.

Ne sachant comment réagir, je me contentai de hocher la tête, tandis qu'elle désignait le salon d'un grand geste du bras.

— Assieds-toi. Nous avons tant de choses à nous dire.

— Merci.

Hésitante, je m'installai sur le bord du canapé afin de ne pas le casser ou quelque chose du même genre.

Elora s'allongea sur la méridienne, sur le côté, disposant sa robe autour d'elle. La tête appuyée sur la paume de la main, elle me dévisagea avec une fascination non dissimulée. Ses yeux noirs et magnifiques m'étaient familiers. Ils me faisaient penser à un animal enfermé dans une cage.

— Je ne sais pas si Finn te l'a dit, mais je suis ta mère.

8

La famille

C'était impossible. Je voulais la corriger. Il y avait forcément erreur. Une créature aussi belle et élégante ne pouvait pas avoir donné naissance à un être tel que moi. J'étais maladroite et impulsive. Ses cheveux étaient soyeux, alors que les miens, comme on me l'avait déjà fait remarquer, avaient la texture d'un tampon à récurer. Nous ne pouvions pas être parentes.

—Ah ! apparemment non. Si j'en crois ton expression ahurie, tu ne me crois pas. Permets-moi de te rassurer : ton identité ne fait absolument aucun doute. J'ai personnellement choisi la famille Everly pour t'accueillir. C'est aussi moi qui t'ai laissée chez eux. Finn est le meilleur de nos pisteurs ; il n'y a vraiment aucune chance que tu sois quelqu'un d'autre que ma fille.

—Je suis désolée, murmurai-je en changeant de position, mal à l'aise. Ce n'est pas que je ne vous crois pas, c'est juste que…

—Je comprends. Tu es encore habituée à la façon d'être des humains, mais ça va bientôt changer. Finn t'a-t-il parlé des Trylles ?

—Pas vraiment, avouai-je avec circonspection, ne voulant pas lui causer des ennuis.

—Je suis sûre que tu te poses beaucoup de questions, mais laisse-moi tout t'expliquer. Tu pourras m'interroger après, si tu veux éclaircir des points précis.

Étant donné la froideur de sa voix, je ne me risquerais pas à lui poser la moindre question.

—Pour les non-initiés, Trylle est synonyme de troll, mais ce dernier terme est vieillot et quelque peu insultant. Comme tu peux le constater, il ne nous correspond pas vraiment, commença Elora en désignant d'un geste ample le salon et sa décoration raffinée.

J'acquiesçai d'un signe de tête.

—Nous sommes apparentées aux hommes, poursuivit-elle, mais nous sommes bien plus en phase avec nous-mêmes. Nos aptitudes, notre intelligence et notre beauté surpassent largement les leurs. Il y a deux différences fondamentales entre notre mode de vie et celui des hommes. Nous désirons vivre une existence tranquille, communier avec la Terre et nous-mêmes. Nous nous efforçons de développer nos aptitudes et les utilisons pour améliorer notre vie, pour nous protéger, nous et ce qui nous entoure. C'est notre raison d'être. Förening n'existe que pour préserver et développer le mode de vie des Trylles.

» La seconde différence, bien que ce n'en soit pas vraiment une, réside dans la manière dont nous nous évertuons à maintenir ce mode de vie. (L'air pensive, elle se tourna vers la baie vitrée.) Les enfants humains vont à l'école uniquement pour se préparer à une vie de servitude. Ce n'est pas ce à quoi nous aspirons. Nous voulons une liberté complète et totale. Voilà pourquoi nous avons besoin des échangés.

» Cette tradition remonte à des siècles, peut-être même à des millénaires, poursuivit-elle en me regardant d'un air grave tandis que je déglutissais à grand-peine, luttant contre une nausée de plus en plus intense. À l'origine, nous étions des habitants de la forêt, et notre société était bien moins… industrialisée qu'aujourd'hui. Nos enfants souffraient de malnutrition et de problèmes médicaux divers. Nous n'avions même pas d'écoles dignes de ce nom. Nous confiions nos bébés à des familles humaines afin qu'ils grandissent dans un plus grand confort, avant de les récupérer une fois grands.

» Cette pratique a évolué parce que nous avons évolué. Les échangés étaient en meilleure santé, plus instruits et plus riches que les Trylles éduqués dans la communauté. Alors nous avons fini par placer tous nos enfants. Bien sûr, nous pourrions aujourd'hui éduquer nos enfants aussi bien que les humains, mais nous serions alors contraints, afin de maintenir notre standard de vie, de quitter le confort de notre communauté et de passer notre existence à exercer des tâches subalternes. Ce qui est hors de question.

» Nous laissons donc nos enfants dans les familles humaines les plus sophistiquées et les plus riches. Les échangés vivent une enfance idéale avant de nous revenir avec un héritage qui se diffusera dans notre société et l'enrichira. Ce n'est pas l'unique objectif, évidemment, mais cela explique en bonne partie le confort dans lequel nous vivons. L'argent qu'ils obtiennent de leur famille hôte leur permet de vivre confortablement…

—Attendez. Je vous prie de m'excuser. Je sais que je ne suis pas censée vous interrompre, mais… (je me passai la langue sur les lèvres et secouai la tête) j'ai juste besoin de clarifier certains points.

—… et ils doivent l'obtenir par tous les moyens, conclut-elle d'une voix acide.

—Vous m'avez confiée à des étrangers pour que je bénéficie d'une bonne instruction, que je sois heureuse et que je vous ramène de l'argent, c'est bien ça?

— Oui, confirma Elora en haussant un sourcil, me mettant au défi de protester.

J'avais tellement envie de crier que j'en tremblais, mais elle me faisait peur. Je la sentais capable de me casser en deux par la seule force de sa pensée, aussi me contentai-je de jouer avec l'anneau de mon pouce et de hocher la tête. Elle m'avait donc mise dans les bras d'une folle parce qu'elle ne voulait pas travailler et qu'elle avait besoin d'argent.

— Puis-je poursuivre ? demanda Elora sans même chercher à dissimuler sa condescendance.

J'acquiesçai à contrecœur.

— Je ne sais même plus où j'en étais..., lâcha-t-elle en agitant la main, irritée. Si tu as d'autres questions, profites-en...

— Que sont les Vittras ? demandai-je en m'efforçant de ravaler ma colère. Je ne comprends pas. Que me voulaient-ils, au juste ?

— Förening est peuplé de Trylles, reprit-elle avec un ample geste du bras. Le terme « Trylle » désigne plus ou moins une tribu. Nous sommes des trolls et, au fil des ans, la population troll a beaucoup diminué. Autrefois, nous étions beaucoup plus nombreux, mais aujourd'hui nous ne sommes plus qu'un million dans le monde entier. Nous sommes une des plus grandes tribus restantes, mais nous ne sommes pas la seule. Les Vittras sont une faction rivale, et ils essaient depuis toujours de nous affaiblir. Soit en corrompant nos jeunes, soit, tout simplement, en nous éliminant.

— Les Vittras veulent que je vive parmi eux ? m'étonnai-je en plissant le nez. Pourquoi ? Quel intérêt ?

— Je suis la reine. (Elle fit une pause, me laissant le temps d'assimiler cette information.) Tu es donc la princesse. Tu es ma seule enfant, mon héritière.

— Quoi ? lâchai-je, comme ma mâchoire inférieure se décrochait.

— Tu es la princesse, répéta Elora avec un sourire condescendant. Un jour, tu seras reine. Tu dirigeras les Trylles, et c'est une grande responsabilité.

— Mais si je n'étais pas là, vous ne pourriez pas me trouver une remplaçante ? Je veux dire, que je sois là ou non, il y aura toujours une reine, non ?

— Il ne s'agit pas que de cela. Nous ne naissons pas tous égaux. Les Trylles sont bien plus doués que les autres. Tu as déjà goûté à la persuasion, mais ton potentiel est bien plus important. Les Vittras s'estiment heureux quand ils ont une aptitude particulière, quelle qu'elle soit. T'accueillir dans leurs rangs augmenterait énormément leur pouvoir et leur influence.

— Vous êtes en train de me dire que j'ai des pouvoirs ? demandai-je, le front plissé, sarcastique.

— Tu en auras. Voilà pourquoi tu dois vivre ici. Tu as besoin d'apprendre nos coutumes, de prendre ta place dans notre société.

— D'accord...

Je pris une profonde inspiration et me frottai les mains sur mon pyjama.

Tout ceci était irréel et impossible. L'idée que je puisse devenir reine me semblait totalement absurde. J'avais déjà du mal à être digne de mon statut d'adolescente maladroite.

— Finn assurera ta protection. Vu qu'ils sont à ta recherche, ce ne sera pas du luxe.

Elora lissa sa robe et poursuivit sans me regarder :

— Je suis certaine que tu te poses beaucoup d'autres questions, mais tu obtiendras tes réponses petit à petit. Et si tu allais faire un brin de toilette ?

— Attendez, l'interrompis-je d'une petite voix incertaine, attirant son attention dédaigneuse. C'est juste que... enfin... où est mon père ?

— Oh... (Elora détourna les yeux et regarda par la fenêtre.) Il est mort. Je suis navrée. C'est arrivé peu après ta naissance.

Finn m'avait promis une vie différente dans un endroit où j'aurais ma place. En réalité, je ne voyais aucune différence. Les privilèges, peut-être... Ma mère biologique était presque aussi froide que ma mère de substitution et, dans mes deux vies, mon père était mort.

— Au fait, je n'ai pas d'argent, ajoutai-je, mal à l'aise.

— Bien sûr. Tu n'auras accès à ton plan d'épargne qu'à tes vingt et un ans, ou peut-être plus tôt, grâce à ta force de persuasion. Finn m'a dit que tu te débrouillais déjà très bien.

— Hein ? Non, rétorquai-je en secouant la tête, je n'ai pas de plan d'épargne.

— J'ai spécifiquement choisi les Everly à cause de leur niveau de vie, expliqua Elora d'une voix neutre.

— Ouais, j'ai bien compris que vous les aviez choisis pour leur argent et pas pour leur santé mentale. (Je baissai les yeux, consciente d'avoir dépassé les bornes, mais je me repris rapidement.) Mon père s'est tué quand j'avais cinq ans, donc son assurance a été soldée depuis longtemps. Quant à ma mère, elle n'a jamais travaillé de sa vie et, comme elle est internée depuis onze ans, ses économies ont largement fondu. Sans compter qu'on a beaucoup déménagé et que ça nous a coûté beaucoup d'argent, notamment en frais de scolarité. Nous ne sommes pas pauvres, loin de là, mais nous sommes loin d'être aussi riches que vous l'imaginez.

— Arrête de dire « nous ». Ils n'ont rien à voir avec toi ! vociféra Elora en s'asseyant. Qu'est-ce que tu racontes ? Les Everly étaient une des familles les plus riches du pays. Tu ne les as quand même pas ruinés !

— Je ne sais pas combien d'argent nous… enfin, *ils* ont, mais nous… euh… je n'ai pas grandi dans un palais ! criai-je presque de frustration. Vous ne m'écoutez pas ! J'ai eu une enfance *terrible*. Ma fausse mère a essayé de me tuer !

Elora semblait davantage troublée par le fait que ma famille ne soit pas richissime que par l'annonce de la tentative de meurtre dont j'avais été victime. Immobile, elle garda le silence pendant un long moment.

— Elle était donc de celles-là…

— Qu'est-ce que vous voulez dire ? la pressai-je, furieuse qu'elle prenne avec autant de détachement et si peu d'émotion le fait que j'aie failli perdre la vie. Comment ça, celles-là ?

— Comment dire…, commença-t-elle en secouant la tête, regrettant apparemment d'avoir attisé ma curiosité. Très rarement, il arrive qu'une mère sache, qu'elle fasse du mal à l'enfant, voire qu'elle le tue.

— Attendez, attendez ! Vous saviez qu'elle risquait de me tuer ? criai-je en me levant. Vous saviez que je pouvais mourir, et vous m'avez laissée là-bas quand même ? Vous vous fichiez de ce qui pouvait m'arriver !

— Ne sois pas si mélodramatique, protesta-t-elle en levant les yeux au ciel. C'est ainsi que nous vivons. Le risque était minime. Et puis tu as survécu, non ? Plus de peur que de mal, donc.

— Plus de peur que de mal ? (Je soulevai mon haut de pyjama pour lui montrer ma cicatrice.) J'avais six ans et j'ai eu soixante points de suture. Plus de peur que de mal…

— Ton comportement est indigne, dit Elora en se levant et me faisant signe de la laisser. Une princesse n'agit pas de la sorte.

Je voulus protester, mais aucun son ne franchit la barrière de mes lèvres. J'étais stupéfaite et comme étourdie. Je laissai retomber ma veste de pyjama sur mon ventre, tandis qu'Elora glissait vers la baie vitrée. Elle joignit ses mains devant elle et contempla le paysage. Une minute plus tard, sans qu'elle ait ouvert la bouche, Finn apparut dans l'encadrement de la porte.

— Vous avez besoin de quelque chose, Elora ? demanda-t-il en s'inclinant légèrement.

Comme elle lui tournait le dos, j'en conclus qu'elle n'avait pas besoin de le regarder pour le voir.

— Wendy est fatiguée. Montre-lui sa chambre, ordonna-t-elle d'un ton mal assuré. Fais en sorte qu'elle n'ait besoin de rien.

— Bien sûr.

Finn me regarda. Son regard noir était réconfortant et, même si je savais qu'il s'agissait juste d'un travail pour lui, sa présence me soulagea.

Il sortit de la pièce à la hâte, et je lui emboîtai le pas. Je croisai les bras et les frottai avec mes mains, essayant de calmer mes nerfs. J'avais encore du mal à encaisser tout ce que je venais d'apprendre. Où était ma place dans tout cela ?

Elora avait raison. J'avais sans aucun doute besoin de faire un brin de toilette. Peut-être qu'après une bonne nuit de sommeil tout s'éclaircirait et deviendrait peut-être plus supportable. J'en doutais, cependant.

Finn me précéda dans un grand escalier en colimaçon, puis dans un couloir richement orné. Il finit par ouvrir une lourde porte en bois, révélant ce qui devait être ma chambre. Elle était immense, avec un haut plafond voûté et une paroi entièrement vitrée qui augmentait encore l'impression de volume.

Un énorme lit à baldaquin trônait en son centre, entouré de meubles laqués modernes. J'avisai un ordinateur portable, un écran plat, une console de jeux, un iPod et tous les gadgets dont je pouvais rêver. Finn ouvrit un placard qui regorgeait déjà de vêtements. Puis il tira une porte et alluma la lumière de ma salle de bains privative – quasiment un spa, en réalité.

— Comment sais-tu où se trouve chaque chose ? lui demandai-je.

Il semblait connaître la maison comme sa poche. L'avoir à mes côtés me faisait du bien.

— Il m'arrive de séjourner ici, répondit-il avec nonchalance.

— Quoi ? Pourquoi ?

Je ressentis un accès de jalousie, terrifiée à l'idée qu'il puisse entretenir une relation perverse avec Elora. Il la révérait plus que je ne l'aurais cru.

— Pour protéger ta mère. C'est une femme très puissante, mais elle n'est pas toute-puissante, expliqua Finn d'un air vague. Étant pisteur, je suis en mesure de rester en liaison avec son esprit et donc d'intervenir en cas de danger.

— C'est déjà arrivé ?

À ce moment précis, je me moquais qu'une bande de maraudeurs enragés force les portes de la maison pour s'en prendre à Elora ; toutefois, si ce « château » était la cible d'attaques répétées, je me sentais en droit d'être mise au courant.

— Je t'aiderai à t'acclimater. Tout le monde sait que ce système n'est pas parfait. La chambre de Rhys est au bout du couloir. Ma chambre, tout comme celle d'Elora, est dans l'autre aile de la maison.

J'avais évidemment noté que Finn n'avait pas tout à fait répondu à ma question, mais la journée avait été longue, et je décidai de ne pas insister. J'étais rassurée de le savoir à proximité. Je n'aurais pas supporté d'être abandonnée dans cette maison, livrée à cette femme. Elle était certes fascinante et très puissante, mais également totalement dépourvue de chaleur humaine.

Ce besoin de chaleur humaine était d'ailleurs nouveau pour moi. Après toutes ces années passées à rejeter les attentions de Maggie et Matt, je ne m'attendais pas à souffrir autant du manque de contact avec des personnes aimées.

— C'est toi qui… ? commençai-je en désignant ma chambre et ses accessoires high-tech.

— Non, c'est Rhys.

C'était logique, en effet, Finn ne paraissant pas du tout intéressé par les gadgets hors de prix disséminés un peu partout.

— J'imagine que c'est Willa qui s'est occupée de la garde-robe, ajouta-t-il. Tu feras sa connaissance plus tard.

— Rhys n'est pas mon frère ? m'enquis-je une nouvelle fois.

Je n'arrivais pas à l'imaginer dans cette ambiance. Je ne l'avais vu que brièvement, mais il m'avait semblé gentil et normal.

— Non. C'est un mänsklig, répondit-il comme si j'étais censée comprendre.

— Qu'est-ce que ça signifie ?

Je le regardai en fronçant les sourcils.

— Ça signifie qu'il n'est pas ton frère, dit-il d'un air détaché en se dirigeant vers la porte. Tu as besoin de quelque chose avant que je m'en aille ?

Sa décision de partir si précipitamment me déçut un peu, d'autant que je me sentais seule et déstabilisée, mais je n'avais aucune raison de le retarder. Les bras toujours croisés sur la poitrine, je secouai la tête et m'assis sur le lit. Au lieu de filer, Finn se tourna vers moi.

— Tu crois que ça va aller ?

— Je ne sais pas, avouai-je. Je ne m'attendais pas du tout à ça. (En effet, c'était bien pire et bien plus impressionnant que tout ce que j'avais envisagé.) C'est que… j'ai l'impression d'être dans une version alternative de *Princesse malgré elle* où Julie Andrews jouerait le rôle d'une voleuse.

— Mmh…, fit Finn d'un air entendu en revenant s'asseoir à côté de moi, les bras croisés sur la poitrine. Je sais que ce mode de vie est difficile à comprendre pour certaines personnes.

— Ce sont des escrocs, Finn. (Je déglutis difficilement.) C'est tout ce qu'ils sont. Je ne suis qu'un moyen de soutirer de l'argent à des gens riches. Sauf que, dommage pour elle, ma famille n'est pas si riche que ça.

— Je t'assure que tu es bien plus que cela pour elle. Bien plus. Elora est une femme complexe qui a du mal à dévoiler ses émotions, mais c'est une femme bien. Que tu aies de l'argent ou non, tu auras toujours ta place ici.

— Tu sais combien d'argent ils ont ? Les Everly, je veux dire ?

— Oui, répondit-il avec hésitation. Elora m'a demandé de vérifier leur situation financière pendant que je te pistais.

— Alors ?

— Qu'est-ce que tu veux savoir ? Le montant de ton plan d'épargne ? ce dont tu peux espérer hériter ? ou bien la richesse totale de ta tutrice et de ton frère ? demanda-t-il, le visage dénué d'expression. Tu veux les sommes nettes d'impôts ? les avoirs en liquides ? Souhaites-tu que j'inclue leurs biens immobiliers, tels que la maison qu'ils possèdent toujours dans les Hamptons ? Tu veux le montant global en dollars ?

— Non, répondis-je en secouant la tête. Je me pose juste des questions… Elora a l'air convaincue que nous avons vraiment beaucoup d'argent. Il y a quelques minutes encore, je ne savais même pas que j'avais un plan d'épargne.

— Eh oui, tu as beaucoup d'argent. Plus encore que ce qu'Elora avait escompté.

Je hochai la tête et regardai mes pieds.

— Vous viviez bien en dessous de vos moyens, ajouta-t-il.

— Maggie doit penser que c'est mieux pour Matt et moi. En fait, je ne me suis jamais vraiment souciée de savoir combien j'avais d'argent. (Je regardai longuement mes pieds avant de relever la tête.) Ils me donneraient n'importe quoi. Ils me donneraient tout, si je le leur demandais, mais il est hors de question que je leur prenne de l'argent. Surtout si c'est pour le donner à Elora. Tu pourras le lui dire quand tu la verras.

Alors que je m'attendais à l'entendre protester d'une manière ou d'une autre, Finn me surprit. Ses lèvres se soulevèrent en un semblant de sourire ; on aurait presque dit qu'il était fier de moi.

— Je n'y manquerai pas, s'amusa-t-il. Pour l'instant, cependant, je te conseille de prendre une douche ; ça te fera beaucoup de bien.

Finn m'aida à m'installer. Mon énorme placard débordait de vêtements, mais il n'eut aucun mal à trouver un pyjama. Il me montra comment fermer les stores à l'aide d'une télécommande et comment faire fonctionner la douche ultra-compliquée.

Quand il fut parti, je m'assis sur le bord de la baignoire et tâchai de ne pas me laisser submerger par l'émotion. Je commençais à me dire que Matt et Maggie étaient les seules personnes à m'aimer pour ce que j'étais. Et on me demandait de les escroquer... Enfin, ce ne serait pas vraiment du vol. Je savais qu'ils n'hésiteraient pas une seconde à me donner ce que je leur demanderais, ce qui rendait les choses encore plus insupportables.

9

Le mal du pays

Enveloppée dans un peignoir duveteux, je sortis de la salle de bains et eus la surprise de découvrir Rhys assis sur mon lit, où il passait en revue le contenu de l'iPod qu'on m'avait donné avec cette chambre. Je me raclai la gorge, puisqu'il ne m'avait apparemment pas entendue.

—Eh! (Rhys posa l'iPod et se leva en me souriant d'une façon qui me fit pétiller les yeux.) Excuse-moi, je ne voulais pas te déranger, juste voir comment tu t'en sortais, si tu te plais ici.

—Je ne sais pas. (Mes cheveux étaient en désordre, et je passai mes doigts dans mes mèches humides et emmêlées.) C'est encore trop tôt pour le dire.

—Et ta chambre? J'ai choisi les trucs qui me plaisaient, même si ça peut sembler un peu vaniteux. J'ai demandé conseil à Rhiannon, comme c'est une fille, mais ce n'est pas facile d'acheter des trucs pour une personne qu'on n'a jamais rencontrée.

—Non, c'est vraiment super. Tu as fait du bon boulot, dis-je en me frottant les yeux en bâillant.

—Oh! désolé. Tu dois être épuisée, dit-il en se levant. Comme je viens de rentrer de l'école, je n'ai pas pu te rendre visite plus tôt. Tant pis, je te laisse.

— Attends. Tu viens de rentrer de l'école, répétai-je en fronçant les sourcils. Est-ce que ça signifie que tu es pisteur ?

— Non. (C'était son tour d'être gêné.) Je suis un mänks.

Me voyant écarquiller les yeux, il précisa :

— Excuse-moi, je veux dire mänsklig.

— Et qu'est-ce que ça veut dire ? m'enquis-je sans parvenir, du fait de ma fatigue, à dissimuler mon exaspération.

— Ils t'expliqueront tout ça plus tard, répondit-il dans un haussement d'épaules. Bon, je vais te laisser te reposer. Si tu as besoin de quelque chose, je serai dans ma chambre ou bien en bas en train de manger un morceau.

— Tu es heureux, ici ? bredouillai-je sans réfléchir.

Nos regards se croisèrent pendant une seconde, et je lus quelque chose d'intense dans ses yeux. Intense et indéchiffrable. Il détourna la tête.

— Pourquoi ne le serais-je pas ? demanda-t-il avec une ironie désabusée. (Il passa ses doigts sur mes draps de soie et examina mon couvre-lit.) J'ai tout ce qu'un garçon de mon âge peut désirer. Une console, des jeux, des voitures, de l'argent, des habits, des domestiques… (Un sourire lui éclaira lentement le visage.) Et j'ai même une princesse pour voisine. C'est le pied, quoi.

— Je ne suis pas vraiment une princesse, rétorquai-je en secouant la tête et en me coinçant une mèche de cheveux derrière l'oreille. Pas dans le véritable sens de ce mot. Et puis… je viens d'arriver.

— En tout cas, tu ressembles à une princesse.

Sa manière de me sourire me fit monter le rouge aux joues, aussi baissai-je les yeux, ne sachant comment réagir.

— Et toi ? poursuivis-je en le regardant, tête baissée. (Le sourire qui jouait sur mes lèvres était dangereusement séducteur, mais je m'en moquais.) Es-tu un genre de prince ?

—Malheureusement, non ! (Il se passa la main dans les cheveux d'un air penaud.) Bon, je vais te laisser t'habiller. Le cuistot n'est pas là ce soir, et c'est mon tour de préparer le dîner.

Rhys disparut dans le couloir en sifflotant une chanson que je ne reconnus pas. Je fermai ma porte et regrettai de ne pas comprendre un peu mieux ce qui m'arrivait. J'étais donc une princesse trylle, qui régnerait un jour sur un empire d'escrocs, et j'avais un mänsklig pour voisin… C'était complètement fou.

Je vivais dans une maison magnifique avec des gens froids et indifférents, et le prix de mon intégration était le vol des seules personnes pour qui je comptais vraiment. Oui, Finn était auprès de moi, mais il m'avait bien fait comprendre que son intérêt pour moi était purement professionnel.

Je cherchai quelque chose à me mettre dans mon placard. La plupart des vêtements étaient trop luxueux à mon goût, même si je n'avais pas grandi en guenilles. Si ma mère… enfin si Kim n'avait pas perdu la tête et quitté la maison, elle m'aurait sans doute acheté des vêtements de ce genre. Des trucs à la mode, de grande qualité. Je réussis tout de même à dégotter une jupe toute simple et un chemisier qui aurait pu appartenir à ma propre garde-robe.

Comme j'étais affamée, je décidai de rejoindre Rhys en bas. Les dalles étaient froides sous mes pieds, et je me rendis compte que je n'avais vu aucun tapis ni aucune moquette dans la maison.

Je n'avais jamais été fan des tapis, et j'avais toujours détesté porter quoi que soit aux pieds. Je repensai à ce placard plein de vêtements, énorme. Il ne me semblait pas y avoir vu de chaussures… Une caractéristique des Trylles, sans doute, pensée que je trouvai étrangement réconfortante. Oui, j'avais bien ma place quelque part.

Je traversai un salon séparé d'une élégante salle à manger par une cheminée centrale. Les chaises, apparemment faites à la main, étaient capitonnées de blanc. Le parquet était en bois doré et lisse, et tout était fait pour diriger le regard vers la paroi vitrée et la vue admirable.

— Tu as trouvé ce que tu voulais ? lança Rhys.

Je fis volte-face.

— Ouais, acquiesçai-je en regardant autour de moi avec méfiance. Elora a bon goût, c'est clair.

— C'est sûr. J'imagine que tu as faim. Viens, on va te trouver quelque chose dans la cuisine. (Il fila à grandes enjambées, et je lui emboîtai le pas.) Tu n'aimeras sans doute pas ma cuisine. Je parie que tu es accro à la nourriture saine, au bio, comme tout le monde, hein ?

— Je ne sais pas. (Je ne m'étais jamais considérée comme une maniaque de la nourriture saine, mais j'avais effectivement tendance à préférer le bio et les légumes.) J'aime les trucs naturels, c'est vrai.

Il hocha la tête et me précéda dans la salle à manger à la riche décoration, puis dans l'énorme cuisine.

Il y avait deux cuisinières de type professionnel, deux énormes réfrigérateurs en inox, un îlot central géant et beaucoup plus de placards que nécessaire. Rhys ouvrit un réfrigérateur et en sortit une bouteille d'eau et une autre de soda Mountain Dew.

— De l'eau ? me proposa Rhys en me tendant la bouteille. Je ne suis pas le meilleur cuistot du monde, mais tu vas devoir te contenter de moi.

— Le chef vient souvent ?

Dans une maison comme celle-là, il y avait forcément du personnel.

— Il travaille à temps partiel. (Rhys avala une gorgée de Mountain Dew, posa la bouteille sur l'îlot central et entreprit de fouiller dans le réfrigérateur.) Il vient le week-end, quand on organise des réceptions. Je ne sais pas ce qu'Elora mange durant la semaine. Pour ma part, je me débrouille comme je peux.

Je m'appuyai contre l'îlot central et bus mon eau. Cette cuisine me rappelait celle de notre maison des Hamptons, celle où Kim avait tenté de me tuer, mais en plus grande. Si elle n'avait pas été internée, j'aurais sans doute été élevée dans ce genre d'ambiance. Elle-même devait avoir grandi dans un cocon de ce type.

Maggie aurait pu avoir ce niveau de vie, à en croire Finn. Je me demandai pourquoi Matt et elle avaient choisi d'économiser et de vivre en dessous de leurs moyens. Était-ce pour moi ? pour assurer mon avenir ? Étant donné mes problèmes à l'école, ç'aurait été logique.

Si je ne me trompais pas, Elora avait l'intention de leur voler précisément ce qu'ils comptaient me donner.

Maggie avait clairement démontré que sa présence à mes côtés et son implication dans mon éducation comptaient plus que l'argent. Elle avait fait un choix radicalement différent de celui de ma mère.

— Je suppose que tu aimes les champignons *shitaké*, pas vrai ? disait Rhys.

Perdue dans mes pensées, je ne l'avais pas vu sortir tout un tas de choses du réfrigérateur. Il croulait littéralement sous des légumes.

— Euh, ouais, j'aime les champignons.

Je me redressai et tentai de voir ce qu'il avait dans les mains. Je reconnus une majorité de choses que j'aimais.

— Super, dit Rhys en souriant et en posant ses légumes dans l'évier. Je vais te préparer la meilleure poêlée de ta vie.

Il entreprit alors de débiter les légumes en petits morceaux. J'offris de l'aider, mais il tenait à se débrouiller seul, semblait-il. Pendant ce temps, il me parla avec enthousiasme de la nouvelle moto qu'il avait reçue la semaine précédente. J'essayai de suivre, même si je ne connaissais rien aux deux-roues. Enfin, je savais qu'ils roulaient vite, et cela me suffisait.

— Qu'est-ce que tu nous prépares ? demanda Finn en arrivant dans la cuisine, l'air légèrement dégoûté.

Comme il venait de prendre une douche, il avait les cheveux mouillés et dégageait un doux parfum d'herbe trempée de pluie. Mais en plus agréable. Il passa devant moi sans me regarder et rejoignit Rhys devant la cuisinière, où les légumes étaient en train de cuire dans un wok.

— Une poêlée de légumes ! annonça Rhys.

— Vraiment ? demanda Finn en jetant un coup d'œil par-dessus l'épaule du cuisinier.

Rhys fit un pas de côté pour permettre à Finn d'attraper un morceau de quelque chose. Celui-ci renifla un morceau de légume, avant de l'avaler.

— C'est pas si mauvais.

— Attendez, je rêve ! lança Rhys, la main sur le cœur, feignant la stupéfaction. Ma cuisine vient-elle de convaincre le plus grand critique gastronomique du pays ?

— Non, j'ai juste dit que ce n'était pas si mauvais, rétorqua Finn en secouant la tête et en sortant une bouteille d'eau du réfrigérateur. (Il n'avait apparemment pas apprécié la réaction théâtrale de Rhys.) Et je suis sûr qu'Elora est infiniment plus difficile à satisfaire que moi.

— Sans doute, mais elle ne m'a jamais demandé de cuisiner pour elle, dit Rhys en agitant son wok pour mélanger les légumes.

— Tu ne devrais pas avoir confiance en lui, me conseilla Finn en s'adressant à moi pour la première fois. Il m'a refilé une intoxication alimentaire, un jour.

— On ne peut pas s'intoxiquer avec une orange ! protesta Rhys en le regardant par-dessus son épaule. C'est impossible ! Et quand bien même, je me suis contenté de te *donner* une orange. Je ne vois pas comment j'aurais pu la contaminer.

— Je ne sais pas, commenta Finn dans un haussement d'épaules.

Un discret sourire lui soulevait le coin des lèvres, et je voyais que la réaction de Rhys l'amusait.

— Tu n'as même pas mangé la partie que j'ai touchée ! Tu l'as épluchée, cette orange ! lança Rhys, exaspéré.

Pendant qu'il s'efforçait de nous convaincre de son innocence, le contenu du wok s'embrasa.

— Tes légumes ont pris feu, remarqua Finn en désignant la cuisinière du menton.

— Zut !

Rhys attrapa un verre d'eau et le versa sur les flammes. Je n'étais plus trop certaine d'avoir envie de déguster son plat.

— Si le fait d'être difficile est une caractéristique trylle – et il semblerait que ce soit le cas –, comment se fait-il que Rhys ne le soit pas ? demandai-je. Est-ce parce qu'il est mänks ?

En une fraction de seconde, le visage de Finn devint un masque de pierre.

— Où as-tu entendu ce mot ? de la bouche d'Elora ?

— Non, de celle de Rhys, répondis-je.

Celui-ci s'affairait devant la cuisinière, mais quelque chose dans sa posture avait changé. Il avait l'air penaud.

— Si l'un d'entre vous pouvait m'expliquer ce que ça veut dire, ce serait sympa, ajoutai-je. Pourquoi tous ces mystères ?

Rhys se retourna. Une lueur de nervosité brillait dans son œil quand il croisa le regard de Finn. Quelque chose passa entre eux que je ne compris pas.

— Elora t'expliquera tout en temps et en heure, dit Finn. Il ne nous revient pas d'aborder ces sujets.

Rhys retourna à ses légumes. Le ton glacial de Finn ne lui avait pas échappé.

Alors Finn s'en fut, nous laissant seuls.

— Bizarre…, lâchai-je à personne en particulier.

Quand il eut terminé de préparer le repas, Rhys rapprocha deux tabourets de l'îlot central. Heureusement, le malaise s'était dissipé et l'ambiance détendue.

— Qu'est-ce que tu en dis ? demanda Rhys en désignant d'un mouvement de tête le plat que je m'efforçais d'avaler.

— C'est pas mal du tout, mentis-je.

Il s'était donné du mal, et je lisais dans ses yeux bleus qu'il était fier de lui, aussi ne pouvais-je pas le décevoir. Pour appuyer mon propos, j'avalai une bouchée de légumes et je souris.

— Super. Ce n'est vraiment pas facile de vous satisfaire.

Il goûta le plat à son tour. Ses cheveux couleur sable lui tombèrent dans les yeux, et il les écarta du revers de la main.

— On dirait que… tu connais assez bien Finn, commençai-je avec circonspection en empalant un champignon.

La façon dont tous les deux avaient plaisanté, au début, avait attisé ma curiosité. Avant que l'ambiance devienne bizarre, Finn semblait apprécier Rhys – et je n'avais encore jamais vu Finn apprécier qui que ce soit. Je voyais bien qu'il respectait Elora, qu'il lui obéissait, mais que ressentait-il vraiment ?

— Ouais, répondit-il en haussant les épaules, comme s'il n'y avait jamais songé. On se croise souvent.

— Souvent comment ? le pressai-je d'un ton aussi détaché que possible.

— Je ne sais pas. (Il avala une bouchée et prit le temps de réfléchir.) C'est difficile à dire. Les cigognes se déplacent beaucoup.

— Les cigognes ?

— Ouais, les pisteurs, expliqua-t-il, gêné. Tu sais, on raconte aux gosses que ce sont les cigognes qui apportent les bébés. Eh bien, les pisteurs ramènent des bébés chez nous. Voilà pourquoi on les surnomme les cigognes. Jamais en leur présence, attention !

— Je vois. (Je me demandai comment ils surnommaient les gens comme moi, mais le moment aurait été mal choisi pour poser la question.) Tu disais qu'ils se déplaçaient beaucoup...

— Ouais. Ils pistent énormément, et, vu qu'il est très bon, Finn a pas mal de boulot, expliqua Rhys. Quand ils sont ici, nombre d'entre eux sont accueillis par les familles les plus prestigieuses. En gros, je côtoie Finn par intermittence depuis cinq ans environ. Le plus souvent, quand il est absent, quelqu'un d'autre prend sa place.

— C'est un genre de garde du corps, alors ?

— Ouais, quelque chose comme ça, acquiesça Rhys.

— Pourquoi ont-ils besoin de gardes du corps ? insistai-je en me rappelant le portail en fer et le garde qui nous avait permis de franchir les frontières de Förening.

En entrant dans la maison, j'avais repéré un système d'alarme dernier cri. Cela faisait beaucoup de précautions pour une si petite communauté perdue sur les rives du Mississippi. Je me demandai s'il s'agissait uniquement de se protéger des incursions des Vittras, mais je préférai ne pas poser la question.

— C'est la reine. Ce sont les procédures standards, répondit Rhys, évasif, sans lâcher son assiette du regard. (Il s'efforça d'effacer toute trace d'inquiétude de son visage et arbora un sourire de façade.) Alors, ça te fait quoi d'être princesse ?

— Honnêtement ? Je m'attendais à mieux.

Rhys rit de bon cœur.

Il nettoya vaguement la cuisine quand nous eûmes terminé notre repas, m'expliquant que la bonne serait là le lendemain et qu'elle ferait le ménage en profondeur. Il me fit brièvement visiter la maison, me montra de nombreuses antiquités transmises de génération en génération.

Une salle était réservée aux portraits des rois et des reines défunts. Quand je lui demandai de me montrer celui de mon père, Rhys secoua vigoureusement la tête en affirmant qu'il n'était pas au courant.

Puis nous nous séparâmes. Il avait des devoirs à terminer, semblait-il. Et puis il se levait tôt le matin pour aller au lycée.

J'errai encore un peu dans la demeure sans y croiser ni Finn ni Elora. Alors je m'amusai avec les gadgets qui équipaient ma chambre, mais je me lassai vite. Je m'ennuyai et j'étais énervée. J'essayai de me coucher, mais le marchand de sable refusa de passer.

Ma maison me manquait – ses proportions plus humaines, ses objets familiers et ordinaires. Chez moi, Matt serait en train de lire à la lumière d'une lampe du salon.

Matt, qui devait être en train d'attendre, le regard rivé sur le téléphone, ou de sillonner la ville en voiture à ma recherche. Et Maggie, qui pleurait sans doute toutes les larmes de son corps, accentuant encore le sentiment de culpabilité de Matt.

Ma mère était quelque part dans cette demeure, du moins le supposais-je. Elle m'avait abandonnée à une famille dont elle ignorait tout, sauf qu'elle était riche. Et en sachant que je risquais d'être tuée. Car cela arrivait parfois. Elle l'avait dit elle-même.

J'étais réapparue après toutes ses années d'absence, et elle ne m'avait pas serrée dans ses bras. Elle n'avait même pas été heureuse de me revoir.

Tout me paraissait démesuré, dans cette maison. Il y avait trop d'espace entre les objets. J'avais l'impression d'être coincée sur une île déserte. Comme j'avais toujours voulu l'être, en réalité. Alors pourquoi me sentais-je si seule et déprimée ?

On me cachait des choses, ce qui n'était pas pour arranger mon état émotionnel. Chaque fois que je posais une question, je devais me contenter de demi-réponses. Et puis mon interlocuteur s'empressait de changer de sujet. Pour l'héritière d'un royaume, je n'étais pas très informée…

10

Prémonition

Après une très mauvaise nuit, je me levai et me préparai pour une nouvelle journée. Alors que je voulais me rendre dans la cuisine, je me trompai de chemin et me perdis. La veille, Rhys m'avait expliqué comment était agencée la demeure, mais pas assez bien, apparemment.

Il y avait donc deux ailes distinctes séparées par une vaste entrée. Tout ce qui était officiel se passait dans l'aile sud, où se situaient les salles de réunion, la salle de bal, une grande salle à manger, des bureaux, la salle du trône, de même que les quartiers du personnel et la chambre de la reine.

L'aile nord était plus privée, et contenait ma chambre, des chambres d'amis, une salle à manger, la cuisine et un salon.

J'errai dans l'aile nord, ouvrant des portes au hasard, explorant. Cet endroit avait autant de chambres qu'un Holiday Inn – mais en beaucoup plus richement décorées. Je finis par trouver le salon d'Elora, mais elle n'était pas là.

Je traversai la pièce et tentai sans succès d'ouvrir une porte située à son extrémité. Jusque-là, je n'avais trouvé aucune porte close, ce que je trouvai très surprenant. Surtout dans ce côté de la maison – dans l'aile nord, trouver les bureaux fermés ne m'aurait pas du tout étonnée.

Heureusement, je n'étais pas une débutante en crochetage de serrure. Afin d'éviter d'être renvoyée, j'avais pénétré par effraction dans les locaux de plusieurs lycées pour y voler des papiers compromettants, chose que je ne recommanderais à personne, d'autant que, la plupart du temps, cela n'avait servi à rien.

Je retirai une barrette de mes cheveux et jetai un coup d'œil autour de moi. Comme il n'y avait pas âme qui vive – je n'avais d'ailleurs croisé personne depuis que j'étais debout –, je m'attaquai à la porte. Après quelques tentatives infructueuses, je sentis quelque chose bouger dans la serrure, et je tournai la poignée.

Poussant lentement la porte, je regardai de l'autre côté, m'attendant à découvrir la salle de bains royale ou quelque chose dans le genre. Comme personne ne me cria de sortir, j'ouvris la porte en grand. Contrairement aux autres pièces, celle-ci était plongée dans les ténèbres.

Je tâtai le mur, trouvai un interrupteur et appuyai dessus. La lumière me révéla un genre de grande réserve dépourvue de fenêtre aux murs marron foncé. Avec une simple ampoule au plafond et sans aucun meuble, on était loin de la magnificence du reste de la maison.

Il y avait des tableaux partout. Non pas accrochés aux murs, mais empilés, occupant le moindre espace disponible. Au début, je crus qu'il s'agissait de portraits de rois et de reines n'ayant pas trouvé leur place sur les murs de la demeure, mais non.

J'attrapai le tableau le plus proche de moi. Il représentait un joli bébé enveloppé dans une couverture bleue. Je le reposai et en pris un autre, qui semblait représenter une Elora plus jeune et magnifique vêtue d'une superbe robe blanche. En dépit de la beauté du tableau, son regard y était triste et plein de remords.

Tenant le tableau à bout de bras pour mieux l'étudier, je remarquai quelque chose : les mêmes coups de pinceau, la même technique que pour le portrait du bébé. Je saisis un nouveau tableau pour comparer.

Ils avaient tous été peints par le même artiste.

La première fois que j'avais vu Elora, elle était en train de peindre dans son salon. Je me rappelai la toile représentant des lustres brisés et de la fumée noire. En toute probabilité, ces tableaux devaient être son œuvre.

J'examinai quelques toiles. Stupéfaite, j'en découvris une qui stoppa net les battements de mon cœur. Quand je la soulevai, je constatai sans étonnement que mes mains tremblaient.

Elle me représentait, à mon âge actuel, vêtue d'une superbe et ample robe blanche. Très belle robe, en effet, mais déchirée sur le côté et maculée d'un sang écarlate. J'étais représentée les cheveux tirés en arrière, quoique très légèrement décoiffés ; quelques mèches m'encadraient le visage, libres.

Sur le tableau, j'étais allongée sur le ventre sur un balcon en marbre. Autour de moi, le sol était jonché d'éclats de verre qui brillaient comme des diamants, mais je ne semblais pas m'en soucier. J'avais le bras et la main tendus au-dessus du vide, vers les ténèbres et l'oubli.

Ce qui me frappa le plus, ce fut mon visage, mon air horrifié.

Quand j'eus repris mes esprits, je notai quelque chose d'encore plus déconcertant : la ressemblance parfaite, alors que j'étais arrivée la veille. Elora n'avait pas pu peindre une scène aussi détaillée en moins de vingt-quatre heures. Il datait donc d'avant mon arrivée.

Comment expliquer la ressemblance, puisque nous ne nous étions jamais rencontrées auparavant ?

— J'aurais dû me douter que tu fouinerais, dit Finn dans mon dos, m'effrayant au point de me faire lâcher le tableau.

— Je… je me suis perdue et…

— Tu t'es perdue dans une pièce fermée à clé ? insista-t-il, les bras croisés et le sourcil haussé.

— Non, je…

Je renonçai à inventer une excuse, ramassai le tableau et le lui montrai.

— Qu'est-ce que c'est ?

— On dirait un tableau, et, au cas où tu ne l'aurais pas compris en tombant sur cette serrure verrouillée, tu n'as rien à faire ici.

À mon grand soulagement, il ne semblait pas fâché outre mesure. Pas autant qu'Elora, sans doute, si elle m'avait trouvée à sa place.

— C'est moi, ça, poursuivis-je en tapotant la toile.

— Peut-être, concéda-t-il, apparemment peu convaincu, en haussant les épaules.

— Ce n'était pas une question. C'est moi. Qu'est-ce que je fais, là ?

— Pas la moindre idée, soupira Finn. Ce n'est pas moi qui t'ai peinte.

— C'est Elora ? demandai-je.

Je pris son silence pour un oui.

— Pourquoi a-t-elle peint ce truc ? Comment a-t-elle fait ? Elle ne m'avait jamais vue avant mon arrivée, hier.

— Elle t'a donné naissance donc oui elle t'avait déjà vue, répliqua-t-il sèchement.

— Quand j'étais bébé ! Ça ne compte pas.

Je levai le tableau bien haut pour qu'il ne puisse faire autrement que de le regarder.

— Pourquoi a-t-elle peint ce machin ? et tous ces autres tableaux ?

— Tu te poses beaucoup de questions, mais tu ne te demandes pas pourquoi cette pièce était fermée à clé, continua-t-il en me regardant durement. Peut-être qu'Elora n'avait pas envie que tu voies ces œuvres.

— Si, si, je me suis posé la question, justement, contrai-je en examinant la toile. Mais il s'agit de moi. J'ai le droit de savoir.

— Tu n'as le droit de rien. Tu n'as pas le droit de connaître les pensées des gens sous prétexte qu'elles te concernent. Tout comme je n'ai pas le droit de connaître les tiennes sous prétexte qu'elles *me* concernent.

— Parce que tu crois que je pense à toi ?

Je combattis le rouge qui me montait aux joues et essayai de me reconcentrer.

— Dis-moi ce qui se passe. Et ne me répète pas que c'est Elora qui m'expliquera tout, parce que, après avoir vu ça, je ne me contenterai plus de cette réponse.

Je reposai le tableau et plongeai mon regard dans celui de Finn.

— D'accord, mais sors de là avant qu'Elora te voie, m'ordonna-t-il en faisant un pas de côté.

J'enjambai les tableaux que j'avais dérangés. Heureusement, il ne me demanda pas de tout remettre en ordre, car j'en aurais été incapable. Il n'y avait aucune organisation dans la pièce ; les tableaux étaient empilés au hasard, semblait-il.

Dès que je fus sortie de la salle, Finn referma la porte et s'assura qu'elle était bien verrouillée.

— Alors ? insistai-je.

Il me tournait le dos et testait une dernière fois la porte.

—Alors c'est l'espace privé d'Elora, répondit-il en se retournant et en désignant la porte du pouce. Tu n'as pas le droit d'y entrer. Et, surtout, ne touche rien de ce qui lui appartient.

—Je ne comprends pas, ces tableaux ne sont pas si laids. Pourquoi les peint-elle si c'est pour les cacher ?

Il s'engagea dans le couloir, et je lui emboîtai le pas.

—Elle les peint parce qu'elle y est forcée.

—Qu'est-ce que tu veux dire ? m'étonnai-je, le front plissé. Comme une artiste obligée de coucher ses sentiments sur le papier ? (Cette idée ne me paraissait pas crédible.) Elora ne ressemble pas vraiment à une artiste.

—Ce n'est pas une artiste, expliqua Finn dans un soupir. Elle a des prémonitions.

—Quoi ? Elle voit le futur ? demandai-je, dubitative.

—En quelque sorte, répondit-il en secouant légèrement la tête comme si ce n'était pas tout à fait vrai. Elle ne voit pas le futur, elle le peint, c'est tout.

—Attends…

Je me figeai. Il fit quelques pas supplémentaires avant de s'arrêter et de se retourner vers moi.

—Tu es en train de me dire que tous ces tableaux représentaient l'avenir ? m'enquis-je.

Finn hocha la tête.

—Au moment où ils ont été peints, oui. Certaines de ces toiles sont anciennes, et les événements qu'elles décrivent ont déjà eu lieu.

—Alors ça veut dire que cette toile décrit une scène de mon avenir ! m'écriai-je en pointant un doigt accusateur vers la porte. Qu'est-ce que ça signifie ? Que se passe-t-il dans cette scène ?

—Je l'ignore. (Il haussa les épaules comme s'il ne s'était jamais posé la question.) Elora ne le sait pas non plus.

— Comment est-ce possible ? Ça n'a pas de sens. C'est elle qui l'a peint, ce tableau !

— Oui, mais elle n'en sait pas plus, m'expliqua-t-il lentement. Elle n'a pas de visions. Elle se contente de tenir son pinceau, et ça sort tout seul. En tout cas, c'est ce que j'ai cru comprendre.

— J'ai l'air terrorisée, sur ce tableau. Pourquoi ?

— C'est comme ça, répondit-il avec une pointe de tristesse dans la voix.

Il prit une profonde inspiration et se remit en marche avant d'ajouter :

— C'est pour ça que la pièce est fermée à clef.

— Qu'est-ce que tu veux dire ?

— Les gens voudraient en savoir plus sur ses toiles, mais elle n'a aucune réponse à leur offrir. Ou bien ils voudraient qu'elle peigne un moment particulier de leur avenir, ce dont elle est incapable. Elle ne contrôle pas du tout ce qu'elle voit.

— À quoi ça sert, alors ? m'enquis-je en accélérant, le regard rivé sur son profil.

— Elle pense que c'est un châtiment.

— Pourquoi ?

— Tout le monde mérite d'être châtié pour quelque chose, ajouta-t-il d'un ton vague.

— Elle n'a donc aucune idée de ce qui va m'arriver ? Elle ignore ce qu'il faudrait faire pour empêcher que ça se produise ?

— Exactement.

— C'est horrible, me dis-je à moi-même. C'est encore pire que de ne rien savoir !

— Précisément.

Finn ralentit, puis s'arrêta.

— Est-ce qu'un jour j'aurai le même don ? Est-ce que je peindrai aussi des prémonitions ?

— Peut-être.

Il me scruta comme il le faisait parfois, à sa manière si douce, et, si je n'avais été obsédée par ma fatale destinée, je me serais sentie toute chose.

— Sais-tu quelque chose des aptitudes que je vais développer ?

— Non. Il faut attendre, répondit-il en détournant les yeux. En tout cas, vu la lignée dont tu es issue, elles seront sûrement très puissantes.

— Quand serai-je fixée ?

— Plus tard. Quand débutera ta formation, peut-être quand tu auras quelques années de plus. (Il eut un sourire furtif.) Tant de belles choses t'attendent.

— Comme quoi ?

— Plein de choses.

Son sourire se fit plus franc alors qu'il s'éloignait à grands pas.

— Viens. Il faut que je te montre quelque chose.

11

Jardin secret

Finn traversa la maison et me guida jusqu'à un hall dont j'ignorais l'existence. Il sortit par une petite porte latérale et s'engagea sur un chemin gravillonné flanqué de hautes haies. Celui-ci contournait la demeure et descendait vers le fleuve, débouchant sur un magnifique jardin. La maison et sa terrasse en plongeaient la moitié dans une ombre épaisse, l'autre étant illuminée et réchauffée par l'astre du jour.

Des murs de briques recouverts de plantes grimpantes en fleurs l'isolaient du reste du monde. Pommiers, poiriers et pruniers fleurissaient un peu partout, lui donnant des airs de verger. Des fleurs roses, violettes et bleues ornaient de petits parterres, et une herbe mousseuse pareille à du lierre terrestre poussait en taches sur le sol.

Le jardin étant à flanc de colline, toute la végétation penchait un peu. Je faillis tomber sur le chemin glissant, mais Finn me rattrapa à temps. Je m'empourprai mais, dès que j'eus recouvré mon équilibre, il me lâcha la main. Je refusai néanmoins de laisser ma bonne humeur retomber.

— Comment est-ce possible ? demandai-je en voyant papillons et oiseaux voleter autour des arbres. Ce n'est pas la saison ! Ces arbres ne devraient pas être en fleurs.

— Ils sont toujours en fleurs, même en hiver, répondit Finn, comme si cela expliquait tout.

— Mais comment ? répétai-je.

— Par magie, dit-il en souriant et en prenant un peu d'avance.

Je me retournai vers la maison, qui nous dominait de toute sa hauteur. De là où je me trouvais, aucune fenêtre n'était visible. Le jardin avait été créé de façon à être totalement isolé, dissimulé par les arbres. C'était un jardin secret, en somme.

Comme j'avais pris un peu de retard sur lui, je me hâtai de rattraper Finn. Les sifflements du vent et le bruit de l'eau coulant en contrebas se répercutaient autour de nous, mais ils étaient couverts par des rires. Je contournai une haie et découvris une mare ainsi qu'une chute d'eau à la présence inexplicable.

Je trouvai la source des rires assise sur deux bancs en pierre incurvés disposés au bord de l'eau.

Rhys était allongé sur le dos sur l'un d'entre eux et riait en regardant le ciel, tandis que Finn se tenait à ses côtés et admirait la mare. Une fille apparemment un petit peu plus âgée que moi était assise sur le second banc, une bouteille de soda à la main. Ses cheveux étaient roux et brillants, ses yeux verts et scintillants, et elle arborait un sourire nerveux. Quand elle me vit, elle se leva et pâlit.

— Tu arrives au bon moment, Wendy, lança Rhys en s'asseyant, un sourire satisfait sur les lèvres. La représentation va commencer. Rhiannon était sur le point de roter l'alphabet !

— Rhys ! tu racontes n'importe quoi ! protesta la jeune fille, les joues rouges d'embarras. J'ai bu un peu trop vite et, en plus, je me suis excusée !

Rhys rit de plus belle.

— Je suis désolée, reprit Rhiannon, l'air contrite. Rhys se comporte comme un gamin, parfois. J'aurais voulu faire une meilleure première impression…

— Jusque-là, tu te débrouilles super bien.

Le moins qu'on puisse dire, c'était que je n'étais pas habituée à ce que les gens essaient de m'impressionner. Cette fille n'aurait d'ailleurs pas grand-chose à faire pour y parvenir ; je la trouvais déjà très sympathique.

— Bref, Wendy, je te présente Rhiannon, ta voisine, dit Rhys en nous désignant successivement de la main. Rhiannon, je te présente Wendy, qui, un jour, régnera sur tout ce qui t'entoure.

— Salut, heureuse de faire ta connaissance. (Elle posa sa bouteille de soda et se leva pour me serrer la main.) J'ai tellement entendu parler de toi.

— Ah… c'est vrai ? Et qu'est-ce qu'on t'a dit ?

Rhiannon sembla perdu et, du regard, demanda l'assistance de Rhys, qui se contenta de rire.

— Ce n'est pas grave, je plaisantais.

— Oh ! excuse-moi.

Elle eut un sourire gêné.

— Eh ! Rhiannon, viens plutôt t'asseoir et te détendre à côté de moi, lança Rhys en tapotant le banc pour la mettre à l'aise.

Elle se sentait gênée à cause de moi, concept inédit que j'avais du mal à appréhender.

— C'est nouveau ? demanda Finn en montrant la mare.

— Ouais, confirma Rhys. Je crois qu'Elora l'a fait creuser pendant ton absence. À cause de ce qui va se passer, elle est en train de tout arranger.

— Mmh…

Je m'approchai de la mare et de la chute d'eau. Le bassin n'étant pas alimenté, celle-ci aurait dû l'assécher. J'admirai les scintillements du soleil à la surface et me dis qu'une pareille chose n'aurait pas dû exister. Comme tout le reste, d'ailleurs.

Rhys continua à taquiner Rhiannon à la moindre occasion, et celle-ci ne cessa pas de rougir et de demander pardon pour lui. Leur relation était typique – un frère et sa sœur comme tant d'autres. Comme Matt et moi. Je fis un effort pour chasser temporairement mon frère de mon esprit.

Je m'assis sur l'autre banc, face à eux, et Finn prit place à côté de moi. Rhys avait tendance à monopoliser la conversation, Rhiannon n'intervenant que pour le contredire lorsqu'il proférait une énormité ou qu'il était grossier – selon elle, car il ne l'était jamais vraiment. Rhys était drôle et vivant, et il empêchait une certaine gêne de s'installer.

De temps en temps, Finn se tournait vers moi et me murmurait un commentaire quand Rhys et Rhiannon étaient occupés à débattre. Chaque fois qu'il le faisait, je sentais son genou frôler le mien.

Au début, je pensai que c'était par accident, que c'était dû à notre proximité, mais je remarquai qu'il s'était rapproché de moi. Discrètement. Rhys et Rhiannon n'avaient sans doute rien remarqué.

— Quelle peste ! grommela cette dernière, tandis que Rhys lui agitait une rose magnifique sous le nez. Tu sais que tu n'es pas censé cueillir ces fleurs, lui fit-elle remarquer. Elora te tuerait si elle l'apprenait.

— Qu'est-ce que tu en dis ? m'interrogea Finn à voix basse.

Je me penchai vers lui pour mieux l'entendre, et son regard noir plongea dans le mien.

— C'est très beau, répondis-je en désignant le jardin sans parvenir à détacher mon regard du sien.

— Je voulais te montrer que tout, ici, n'est pas froid et intimidant. Je voulais que tu voies de la chaleur et de la beauté. (Il eut un sourire joueur.) Mais c'est vrai que ce jardin est moins beau quand tu n'y es pas.

— C'est vrai ? demandai-je en essayant, en vain, de prendre un air sexy.

Le sourire de Finn s'élargit, faisant battre mon cœur comme un marteau sur une enclume.

— Désolée d'interrompre votre récréation, lança Elora dans notre dos.

Elle n'avait pas parlé très fort, mais sa voix se réverbéra autour de nous.

Rhys et Rhiannon cessèrent de se chamailler, se redressèrent et s'abîmèrent dans la contemplation de la mare. Finn s'écarta de moi et, dans un même mouvement, se retourna vers Elora, donnant l'impression que c'était son but originel. J'étais à peu près certaine de n'avoir rien fait de mal, mais Elora me regardait d'une telle manière que je ne pouvais m'empêcher de me sentir coupable.

— Vous n'avez rien interrompu, la rassura Finn d'une voix teintée de nervosité. Vous souhaitiez vous joindre à nous ?

— Non, merci, ça ira, répondit Elora en embrassant le jardin d'un regard mécontent. J'avais besoin de te parler.

— Nous allons vous laisser, intervint Rhys.

Rhiannon se leva aussitôt.

— Ce ne sera pas nécessaire. (Elora leva la main, et Rhiannon se rassit en s'empourprant.) Nous recevons des invités, ce soir, expliqua-t-elle en se tournant vers Rhys et sa sœur, qui sembla se recroqueviller. Je ne doute pas que vous trouverez une manière de vous rendre utiles.

— Quand ils seront là, j'irai chercher Rhiannon, suggéra joyeusement Rhys.

Elora hocha la tête, satisfaite de sa proposition.

— Quant à toi, tu te joindras à nous, me dit-elle dans un sourire un peu maladroit. Nos invités sont de très bons amis de la famille, et j'espère que tu leur feras bonne impression.

Elle posa sur Finn un regard intense qui me mit mal à l'aise et auquel le jeune homme répondit d'un hochement de tête.

— Finn s'occupera de te préparer pour le dîner.

— D'accord, acquiesçai-je, me sentant obligée de dire quelque chose.

— Ce sera tout. Vous pouvez reprendre votre conversation.

Elora tourna les talons et s'en fut en laissant flotter sa longue jupe derrière elle. Nous gardâmes le silence pendant un long moment, puis Finn soupira et Rhiannon eut un frisson de soulagement. Elle avait apparemment encore plus peur de la reine que moi, et je me demandai bien pourquoi. Rhys fut le premier à reprendre ses esprits.

— Je me demande comment tu peux supporter qu'elle te parle en esprit, lança-t-il à Finn en secouant la tête. C'est flippant ! Moi, ça me ficherait une trouille bleue.

— Pas d'inquiétude à avoir, il n'y a rien dans ta tête qui puisse l'intéresser, rétorqua Finn en se levant.

Rhiannon eut un gloussement nerveux.

— Qu'est-ce qu'elle t'a dit, à ce propos ? insista Rhys.

Finn épousseta son pantalon, secoua quelques feuilles mortes et fit comme s'il n'avait pas entendu.

— Finn ! Qu'est-ce qu'elle a dit ?

— Ça ne te regarde pas, répondit-il d'un ton calme avant de se tourner vers moi. Tu es prête ?

— À quoi ?

— Nous avons beaucoup de choses à vérifier. (Il lança un regard circonspect à la maison.) On ferait mieux d'y aller.

Comme nous retournions vers la demeure, je me rendis compte que, Elora partie, je pouvais de nouveau respirer normalement. En effet, là où elle se trouvait, l'oxygène semblait se raréfier. Inspirant profondément, je me frottai les bras pour chasser les frissons qui me parcouraient.

— Tu t'en sors ? me demanda Finn, remarquant mon malaise.

— Ouais, pas de souci, affirmai-je en me coinçant quelques mèches derrière les oreilles. Euh... qu'est-ce qui se passe entre Elora et toi ?

— Qu'est-ce que tu veux dire ? m'interrogea-t-il en me regardant du coin de l'œil.

— Je ne sais pas. (Je haussai les épaules en repensant à ce que Rhys avait dit après le départ de ma mère.) Elle a souvent le regard fixé sur toi, et tu donnes l'impression de comprendre exactement ce qu'elle veut. (À peine ces paroles sorties de ma bouche, je compris.) C'est une de ses aptitudes, n'est-ce pas ? Elle te parle en esprit ? Ça ressemble à ce que je fais, mais avec moins de manipulation. Elle te donne des instructions sans avoir besoin de te parler.

— Elle ne me donne aucune instruction, me corrigea Finn. Elle parle, c'est tout.

— Pourquoi ne fait-elle pas la même chose avec moi ?

— Elle n'est pas sûre que tu sois réceptive. Quand on n'est pas habitué, entendre la voix d'une autre personne dans sa tête peut s'avérer déstabilisant. Et puis elle n'en a pas eu besoin.

— Alors que là... (Je ralentis, et il adapta sa cadence à la mienne.) Elle te parlait de moi en privé, c'est ça ?

Finn s'arrêta, et je compris qu'il hésitait à me mentir.

— Un peu, admit-il.

— Elle peut lire dans les pensées des gens ? m'enquis-je, horrifiée par cette idée.

— Non. Très peu de gens en sont capables. (Il eut un sourire en coin.) Tes secrets sont en sécurité, Wendy.

Nous entrâmes dans la salle à manger, où Finn entreprit de me préparer pour le dîner. Il s'avéra que je n'étais pas complètement ignorante et que je connaissais un peu les bonnes manières. Finn me rappela beaucoup de choses évidentes, comme de toujours dire « s'il vous plaît » et « merci », et me conseilla de me taire le plus souvent possible.

Il s'était surtout agi de m'occuper, compris-je. Elora lui avait donc ordonné en secret de me surveiller comme un bébé pour m'empêcher de faire des bêtises.

Le dîner était prévu pour 20 heures, et les invités arriveraient à 19 heures. Une heure avant environ, Rhys vint me souhaiter bonne chance et me dire qu'il était dans la chambre de Rhiannon, au cas où on aurait besoin de lui. À peine avais-je eu le temps de prendre une douche que Finn arriva. Il était encore plus élégant que d'habitude.

Il était rasé de frais pour la première fois depuis qu'il avait quitté le lycée et vêtu d'un pantalon et d'une chemise noire ainsi que d'une fine cravate blanche. Sur quelqu'un d'autre, tout ce noir aurait été excessif, mais pas sur lui. Il était même incroyablement sexy.

Enveloppée dans un peignoir de bain, je me demandai pourquoi, dans cette maison, tout le monde semblait trouver normal de débouler dans ma chambre quand je n'étais pas habillée. Au moins étais-je occupée à faire quelque chose de semi-sexy, à savoir m'enduire les jambes de crème, assise sur le bord de mon lit. Je le faisais après chaque douche mais, comme Finn était là, je m'efforçai de rendre le tableau plus sensuel qu'il ne l'était en réalité.

Ce que Finn ne remarqua pas. Après n'avoir frappé qu'une fois à ma porte, il était entré en me regardant à peine, avant de filer tout droit vers mon placard. Je cessai bientôt mes efforts et, soupirant de frustration, je me hâtai de faire pénétrer ce qui restait de crème pendant que Finn fouillait dans les vêtements.

— Tu ne trouveras rien à ta taille, dis-je en me penchant pour tenter de voir ce qu'il fichait là-dedans.

— Très drôle, marmonna-t-il d'un air absent.

— Qu'est-ce que tu fais ? demandai-je en le regardant, mais il fit comme s'il n'avait rien entendu.

— Une princesse doit s'habiller comme une princesse.

Il passa mes robes en revue, et en sortit une, blanche et sans manches. Elle était superbe, quoique beaucoup trop habillée pour moi. Il l'extirpa du placard et me la tendit.

— Celle-là pourrait aller. Essaie-la.

— Je pensais que tout le contenu de ce placard avait été choisi pour m'aller, remarquai-je en étalant la robe sur le lit.

— Certes, mais à chaque occasion sa tenue. (Il se rapprocha du lit et lissa la robe, s'assurant de l'absence de pli disgracieux.) C'est un dîner très important, Wendy.

— Ah… Qu'est-ce qui le rend si important ?

— Les Strom sont de très bons amis de ta mère, et les Kroner sont des gens très importants. Ils conditionnent le futur. (Finn termina de lisser la robe et me regarda.) Pourquoi ne continues-tu pas à te préparer ?

— Comment conditionnent-ils le futur ? Qu'est-ce ça signifie ? le pressai-je.

— On parlera de ça un autre jour. (Il désigna la salle de bains de la tête.) Tu dois te dépêcher si tu veux être prête pour le dîner.

— D'accord, soupirai-je en me levant du lit.

— Tes cheveux devront être détachés, ajouta-t-il.

Comme elle était mouillée, ma tignasse semblait à peu près disciplinée, mais je savais qu'une fois sèche elle se transformerait en une masse de boucles noires, épaisse et sauvage.

— C'est impossible. Tu as vu mes cheveux, protestai-je en me passant les doigts dans mes nœuds.

— Nous avons tous des cheveux difficiles. Même Elora et moi. C'est le lot de tous les Trylles. Tu vas devoir apprendre à vivre avec.

— Tes cheveux n'ont rien à voir avec les miens, maugréai-je.

Ils étaient courts, recouverts d'un genre de produit, et paraissaient lisses, raides et obéissants.

— Tu te trompes.

Désireuse de lui prouver le contraire, je lui touchai les cheveux sans réfléchir, lui passant les doigts sur les tempes. En dehors du fait qu'ils étaient enduits d'un gel, ils avaient la même texture que les miens. Après coup, je me rendis compte qu'il y avait quelque chose d'intime dans le fait de passer ses doigts dans les cheveux d'une autre personne. Je détachai mon regard de sa tignasse, croisai ses yeux noirs et remarquai à quel point nous étions proches.

Je m'étais hissée sur la pointe des pieds, comme pour l'embrasser. Quelque part, dans le fond de mon esprit, je me dis que ce serait effectivement la chose la plus appropriée à faire à ce moment précis.

— Satisfaite ? demanda-t-il.

Je retirai ma main de ses cheveux et fis un pas en arrière.

— Il y a toutes sortes de produits pour les cheveux dans la salle de bains, ajouta-t-il. Expérimente un peu.

J'acquiesçai de la tête, trop troublée pour ouvrir la bouche. Finn était d'un calme peu naturel. Dans ces moments-là, je détestais vraiment le détachement dont il faisait preuve. De mon côté, j'en oubliai presque de respirer jusqu'au moment où je me retrouvai seule dans la salle de bains.

Quand j'étais si près de lui, je ne pensais qu'à ses yeux noirs, à la chaleur de sa peau, à son délicieux parfum, au contact de ses cheveux sous mes doigts, aux douces courbes de ses lèvres...

Je secouai la tête, le chassant de mes pensées. Il était temps que cela s'arrête.

Je devais plutôt m'inquiéter au sujet du dîner et de mes cheveux si indisciplinés. J'essayai de me rappeler ce que Maggie m'avait mis dans les cheveux pour aller au bal, mais cela me semblait si loin.

Par bonheur et magie, ma tignasse décida d'obtempérer et me posa moins de soucis que prévu. Finn semblant penser que mes cheveux étaient plus beaux lâchés, je les coiffai en arrière, les laissant pendre dans mon dos, et me mis des pinces sur les côtés. Pour rehausser le résultat, je choisis dans mon coffre à bijoux un collier orné d'un diamant.

De façon inattendue, la robe me posa plus de problèmes que mes cheveux. Sa stupide fermeture à glissière refusait de monter plus haut que mes reins. J'avais beau me contorsionner, rien n'y faisait. Les doigts endoloris à force de lutter, je dus me résoudre à demander de l'aide.

Hésitante, j'entrouvris la porte. Finn était occupé à regarder le soleil se coucher au-dessus de la vallée. Il se retourna et me regarda pendant un long moment avant de parler.

— Tu ressembles à une vraie princesse, dit-il avec un sourire en coin.

— J'ai besoin d'aide pour remonter une fermeture à glissière récalcitrante, annonçai-je en désignant mes reins.

Il me rejoignit, et je fus presque soulagée de lui tourner le dos. La manière dont il me regardait faisait voleter des nuées de papillons dans mon ventre. Il posa une main douce et chaude sur mon épaule pour tendre le tissu, provoquant des frissons dans tout mon corps.

Je décidai de m'admirer dans le miroir, et force me fut d'admettre que j'étais ravissante. Avec ma robe blanche et mon pendentif, j'étais presque trop élégante. Peut-être était-ce un peu exagéré pour un simple dîner.

— On dirait que je vais me marier, commentai-je. Je devrais me changer, non ?

— Non, c'est parfait.

Il m'étudia d'un air pensif – presque triste, aurait pu penser quelqu'un qui ne le connaissait pas. Puis la sonnette retentit, et il hocha la tête.

— Les invités sont arrivés. Tu devrais les accueillir.

12

Présentations

Nous sortîmes dans le couloir ensemble. Arrivé devant l'escalier, Finn me laissa prendre un peu d'avance. Elora et les Kroner levèrent les yeux vers moi pour me regarder descendre. C'était la première entrée théâtrale que je faisais de ma vie, et je trouvai cela très excitant.

Les Kroner étaient trois : une femme à la beauté stupéfiante vêtue d'une longue robe vert foncé, un homme séduisant en costume sombre et un très beau garçon d'à peu près mon âge. Même Elora était plus extravagante qu'à son habitude. Sa robe était richement ornée, et elle portait de nombreux bijoux.

Sentant le poids de leur regard, je les rejoignis en soignant ma démarche, aussi fluide et élégante que possible.

— Je vous présente ma fille, la princesse, commença Elora en me tendant la main avec un sourire presque aimant. Princesse, je te présente les Kroner : Aurora, Noah et Tove.

Je souris poliment en faisant une révérence, geste que je regrettai aussitôt, le jugeant incongru. N'était-ce pas à eux de me montrer leur respect ? Tout le monde continua néanmoins à sourire.

— C'est un tel plaisir de vous rencontrer enfin, dit Aurora d'un ton si sirupeux que je me demandai si je pouvais lui faire confiance.

Quelques boucles sombres tombaient avec art de son chignon élégant, encadrant ses grands et magnifiques yeux noisette.

Son mari, Noah, et son fils, Tove, s'inclinèrent légèrement. Alors que les deux époux semblaient témoigner d'un respect approprié, Tove donnait l'impression de vaguement s'ennuyer. Son regard vert mousse croisa très brièvement le mien, avant de l'éviter, gêné.

Elora nous précéda dans le salon, où nous discuterions en attendant le dîner. La conversation fut polie à l'excès et banale, même si je suspectai l'existence d'échanges sous-jacents incompréhensibles pour moi. Elora et Aurora étaient celles qui parlaient le plus, Noah n'intervenant qu'occasionnellement. Tove, lui, ne disait rien, et évitait à tout prix de croiser le regard de quiconque.

Finn resta à l'écart, ne prenant la parole que quand il y était invité. Il était discret et poli, mais, à voir le dédain avec lequel semblait le considérer Aurora, j'en conclus qu'elle désapprouvait sa présence.

Les Strom arrivèrent très en retard, comme Finn l'avait prévu. Il m'avait parlé longuement des deux familles plus tôt ce jour-là. D'après ce que j'avais compris, il connaissait bien mieux les Strom, parlant d'eux en termes affectueux.

Finn avait pisté Willa, aussi les connaissait-il fort bien, son père Garrett et elle. La femme de Garrett (la mère de Willa) était décédée quelques années plus tôt. D'après Finn, Garrett était un type sympa, tandis que Willa était un peu nerveuse. Elle avait vingt et un ans et, avant d'arriver à Förening, elle vivait dans un milieu extrêmement privilégié.

Lorsque la sonnette retentit, interrompant une conversation assommante entre Aurora et ma mère, Finn se précipita pour ouvrir la porte et réapparut en compagnie de Garrett et Willa.

Garrett était un bel homme d'environ quarante-cinq ans. Sa chevelure noire et ébouriffée m'aida à accepter ma propre coiffure. Il me serra la main avec un sourire chaleureux, qui me mit immédiatement à l'aise.

Willa, au contraire, était snob et renfrognée, comme si elle était à la fois ennuyée et en colère. Elle était toute fine, avait de longs cheveux châtains ondulés qui lui tombaient dans le dos et portait un bracelet de cheville orné de diamants. Quand elle me serra la main, elle me sourit d'un air qui me parut sincère, ce qui modifia quelque peu les préjugés que j'avais à son sujet.

Une fois les présentations faites, nous passâmes dans la salle à manger. En parcourant la courte distance qui séparait les deux pièces, Willa tenta d'engager la conversation avec Tove, mais celui-ci resta muet comme une carpe.

Finn tira ma chaise pour que je m'asseye, ce qui me fit plaisir, car personne n'avait jamais fait cela pour moi. Il attendit que tout le monde ait pris place pour s'asseoir à son tour, signe d'un respect et d'une déférence dont il ferait preuve tout au long de la soirée.

Dès qu'au moins une personne se levait, Finn faisait de même. Il était toujours le premier debout et, même si le majordome et le chef étaient de service, il se proposait systématiquement d'apporter ce qu'ils désiraient aux invités.

Le dîner traîna bien plus en longueur que je ne l'aurais cru possible. Comme j'étais vêtue de blanc, je mangeai à peine de peur de tacher ma robe. De toute mon existence, je ne m'étais jamais sentie aussi jaugée. Aurora et Elora semblaient prêtes à bondir sur la moindre occasion de me ridiculiser ; en revanche, j'ignorais quel bénéfice elles comptaient tirer de mon échec.

À plusieurs reprises, Garrett tenta de détendre l'atmosphère, mais personne ne le lui permit. Aurora et Elora dominaient la conversation, les autres n'ouvrant que très rarement la bouche.

Tove touilla énormément sa soupe, m'hypnotisant littéralement. Il lâchait sa cuillère, qui continuait à tournoyer dans son assiette, mue par une volonté propre, remuant le liquide. Comme j'assistai à ce spectacle avec des yeux ronds et peu discrets, Finn me donna un léger coup de pied sous la table, brisant le charme et m'incitant à me concentrer sur mon assiette.

— Quel plaisir de vous avoir ici, me dit Garrett, changeant complètement de sujet. Le palais vous plaît-il ?

— Garrett, voyons, ce n'est pas un *palais*, le contra Elora dans un éclat de rire.

Il ne s'agissait pas vraiment d'un rire, plutôt du genre de gloussement que les riches utilisent lorsqu'ils se moquent des *nouveaux* riches. Aurora gloussa elle aussi, ce qui sembla calmer Elora.

— Vous avez raison, cette demeure est plus belle qu'un palais, concéda Garrett, arrachant un sourire modeste à Elora.

— Il me plaît beaucoup. C'est très beau, dis-je simplement, car je craignais de me laisser aller à trop parler.

— Vous commencez à vous habituer ? poursuivit Garrett.

— Oui, je crois, même si c'est un peu tôt pour l'affirmer.

— Cela peut prendre du temps. (Garrett posa sur Willa un regard affectueux et inquiet, mais son sourire détendu réapparut très vite.) Finn est là pour vous guider. C'est le meilleur pour aider les échangés à s'acclimater. Un véritable expert.

— Je ne suis pas un expert, se défendit doucement Finn. Je m'efforce juste de faire consciencieusement mon travail.

— Avez-vous fait venir un couturier pour prendre ses mesures ? demanda Aurora à Elora en avalant poliment une petite gorgée de vin.

Elle n'avait rien dit depuis une bonne minute, aussi était-il temps pour elle de s'immiscer dans la conversation.

— La robe que porte la princesse est très jolie, poursuivit-elle, mais je ne crois pas qu'elle ait été taillée pour elle.

— Vous avez raison, acquiesça Elora en considérant ma robe avec un dégoût discret mais réel et un sourire de façade.

Jusqu'à cet instant, j'avais eu le sentiment de porter la plus belle robe jamais créée.

— Le tailleur doit venir en début de semaine prochaine, expliqua ma mère.

— Cela risque d'être un peu juste pour samedi, non ? insista Aurora, faisant bouillonner Elora sous son parfait sourire de façade. Vous n'avez plus qu'une semaine devant vous.

— Pas du tout, rétorqua Elora d'une voix exagérément rassurante, comme si elle s'adressait à un petit enfant ou à un loulou de Poméranie. J'ai engagé Fredric von Ellsin, celui-là même qui a dessiné la robe de Willa. Il travaille très vite, et ses robes sont toujours impeccables.

— Ma robe était divine, confirma Willa.

— Oui ! acquiesça Aurora, impressionnée. Il dessinera la robe de notre fille quand elle rentrera à la maison, au printemps prochain. Nous avons réservé ses services très tôt, le printemps étant la saison des retours.

Je décelai un glacis de condescendance dans sa voix, comme si nous avions fauté en me faisant rentrer à cette période de l'année. Elora garda son sourire, malgré ce que j'identifiai enfin comme un chapelet de piques envoyées par Aurora.

— D'où l'avantage d'avoir fait venir la princesse en automne, expliqua Aurora d'un ton de plus en plus condescendant. Tout sera tellement plus facile à organiser. Quand Tove est arrivé, la saison dernière, nous avons rencontré beaucoup de difficultés. Je suppose que vous aurez tout ce dont vous aurez besoin sous la main. Ce sera sûrement un bal mémorable.

Plusieurs alarmes se déclenchèrent dans ma tête. Pour commencer, elles parlaient de Tove et moi comme si nous n'étions pas là. Pour ce qui concernait le jeune homme, ce n'était pas tout à fait faux, car il se désintéressait totalement de ce qui se disait et se faisait autour de lui.

Et puis il était question du samedi suivant, d'une occasion pour laquelle j'étais censée porter une robe taillée sur mesure et dont personne n'avait jugé utile de me parler. Mais ce n'était pas surprenant ; on ne me disait jamais rien.

— Contrairement à la plupart des familles, je n'ai pas eu le loisir de planifier les festivités un an à l'avance, la princesse étant arrivée de façon inattendue.

Le sourire sucré d'Elora dégoulinait de venin, mais Aurora fit semblant de ne rien remarquer.

— Je pourrais vous prêter main-forte, proposa-t-elle. Tove est arrivé il n'y a pas si longtemps, et, comme je vous l'ai dit, je me prépare déjà pour ma fille.

— C'est très aimable à vous, répondit Elora en avalant une longue gorgée de vin.

Le dîner se poursuivit dans le même esprit, la conversation d'Elora et Aurora masquant à peine la haine qu'elles ressentaient l'une envers l'autre. Noah ne dit pas grand-chose, mais au moins parvint-il à dissimuler son ennui sans paraître maladroit.

Willa et moi regardions beaucoup Tove, quoique pour des raisons différentes. Elle le considérait avec un désir manifeste, dont je me demandais ce qui pouvait le justifier, en dehors de la beauté du jeune homme. Quant à moi, j'étais fasciné par sa capacité à déplacer les objets sans les toucher.

Les Kroner ne s'attardèrent pas après le dîner, contrairement aux Strom. Sans doute Elora appréciait-elle Garrett et Willa.

Elora et moi raccompagnâmes les Kroner. Finn vint aussi, mais uniquement pour leur ouvrir la porte. En nous disant au revoir, Aurora et Noah s'inclinèrent devant nous, ce qui me fit me sentir un peu ridicule. Je ne voyais pas pourquoi quiconque s'inclinerait devant moi.

À mon grand étonnement, Tove me gratifia en plus d'un baisemain. Quand il se redressa, nos regards se croisèrent et il me dit avec le plus grand sérieux :

— J'espère vous revoir bientôt, princesse.

— Moi de même.

J'étais si heureuse d'avoir eu une réponse appropriée ! Malheureusement, je l'accompagnai d'un sourire beaucoup trop franc.

Dès qu'ils eurent disparu dans la nuit, l'atmosphère de la maison redevint respirable et Elora lâcha un soupir irrité. Finn resta un moment sans bouger, le front collé contre la porte, avant de se retourner. J'étais soulagée de constater que je n'avais pas été la seule à trouver cette soirée pénible.

— Ah ! cette bonne femme, gémit Elora en secouant la tête et se massant les tempes. Quant à toi, poursuivit-elle en me désignant du doigt, que je ne te voie plus t'incliner devant qui que ce soit, et surtout pas devant cette femme. Elle était aux anges, la garce ! Maintenant, elle va pouvoir raconter à tout le monde que cette simplette de princesse ignorait qu'elle n'avait pas à s'incliner devant une Marksinna.

Je baissai les yeux, perdant ce qui me restait de fierté.

— Tu ne t'inclines même pas devant moi, compris ?

— Oui, répondis-je.

— Tu es une princesse, bon sang ! Il n'y a *rien* au-dessus de toi ! Est-ce que tu as saisi ? Oui ? Il est temps de te comporter en princesse. Tu dois dominer l'assemblée. Ils sont venus pour te rencontrer, pour jauger tes pouvoirs, alors tu te dois d'en faire l'étalage. Tu dois les rassurer sur le fait que tu seras apte à les guider quand je ne serai plus là.

Je ne détachai pas mes yeux du sol, même si cela devait l'offenser, car j'avais peur de me mettre à pleurer si je la regardais me crier après.

— Tu restes assise, silencieuse, comme un bijou joli mais inutile, et c'est exactement ce qu'elle veut. (Elle lâcha un nouveau soupir écœuré.) Et puis tu étais littéralement hypnotisée par ce garçon…

Elle s'arrêta brusquement et secoua la tête comme si elle était trop lasse pour continuer, puis tourna les talons et s'en fut dans le salon. J'avalai la boule qui s'était formée dans ma gorge. Finn me toucha doucement le bras et me sourit.

— Tu t'es bien débrouillée, m'assura-t-il à voix basse. Elle est en colère contre Aurora Kroner, pas contre toi.

— Ce n'est pas l'impression qu'elle m'a donnée, marmonnai-je.

— Ne t'en fais pas pour ça. (Il me serra le bras, provoquant d'agréables frissons dans tout mon corps.) Viens. Tu dois retourner à tes invités.

Garrett et Willa nous attendaient dans le salon, où l'atmosphère était beaucoup plus détendue que durant le dîner. Finn se permit même de desserrer sa cravate. Son accès de colère passé, une Elora en apparence calmée se reposait dans un fauteuil à côté de Garrett. Celui-ci semblait monopoliser une grande partie de l'attention de son hôtesse, mais je ne m'en formalisai pas.

Bientôt, une facette totalement inédite de Finn émergea. Il s'assit à côté de moi, les jambes croisées, et discuta de façon charmante avec tout le groupe. Toujours aussi courtois et respectueux, il parlait avec naturel. Je me mordis la langue de crainte de dire une bêtise, heureuse de laisser Finn amuser Garrett et Willa. Même Elora paraissait satisfaite.

Garrett et Elora commencèrent à parler politique, et Finn s'immisça davantage dans leur conversation. Elora était censée désigner un nouveau chancelier six mois plus tard. J'ignorais ce qu'était un chancelier, mais je préférai me taire plutôt que de me ridiculiser.

Un peu plus tard, ma mère se plaignit d'avoir la migraine et nous laissa. Garrett et Finn compatirent, mais ne parurent ni étonnés ni inquiets. Ils reprirent là où ils l'avaient interrompue leur discussion sur le futur chancelier, et je constatai que Willa commençait à s'ennuyer fermement. Elle finit par dire qu'elle avait besoin de respirer et me proposa de me joindre à elle.

Nous remontâmes un long couloir et nous retrouvâmes dans un genre de petite alcôve aux portes-fenêtres de verre presque invisibles. Celles-ci ouvraient sur un balcon qui courait sur toute la longueur de la demeure et dont l'épais garde-corps en fer m'arrivait à la poitrine.

Je me figeai, me rappelant le tableau que j'avais vu dans la réserve privée d'Elora. Il s'agissait bien du balcon dallé de marbre sur lequel je m'étais vue allongée, la main tendue et le visage déformé par l'horreur. J'examinai ma robe, mais elle ne correspondait pas. Elle était très jolie, mais celle de la toile chatoyait. Et puis les dalles n'étaient pas jonchées de débris de verre.

— Tu viens ? demanda Willa en me regardant par-dessus son épaule.

— Euh... ouais.

Je hochai la tête, pris une profonde inspiration et lui emboîtai le pas.

Willa m'entraîna jusqu'à l'extrémité opposée du balcon et s'accouda au garde-corps. De là, la vue était encore plus intimidante. Nous avions une trentaine de mètres de vide sous les pieds. En contrebas, les érables, les chênes et les épineux s'étiraient à perte de vue. Le jardin secret demeurait invisible.

De l'autre côté, je distinguai les toits des maisons et, bien plus bas, le fleuve turbulent. Soudain, une brise froide souffla sur mes bras nus, me donnant la chair de poule. Willa soupira.

— Oh ! ça suffit, grommela-t-elle.

Au début, je crus qu'elle s'était adressée à moi.

J'étais sur le point de lui demander pourquoi elle avait dit cela quand elle leva la main et agita les doigts avec désinvolture. Presque instantanément, ses cheveux, qui flottaient dans le vent, retombèrent sur ses épaules. La brise ne soufflait plus.

— C'est toi qui as fait ça ? demandai-je en essayant de dissimuler ma stupéfaction.

— Ouais. C'est le seul truc que je sache faire. C'est nul, hein ? fit-elle en plissant le nez.

— Non, je trouve ça super cool, avouai-je.

Elle contrôlait le vent ! Le vent était une force impossible à arrêter, et il lui avait suffi d'agiter les doigts pour qu'il cesse de souffler par magie.

— J'ai longtemps espéré me découvrir d'autres aptitudes, mais bon, ma mère pouvait seulement contrôler les nuages, alors je m'estime heureuse, expliqua-t-elle en haussant les épaules. Tu verras, quand tes aptitudes se manifesteront. Tout le monde espère maîtriser la télékinésie ou au moins la persuasion, mais la plupart d'entre nous devons nous contenter de manipuler un peu les éléments, et encore, quand on a de la chance. Dans le temps, c'était différent.

— Avant de venir ici, tu étais consciente de ta différence ?

Elle avait le dos appuyé contre le garde-corps, et ses longs cheveux pendaient dans le vide.

— Bien sûr. J'ai toujours su que j'étais meilleure que les autres. (Elle cligna des yeux, puis les ferma et agita de nouveau les doigts, générant une brise très légère qui lui souleva les cheveux.) Et toi ?

— Mmh… ouais, plus ou moins.

Je m'étais toujours sentie différente, mais pas meilleure, ça non.

— Il faut dire que tu es plus jeune que la majorité d'entre nous. Tu vas toujours au lycée ?

— J'y allais, oui.

Depuis mon arrivée, personne ne m'avait encore parlé d'école, et j'ignorais ce qu'ils avaient prévu pour la suite de mon instruction.

— De toute façon, l'école, c'est nul, lâcha Willa. (Elle se redressa et me regarda d'un air solennel.) À ce propos, pourquoi t'ont-ils ramenée si tôt ? C'est à cause des Vittras ?

— Qu'est-ce que tu veux dire ? demandai-je nerveusement.

En réalité, je le savais très bien, mais je voulais la tester. Les gens semblaient rechigner à parler des Vittras ; Finn, notamment, ne les avait pas mentionnés une seule fois depuis notre arrivée. J'étais sans doute en sécurité dans l'enceinte de la communauté. Peut-être même ne constituais-je plus une cible pour eux.

— J'ai entendu dire qu'ils rôdaient dans les parages, ces derniers temps, qu'ils essayaient de capturer nos échangés, reprit Willa, l'air de rien. En tant que princesse, j'imagine que tu dois figurer au sommet de la liste de leurs cibles potentielles. On parle beaucoup de ça, en ce moment. (L'air pensif, elle s'abîma dans la contemplation de ses orteils nus.) Je me demande s'ils me veulent, moi aussi… Mon père n'est pas roi, c'est sûr, mais on est nobles quand même. Qu'est-ce qui vient en dessous d'une reine dans le monde des humains ? Une duchesse ou un truc comme ça ?

— Je ne sais pas, répondis-je dans un haussement d'épaules.

Je ne connaissais rien à la monarchie ni aux titres de noblesse, ce qui était amusant compte tenu de mon nouveau statut.

— Ouais, je crois bien que c'est l'équivalent de mon titre, poursuivit Willa en plissant les yeux, concentrée. Officiellement, je suis une Marksinna, ce qui est l'équivalent d'une duchesse. Mon père est un Markis, le masculin de Marksinna. Nous ne sommes pas les seuls, évidemment. À Förening, au moins six ou sept autres familles ont ce titre. Dans le cas où tu ne serais pas revenue, les Kroner auraient été les prétendants légitimes à la couronne. Ils sont très puissants, et Tove est un beau parti.

S'il était plutôt mignon, ce Tove ne m'avait pas vraiment impressionnée. Enfin, sa télékinésie si. Je trouvai étrange que, rivaux dans la course à la couronne, nous ayons dîné ensemble.

— Enfin, tout ça ne me regarde pas, conclut Willa avant de bâiller bruyamment. Excuse-moi, je me suis tellement ennuyée, ce soir, que je m'endors. Nous devrions peut-être rentrer.

Comme il commençait à faire frais, j'acquiesçai avec joie. De retour dans le salon, Willa s'affala dans un fauteuil et eut le plus grand mal à rester éveillée. Garrett nous laissa brièvement pour aller dire au revoir à Elora, puis aida sa fille à retourner à la voiture.

Tandis que le majordome faisait le ménage, Finn suggéra que nous nous retirions dans nos chambres respectives. La soirée avait été étonnamment fatigante, aussi fus-je ravie d'obtempérer.

— Qu'est-ce qui va se passer ? demandai-je après le départ des Strom, car nous n'avions pas eu l'occasion de discuter avant. Qu'est-ce que c'est que cette histoire de bal, de fête ou je ne sais quoi qui doit avoir lieu samedi ?

— C'est l'équivalent trylle d'un bal des débutantes, sauf que ça concerne aussi les garçons, expliqua Finn comme nous montions à l'étage.

Lasse, je repensai à la fierté qui m'avait étreinte lorsque j'avais descendu ces marches quelques heures plus tôt. Pour la première fois, je m'étais vraiment sentie dans la peau d'une princesse, mais c'était terminé ; à présent, j'avais plutôt l'impression d'être une petite fille déguisée. Aurora avait vu au travers de mes luxueux artifices (qu'elle n'avait d'ailleurs pas trouvé si luxueux) et compris que je n'avais rien de spécial.

— Je ne sais pas ce qu'est un bal des débutantes, avouai-je dans un soupir.

En réalité, j'ignorais tout de la haute société.

— C'est une soirée de présentation au monde, commença Finn. Les échangés ne grandissent pas ici. La communauté ne les connaît pas. Quand ils reviennent, on leur laisse un peu de temps pour s'acclimater, puis on les présente à la société. Tous les échangés ont droit à une soirée de ce type. La plupart sont modestes, mais comme tu es la princesse, tu vas recevoir des invités venus de toute la communauté des Trylles. Je ne te cache pas que ce sera une épreuve.

— Je ne me sens pas prête ! grognai-je.

— Tu le seras, me promit-il.

Nous marchâmes jusqu'à ma chambre en silence. J'étais très inquiète. Le désastre de mon tout premier bal était encore frais dans ma mémoire, et je ne me voyais pas endosser le rôle de reine d'un bal formel.

Je n'y arriverais jamais. Ce soir, j'avais bien failli m'humilier à un simple dîner semi-formel.

— Je parie que tu vas bien dormir, dit Finn tandis que je poussais la porte de ma chambre.

— J'ai besoin de ton aide, lui rappelai-je en désignant ma robe. Je ne viendrai jamais à bout de cette fermeture à glissière toute seule.

— Bien sûr.

Finn me suivit dans la chambre et alluma la lumière. Comme il faisait nuit noire, la baie vitrée faisait office de miroir. J'avisai mon reflet et me trouvai plutôt pas mal. Sans doute parce que j'avais laissé quelqu'un d'autre choisir ma tenue, compris-je. Je n'avais aucune confiance dans ma capacité de jugement. Je me détournai du miroir et attendis que Finn défasse ma robe.

— J'ai tout foiré, ce soir, pas vrai ? demandai-je tristement.

— Pas du tout.

Il posa sa main chaude sur mon dos, et je sentis la robe se desserrer comme il tirait la glissière vers le bas. Je croisai les bras sur ma poitrine pour empêcher le vêtement de tomber, puis me tournai vers lui. Une part de moi-même ne pouvait s'empêcher de penser au fait que seuls quelques centimètres nous séparaient, que j'étais à deux doigts d'être nue et que son regard noir était rivé sur moi.

— Tu as fait exactement ce que je t'avais dit, reprit-il. À la limite, si quelqu'un est à blâmer, c'est moi. Rassure-toi, la soirée ne s'est pas si mal passée mais, quand il s'agit des Kroner, Elora est à fleur de peau.

— Pourquoi ? Pourquoi s'énerve-t-elle tant à leur sujet ? Elle est la reine, après tout.

— Dans le passé, des monarques ont été renversés, répondit-il calmement. Si tu n'étais pas à la hauteur, les Kroner pourraient contester ton autorité et organiser une fronde pour prendre ta place.

Je devins toute pâle. Ma responsabilité était soudain écrasante. Je me sentis nauséeuse et déglutis difficilement. J'étais déjà effrayée par la perspective du bal, mais je ne savais pas que l'avenir de ma mère dépendrait de ma prestation.

— Ne t'en fais pas. Tu te débrouilleras très bien.

Son visage se fit plus triste et il ajouta doucement :

— Elora a un plan pour les calmer.

— C'est-à-dire ?

Au lieu de me répondre, son regard se perdit dans le lointain, et son expression devint totalement neutre. Puis il fronça les sourcils et hocha la tête.

— Je suis désolé, il faut que je te laisse. Elora m'attend dans sa chambre.

— Elora t'attend dans sa chambre ? ne pus-je m'empêcher de répéter, incapable de cacher ma stupeur.

Je n'aurais su dire pourquoi, mais le fait que Finn se rende dans la chambre de ma mère à cette heure tardive me semblait inapproprié. Peut-être parce qu'elle lui avait parlé en esprit et que je ne saisissais pas la nature exacte de leur relation.

J'étais jalouse de ma propre mère, ce qui était très bizarre et me donna encore plus envie de vomir.

— Oui, sa migraine s'est aggravée, répondit Finn en faisant un pas en arrière.

— D'accord. Amusez-vous bien, alors, marmonnai-je.

Il quitta la pièce en refermant la porte derrière lui. Je me rendis dans la salle de bains pour retirer mes bijoux et enfiler un pyjama ample. Je ne dormis pas très bien, cette nuit-là. Toutes ces choses qu'on exigeait de moi me faisaient très peur.

J'ignorais tout de ce monde et de ces gens, et pourtant j'étais destinée à régner sur ces terres. À la limite, j'aurais pu m'accommoder de cette destinée, sauf qu'on attendait de moi que j'assimile les codes de Förening en moins d'une semaine. Car il s'agirait de convaincre mes sujets…

En cas d'échec, tout ce que ma mère avait bâti à la sueur de son front lui serait retiré. Même si je n'adorais pas Elora, j'appréciais encore moins Aurora, et je n'avais pas envie de ruiner l'héritage entier de ma famille.

13

Être trylle

Heureusement, même en Förening, on connaissait les dimanches oisifs. Je me levai tard et constatai avec satisfaction que le cuisinier était de service. Je n'eus donc pas besoin de préparer mon petit déjeuner. Je croisai brièvement Finn dans le couloir, mais c'est à peine s'il me salua d'un hochement de tête.

De retour dans mes quartiers, je me laissai tomber sur mon lit en me disant que j'allais passer la journée à m'ennuyer à mort. Soudain, Rhys frappa à ma porte, m'empêchant de me morfondre seule dans mon coin, et m'invita à venir regarder un film avec Rhiannon dans sa chambre.

Celle-ci était une version masculine de la mienne, ce qui était logique, vu qu'il avait décoré les deux. Un énorme et épais canapé trônait devant sa télévision, différence principale entre nos deux chambres. Nous finîmes par nous décider pour la trilogie du *Seigneur des Anneaux*, Rhys arguant que je trouverais l'histoire plus amusante à présent que je vivais parmi les trolls.

Rhys était assis entre Rhiannon et moi. Au début du premier film, il était pile au centre, mais, au bout de trois ou quatre heures de marathon, je remarquai qu'il s'était rapproché de moi, ce qui ne me dérangea pas.

Il parlait et plaisantait beaucoup avec Rhiannon ; tous les deux avaient le don de me mettre à l'aise. Après deux jours passés à échouer à devenir la parfaite petite princesse qu'Elora voulait faire de moi, cela faisait du bien de rire un peu et de se détendre.

Rhiannon nous laissa au début du troisième film, car elle devait se lever tôt. Bien qu'elle ait libéré sa place, Rhys ne s'éloigna pas de moi. Nos cuisses se frôlaient, à présent.

Je fus tentée de m'écarter, mais je n'avais aucune raison de le faire. Le film était sympa, Rhys était mignon et je passais un bon moment avec lui. Je n'eus pas longtemps à attendre avant que, l'air de rien, il passe le bras autour de mes épaules. Je faillis en rire.

Mon cœur ne s'emballa pas comme lorsque Finn me touchait, mais son contact était agréable. Grâce à Rhys, je me sentais normale pour la première fois, et je ne pouvais que lui en être reconnaissante. Je finis d'ailleurs par m'appuyer contre lui et par poser ma tête sur son épaule.

Lorsque nous nous étions lancés dans cette course de fond cinématographique, je ne m'étais pas rendu compte que cela représenterait plus de onze heures de visionnage. À 13 heures, un dimanche après-midi, l'idée m'avait paru parfaite ; toutefois, quand vint minuit, j'étais engagée dans une véritable guerre contre le sommeil. Guerre que je finis par perdre.

Le matin suivant, tandis que je dormais profondément sur le canapé de Rhys, je n'imaginais pas que la maison était sens dessus dessous. Si on m'avait laissé le choix, j'aurais continué à dormir sans me poser de questions, mais Finn me réveilla en sursaut en ouvrant la porte à la volée.

— Mon Dieu ! m'écriai-je en sautant du canapé.

Finn m'avait fichu une trouille bleue, et mon cœur menaçait de faire exploser ma poitrine.

— Qu'est-ce qui se passe ? Il y a un problème ? m'écriai-je.

Au lieu de répondre, Finn se contenta de fixer sur moi un regard noir. Derrière moi, Rhys se réveillait beaucoup plus en douceur. Apparemment, Finn ne l'avait pas terrifié plus que cela.

Je me retournai et notai qu'il était vêtu d'un tee-shirt et d'un bas de survêtement – qui lui allaient d'ailleurs très bien. Je compris alors quelle scène Finn avait découverte en ouvrant la porte.

Pour ma part, je portais les habits confortables que j'avais mis la veille, mais Rhys et moi avions dormi blottis l'un contre l'autre. Même si Finn n'avait pas remarqué ce détail, il était clair que j'avais passé la nuit ici. Mon esprit se mit en branle à la recherche d'une excuse, mais même l'innocente vérité persista à m'échapper.

— Elle est là ! cria Finn d'un ton neutre.

Rhys grogna, et je compris que nous étions dans le pétrin. Complètement réveillé, à présent, il se tenait à côté de moi, l'air penaud. Je voulus demander ce qui se passait et pourquoi Finn semblait si furieux, mais Elora ne m'en laissa pas le temps.

Elle apparut dans l'encadrement de la porte, sa robe émeraude flottant de manière théâtrale derrière elle, ses cheveux noués en une tresse épaisse qui pendait lourdement dans son dos. Alors qu'elle se tenait derrière Finn, elle réussissait à éclipser tout ce qui l'entourait.

Je l'avais vue mécontente à plusieurs reprises, mais ce n'était rien à côté de l'expression sévère qu'elle arborait en me regardant. Elle fronçait tellement les sourcils que c'en était presque douloureux, et ses yeux étaient des puits bouillonnant de colère.

— Qu'est-ce que tu t'imagines ?!

La voix de ma mère résonna, intense et désagréable, dans ma tête – ou plutôt ses voix physique et psychique.

— Désolée. On regardait un film, et on s'est endormis.

— C'est ma faute, intervint Rhys. J'ai mis…

— Ce que vous faisiez ne m'intéresse pas ! Ce comportement est tout à fait inconvenant !

Rhys se recroquevilla sous son regard assassin.

— Rhys, poursuivit-elle, ce que tu as fait est inacceptable, et tu le sais pertinemment. (Elle se massa les tempes comme si cette situation lui donnait des maux de tête, et Finn la regarda avec inquiétude.) Je ne veux plus te voir. Prépare-toi pour l'école et reste hors de ma vue !

— Oui, madame, acquiesça Rhys. Désolé.

— Quant à toi…, continua Elora en pointant un doigt accusateur vers moi. (Écœurée, déçue, elle ne parvenait pas à trouver les mots adéquats.) J'ignore comment tu as été élevée avant d'arriver ici, mais je suis certaine que tu sais comment doit se comporter une dame.

— Mais je ne…

Elle m'interrompit en levant la main.

— Pour être tout à fait honnête, Finn, c'est toi qui m'as le plus déçue.

Elle avait cessé de crier et considérait Finn d'un air las. Comme le jeune homme baissait les yeux de honte, Elora secoua la tête.

— Je n'arrive pas à croire que tu aies permis qu'une telle chose arrive. Tu étais censé l'avoir constamment à l'œil.

— Je sais. Cela ne se reproduira plus, promit-il, contrit.

— Je n'en doute pas. Maintenant, il est temps que tu lui apprennes les bonnes manières des Trylles. En attendant, je ne veux plus croiser aucun d'entre vous aujourd'hui.

Elle leva les mains, secoua la tête et s'en fut.

— Je suis vraiment désolé, s'excusa Rhys avec emphase.

Ses joues étaient rouges de honte, ce qui, bizarrement, le rendait encore plus mignon. À ce moment-là, cependant, sa beauté était le dernier de mes soucis. J'avais l'estomac noué et je me félicitai de ne pas avoir fondu en larmes. Je ne comprenais même pas ce que j'avais fait de mal. Je concevais que dormir dans la chambre d'un garçon n'était pas forcément très correct, mais on aurait dit que j'avais commis le crime ultime.

— Prépare-toi, tu vas être en retard à l'école, ordonna Finn à Rhys. (Puis il désigna le couloir du doigt et se tourna vers moi.) Toi, dehors. *Tout de suite.*

Je me faufilai entre lui et l'encadrement de la porte. Normalement, j'appréciai son contact, sa proximité, mais pas ce jour-là. Mon cœur battait de façon erratique pour des raisons qui n'avaient rien d'agréable. Finn s'efforça de rester impassible, mais il avait du mal à contenir sa colère et la tension accumulée dans son corps. Tandis que je me dirigeais vers ma chambre, il cria à Rhys d'apprendre à bien se tenir ou quelque chose comme ça.

— Où est-ce que tu vas ? me demanda-t-il comme j'ouvrais la porte de ma chambre.

Il venait de claquer la porte de Rhys, me faisant sursauter.

— Dans ma chambre…, répondis-je, incertaine.

— Non. Tu viens dans ma chambre avec moi.

— Hein ? Pourquoi ?

La perspective de me retrouver dans sa chambre avec lui avait quelque chose d'excitant. C'était comme le début d'un fantasme. Sauf qu'il avait les yeux d'un assassin et non ceux d'un amant.

— J'ai besoin de me préparer, mais je dois aussi te garder à l'œil.

Il portait un bas de pyjama et un tee-shirt, et ses cheveux noirs n'étaient pas aussi bien lissés que d'habitude.

J'acquiesçai de la tête et lui emboîtai le pas. Comme il était énervé, il marchait vite et me distança rapidement.

— Je suis vraiment désolée, tu sais ? tentai-je. Je ne pensais pas m'endormir là-bas. On regardait des films, et il était tard. Si j'avais su que ça allait se passer comme ça, je serais rentrée dans ma chambre !

— Tu aurais dû le savoir, Wendy ! s'exclama-t-il, exaspéré. Tu devrais savoir que tes actes ont des conséquences, que tout ce que tu fais compte !

— Je t'ai dit que j'étais désolée ! Je m'ennuyais tellement, hier. J'avais besoin de faire quelque chose.

Soudain, Finn fit volte-face. J'eus un mouvement de recul et me retrouvai dos au mur. Il fit un pas vers moi, posa la main contre le mur, à côté de ma tête, et rapprocha son visage du mien. Ses yeux noirs, distants de quelques centimètres des miens seulement, brûlaient de colère, mais sa voix était calme et neutre.

— Tu sais ce que les gens pensent quand une jeune fille passe la nuit dans la chambre d'un garçon, n'est-ce pas ? Tu comprends ce que je veux dire ? Eh bien, c'est infiniment pire quand cette jeune fille est une *princesse* et qu'elle passe la nuit avec un *mänsklig*. Ça risque de tout compromettre.

— Je... je ne me rends pas compte, non, bredouillai-je. Vous ne m'expliquez rien.

Finn continua à me gratifier d'un regard assassin pendant une longue minute, après quoi il soupira et fit un pas en arrière. Tandis qu'il se frottait les yeux, je ravalai mes larmes et repris mon souffle.

Quand il rouvrit les paupières, son regard s'était radouci, mais il ne dit rien. Il se dirigea vers sa chambre, et je le suivis, hésitante.

Sa chambre était plus petite et donc plus confortable et humaine que la mienne. Bien que les stores soient tirés, je notai qu'une des parois était entièrement en verre. Des couvertures sombres étaient étalées sur son lit, et ses étagères débordaient de livres. Dans un coin, j'avisai un petit bureau sur lequel trônait un ordinateur portable.

Comme moi, il disposait d'une salle de bains privative. Il s'y engouffra sans refermer la porte, et je l'entendis se brosser les dents. Je m'assis avec circonspection sur le bord de son lit et jetai un coup d'œil autour de moi.

— Tu dois passer pas mal de temps dans cette pièce, remarquai-je.

Je savais qu'il ne vivait ici que par intermittence, mais l'abondance d'objets divers semblait suggérer que cette chambre était son véritable chez-lui.

— Je vis ici quand je ne piste pas.

— Ma mère t'aime beaucoup, dis-je sans enthousiasme.

— En ce moment, pas trop.

Il ferma le robinet et s'appuya contre l'encadrement de la porte. Puis il soupira et baissa les yeux.

— Je regrette de t'avoir crié après.

— Ce n'est pas grave, le rassurai-je en haussant les épaules.

Je ne comprenais toujours pas pourquoi il s'était mis dans cet état, mais il n'avait pas tort : j'étais une princesse, désormais, et je devais me comporter comme telle.

— Non, tu ne le méritais pas, reprit-il en se grattant la tempe et en secouant la tête. Ma colère n'était pas dirigée contre toi. Quand j'ai vu que tu n'étais pas dans ta chambre, j'ai paniqué. Avec tout ce qui se passe en ce moment… les Vittras…

Il secoua de nouveau la tête.

— Qu'est-ce qui se passe, justement ? le pressai-je, mon rythme cardiaque s'accélérant.

— Ça ne te concerne pas pour le moment. Quoi qu'il en soit, je me suis un peu emballé et je m'en suis pris à toi. Je te demande pardon.

— Non, c'est ma faute. C'est vous qui avez raison.

Comme il se passait la main dans les cheveux en regardant ailleurs, un détail me frappa.

— Au fait, comment savais-tu que je n'étais pas dans ma chambre ?

— Eh bien, j'ai vérifié, répondit Finn en me regardant comme si j'étais idiote. Je vérifie tous les matins.

— Tu vérifies que je suis dans ma chambre pendant que je dors ? demandai-je avec des yeux ronds. Tous les matins ?

Il hocha la tête.

— Je l'ignorais.

— Évidemment, puisque tu dors.

— C'est quand même… bizarre.

Je secouai la tête. Matt et Maggie aussi vérifiaient souvent que j'étais bien là, mais savoir que Finn me regardait pendant mon sommeil, ne serait-ce que quelques secondes, me faisait un drôle d'effet.

— Je dois m'assurer que tu es en sécurité et en bonne santé ; ça fait partie de mon boulot.

— On croirait entendre un disque rayé, parfois, marmonnai-je avec lassitude. Tu ne penses qu'à ton boulot.

— Tu préférerais que je dise quoi ? contra-t-il, le visage dénué d'émotion.

Je détournai les yeux, me prenant d'une passion subite pour mon pantalon, dont j'entrepris d'arracher quelques fils. Au lieu de reprendre ses préparatifs, Finn continua à me regarder sans bouger. Je me sentis donc obligée de rompre le silence.

— Qu'est-ce qu'un mänsklig ?

— Littéralement, ça veut dire « humain », répondit-il en soupirant et en appuyant sa tête contre l'encadrement de la porte. Rhys est humain.

— Je ne comprends pas. Qu'est-ce qu'il fait ici, alors ?

— Il est là à cause de toi, Wendy, affirma-t-il, m'embrouillant davantage. Tu es une échangée. Tu as pris la place d'un autre bébé à la naissance et, ce bébé, il a bien fallu qu'il se retrouve quelque part.

— Tu veux dire que… (Ma voix s'éteignit. C'était tellement évidemment, en réalité.) Rhys est Michael !

Soudain, le béguin que j'avais pour lui devint contre-nature. Il n'était pas mon frère, nous n'avions pas le même sang, mais il était le frère de mon frère – même si Matt n'était pas vraiment mon frère… Bref, cela me faisait un drôle d'effet.

J'aurais dû m'en rendre compte plus tôt. Comment avais-je pu passer à côté de cela ? Rhys et Matt se ressemblaient tellement – les cheveux couleur sable, les yeux bleus, la forme du visage. Cependant, la vie de Matt l'avait endurci, tandis que Rhys n'était que joie et rires.

Voilà pourquoi je n'avais rien remarqué. Leurs personnalités si différentes m'avaient trompée.

— Michael ? répéta Finn, perplexe.

— Ouais, c'est comme ça que l'appelle ma mère, enfin, Kim, ma fausse mère. Elle savait qu'elle avait eu un fils et, ce fils, c'est Rhys. (Mon esprit se mit à tourbillonner.) Mais comment… comment s'y sont-ils pris ? Je veux dire, pour procéder à l'échange ?

— C'est relativement simple, expliqua Finn avec lassitude. Dès que Rhys est né, Elora a provoqué son propre accouchement, après quoi il lui a suffi d'user de sa persuasion sur la famille et le personnel de l'hôpital pour procéder à l'échange.

— Ça ne peut pas être si simple. D'ailleurs, ça n'a pas vraiment fonctionné sur Kim, remarquai-je.

— Normalement, on échange des bébés de même sexe – une fille pour une fille, un garçon pour un garçon –, mais Elora voulait à tout prix te laisser chez les Everly. Une fille pour un garçon, évidemment, ça marche beaucoup moins bien. Le risque est plus grand que la mère se rende compte de quelque chose. C'est ce qui s'est produit dans ton cas.

— Attends, attends ! l'interrompis-je en levant la main. Elle savait que ce serait plus dangereux, que Kim risquerait de péter un plomb, et elle l'a fait quand même ?

— Elora pensait que les Everly seraient parfaits pour toi, maintint-il. D'ailleurs, elle ne s'est pas complètement trompée. Tu as dit toi-même que la tante et le frère se sont bien occupé de toi.

J'avais toujours détesté Kim. Enfin, plus ou moins. Elle s'était montrée cruelle avec moi, comme nombre de mes camarades de classe, mais elle avait toujours su que je n'étais pas son enfant. En réalité, Kim avait été une mère exemplaire ! Contre toute attente, elle avait toujours refusé d'oublier son fils. Quand on y réfléchissait, c'était tragique.

— C'est pour ça qu'ils ne veulent pas que je passe du temps avec le mänsklig ? Parce qu'il est mon demi-frère ? pensai-je tout haut en plissant le nez.

— Il n'est pas ton frère, insista Finn. Trylles et mänskligs ne sont pas du tout apparentés. Ces derniers sont humains, et c'est bien le problème.

— Est-ce qu'on est... physiquement incompatibles ? demandai-je avec circonspection.

— Non. De nombreux Trylles ont quitté la communauté pour vivre avec des humains et ont eu une descendance normale. C'est en partie à cause de cela que notre population décline.

— Que va-t-il arriver à Rhys, maintenant que je suis de retour ? l'interrogeai-je en faisant abstraction de son ton clinique.

Finn était clairement un excellent professionnel.

— Rien. Il continuera à vivre ici s'il le souhaite. Ou bien il partira. Le choix lui appartiendra, précisa Finn dans un haussement d'épaules. Les mänskligs ne sont pas maltraités, chez nous. Par exemple, Rhiannon est la mänsklig de Willa.

— Logique, en effet.

Rhiannon semblait un peu fantasque et nerveuse, mais aussi plutôt normale, contrairement aux autres.

— Alors, que font-ils des mänskligs ? poursuivis-je.

— Ils ne sont pas vraiment élevés comme des enfants normaux, même si on fait tout pour qu'ils soient heureux et satisfaits. Nous avons des écoles pour eux ; elles ne sont pas aussi belles que celles que tu as fréquentées, mais les mänks y sont instruits. On leur met également un peu d'argent de côté ; ainsi, à leur majorité, ils sont libres de faire ce qu'ils veulent.

— Mais ils ne sont pas nos égaux, compris-je.

Elora prenait tout le monde de haut, mais c'était encore pire avec Rhys et Rhiannon. Et Willa devait avoir un comportement similaire.

— Nous vivons dans une monarchie. Il n'est pas question d'égalité. (Le temps d'une seconde, Finn parut triste, puis il me rejoignit sur le lit.) Étant ton pisteur, je suis censé t'éduquer, et, comme Elora l'a fait remarquer, j'aurais dû commencer plus tôt. Tu dois comprendre que notre monde est hiérarchisé.

» Au sommet, il y a la famille royale, dont tu es issue. Tu viens juste après Elora, bien sûr. En dessous, il y a les Markis et les Marksinnas, qui peuvent devenir roi ou reine à la faveur d'un mariage. Puis il y a les Trylles ordinaires, le peuple, si tu veux. Après viennent les pisteurs et, tout en bas de l'échelle, les mänskligs.

— Pourquoi ? Pourquoi les pisteurs sont-ils si bas ?

— Nous sommes des Trylles, mais nous ne faisons que pister. Mes parents et les parents de mes parents étaient pisteurs. Nous n'avons jamais été échangés. Cela signifie que nous ne percevons aucune rente. Nous n'apportons aucune richesse à la communauté. Nous rendons donc service à d'autre Trylles en échange du gîte et du couvert.

— Tu es un genre de domestique, alors ? m'étonnai-je.

— Pas exactement, poursuivit Finn avec un sourire forcé. Jusqu'à ce qu'on cesse de pister, on n'a besoin de rien faire d'autre. Leur carrière terminée, beaucoup de pisteurs se reconvertissent dans la sécurité personnelle – comme je compte le faire –, travaillant pour les riches familles de la ville. Mais d'autres deviennent animateurs, professeurs, cuisiniers ou domestiques. Presque tous les emplois du secteur tertiaire sont occupés par des pisteurs retraités. Il y a aussi des mänskligs, mais de moins en moins.

— C'est pour ça que tu t'inclines toujours devant Elora…

— Elle est la reine, Wendy. Tout le monde s'incline devant elle. Sauf Rhys et toi. Rhys est un gamin impossible et, en général, les parents hôtes ne forcent pas les mänks à s'incliner.

— Être princesse a donc des avantages, dis-je avec un sourire en coin.

— Elora peut paraître froide et hautaine, mais c'est une femme de grand pouvoir, annonça-t-il, solennel. Toi aussi, tu seras une femme très puissante. Tu profiteras de toutes les possibilités que le monde a à offrir. Je sais que tu as du mal à le concevoir à l'heure qu'il est, mais tu auras une vie formidable.

— Oui, j'ai du mal à le concevoir, comme tu dis. Surtout après m'être attiré des ennuis ce matin. J'ai beau chercher, je ne vois aucun signe de ma puissance, pour l'instant.

— Tu es encore très jeune, remarqua Finn avec un léger sourire.

— Sans doute. (Je repensai à sa colère de tout à l'heure.) Je n'ai rien fait avec Rhys. Tu me crois, hein ? Il n'y a rien eu.

Finn regarda fixement le sol d'un air pensif. Je l'étudiai, tentai d'identifier ses sentiments, de voir quelque chose sur son visage, en vain. Enfin, il hocha la tête.

— Oui, je te crois.

— Tout à l'heure, tu en étais moins sûr.

Cette fois, il ne fit aucun commentaire. Il se leva et dit qu'il avait besoin de prendre une douche. Il prit des vêtements et s'enferma dans la salle de bains.

Le moment aurait été idéal pour explorer sa chambre, mais je me sentis soudain très fatiguée. Il m'avait réveillée tôt, et cette matinée avait été épuisante. Je m'allongeai sur le dos, roulai sur le lit et me blottis sous les couvertures. Elles étaient douces et imprégnées de son odeur. Je m'endormis très vite.

14

Le royaume

En dehors du jardin secret situé derrière la demeure, je n'avais pas vu grand-chose du domaine. Après le petit déjeuner, Finn m'emmena dehors pour découvrir les lieux. Le temps était couvert, le ciel chargé. Finn le considéra avec scepticisme.

— Il va pleuvoir ? demandai-je.

— On ne peut jamais savoir, ici, répondit-il, agacé.

Il secoua la tête et se remit à marcher, apparemment décidé à prendre le risque.

Cette fois, nous sortîmes par la porte de devant et nous engageâmes sur l'allée pavée. Des arbres se rejoignant en de hautes arches projetaient leur ombre sur la demeure. En bordure de l'allée, des fougères verdoyantes et autres plantes poussaient entre les pins et les érables.

Finn s'enfonça dans la végétation, écartant délicatement les plantes pour se frayer un passage. Je compris très vite pourquoi il m'avait demandé de mettre des chaussures en avisant un genre de piste couverte de mousse, de brindilles et de cailloux.

— Où est-ce que tu vas ? m'enquis-je en le suivant à flanc de coteau.

— Je vais te montrer Förening.

— N'ai-je pas déjà vu Förening ?

Je m'arrêtai et regardai autour de moi. À travers les arbres, on ne voyait pas grand-chose, mais tout paraissait se ressembler dans les environs.

— Tu n'as pour ainsi dire rien vu, rétorqua-t-il en me souriant. Suis-moi.

Sans attendre ma réponse, il reprit son ascension. La piste abrupte était glissante en raison de la boue et de la mousse qui la recouvrait, mais il la gravit sans aucune difficulté, agrippant une branche au hasard ou une racine.

Pour ma part, j'évoluai avec beaucoup moins de grâce. Je ne cessai de déraper et de trébucher, m'éraflant les mains et les genoux sur des rochers coupants. Finn ne ralentit pas et ne se retourna même pas. Il avait davantage foi en mes aptitudes que moi-même, ce qui n'était certes pas nouveau.

Si je n'avais eu autant de mal à rester debout, j'aurais pu apprécier ce moment. L'atmosphère humide embaumait le pin et les feuilles, la verdure. Le bruit du fleuve coulant en contrebas résonnait partout, me rappelant le son produit par une conque collée à mon oreille. Et puis, par-dessus ces bruits de fond, j'entendais les gazouillis et les chants incessants des oiseaux.

Finn m'attendait à côté d'un rocher géant. Sans faire aucun commentaire au sujet de ma lenteur ni me laisser le temps de reprendre mon souffle, il me tourna le dos et entreprit de se hisser sur le rocher.

— Je n'arriverai jamais à escalader ce truc, me plaignis-je en étudiant la surface lisse.

— Je vais t'aider.

Le pied coincé dans une fente, il se pencha vers moi et me tendit la main.

En toute logique, si j'agrippais sa main, le poids de mon corps le ferait chuter. Toutefois, comme il ne semblait pas douter de sa capacité à nous hisser tous les deux là-haut, je me laissai faire. Finn avait une façon bien à lui de me convaincre de n'importe quoi, et cela m'effrayait parfois.

Je pris sa main et n'eus pas le temps de goûter sa force et sa chaleur, car il me souleva aussitôt. Je couinai, ce qui le fit rire. Il m'indiqua une fissure, à laquelle je m'accrochai comme si ma vie en dépendait.

Finn reprit son ascension, mais garda toujours une main tendue dans ma direction au cas où je glisserais. J'effectuai le gros du travail par moi-même. Je fus même surprise que mes doigts et mes pieds ne me trahissent pas. Un intense sentiment de fierté m'envahit quand je me hissai enfin au sommet.

Debout sur le rocher massif, je commençai à frotter mes genoux maculés de boue en me vantant de mon extraordinaire agilité lorsque je fus happée par la vue. Ce caillou devait être le point culminant de la région. Le panorama était saisissant – plus impressionnant que celui qu'offraient les baies vitrées du palais.

Entre les arbres pointaient des cheminées qui crachaient des plumets de fumée portés par le vent. Des routes serpentaient à travers la ville. Il y avait même quelques piétons. Accrochée au sommet d'une falaise, cachée par les arbres et camouflée derrière les plantes grimpantes, la demeure d'Elora paraissait énorme.

Le vent qui soufflait dans mes cheveux rendait l'expérience encore plus excitante. J'avais presque la sensation de voler.

— Voici Förening, annonça Finn en désignant d'un grand geste les maisons dissimulées sous les feuillages verts.

— C'est magnifique, avouai-je. Je suis conquise.

— Tout est à toi. (Son regard noir plongea dans le mien, soulignant la solennité du moment. Puis il détourna les yeux et scruta les arbres.) Ceci est ton royaume.

— Ouais, mais… il n'est pas vraiment à moi.

— En quelque sorte, si.

Il me gratifia d'un léger sourire. J'embrassai la vallée du regard. Ce n'était pas très étendu, pas comme si j'allais hériter de l'Empire romain ou un truc comme ça, mais posséder un royaume, quel qu'il soit, était déjà étrange.

— Pour quoi faire ? demandai-je doucement.

Finn ne me répondit pas. Je me dis que le vent avait peut-être emporté mes paroles, aussi insistai-je :

— Pourquoi vais-je hériter de tout ça ? Que suis-je censée en faire ?

— Tu es censée régner sur Förening, dit Finn en venant à ma hauteur. Prendre des décisions. Maintenir la paix. Déclarer des guerres.

— Déclarer des guerres ? m'étonnai-je. Ça arrive pour de vrai ?

Il haussa les épaules.

— Je ne comprends pas…

— Les décisions importantes seront prises avant que tu accèdes au trône, expliqua Finn, le regard fixé sur les maisons plutôt que sur moi. L'ordre règne. Tu n'auras qu'à le maintenir, le renforcer. Le gros de ta mission consistera à vivre dans ce palais, à participer à des réceptions, des réunions gouvernementales sans importance et, de façon très occasionnelle, à prendre une décision.

— Concernant quoi, par exemple ? m'enquis-je, regrettant les accents durs pris par sa voix.

— Les bannissements, notamment, répondit-il, pensif. Ta mère a banni une Marksinna, un jour. Cela n'était pas arrivé depuis des années, mais il est de la responsabilité de la reine de protéger ses sujets et notre mode de vie.

— Pourquoi l'a-t-elle bannie ?

— Elle avait pollué une lignée.

Je dus me contenter de cela pendant un long moment, puis, comme je persistai à fixer sur lui un regard interrogateur, il précisa :

— Elle a eu un enfant avec un humain.

Tandis que je m'apprêtais à creuser encore cette affaire, une goutte de pluie me tomba sur le front. J'eus à peine le temps de sonder le ciel. Les nuages se déchirèrent littéralement au-dessus de nous, déversant des trombes d'eau sur mon visage.

— Vite !

Finn me prit par la main et m'entraîna dans une folle glissade, mon dos dérapant sur la surface rugueuse. Je tombai lourdement dans des fougères épaisses. Mes vêtements étaient déjà imbibés d'eau et ma peau glacée. Me tenant toujours par la main, Finn me tira sous un pin géant.

— Elle est vraiment venue d'un seul coup, remarquai-je en jetant un coup d'œil sous les branches.

Nous n'étions pas tout à fait au sec, mais seules quelques gouttes parvenaient jusqu'à nous.

— La météo est très capricieuse, ici. Les locaux accusent le fleuve mais, en réalité, les Trylles n'y sont pas pour rien.

Je repensai à Willa, qui regrettait que sa mère et elle ne soient capables de contrôler que les nuages et le vent. Le jardin situé derrière le palais était en fleurs toute l'année grâce aux aptitudes des Trylles, et il était aisé de conclure qu'ils jouaient également un rôle dans les averses.

Les oiseaux s'étaient tus. Par-dessus le bruit des gouttes martelant la végétation, j'entendais le fleuve. L'air sentait bon les pins et, malgré le déluge qui s'abattait sur nous, j'étais étrangement en paix. Nous restâmes là un long moment à regarder la pluie tomber sans rien dire, mais bientôt le froid s'immisça en moi et mes dents se mirent à claquer.

— Tu as froid.

— Non, ça va, répondis-je en secouant la tête.

Sans prévenir, Finn passa son bras autour de mes épaules et m'attira contre lui. Prise de court, j'en oubliai presque de respirer. Même s'il n'avait pas plus chaud que moi, la force de son bras enroulé autour de moi m'enveloppa dans une chaleur qui se répandit partout en moi.

— Ça ne sert pas à grand-chose, je suppose, s'excusa-t-il d'une voix grave et rauque.

— En tout cas, je ne frissonne plus.

— On devrait rentrer pour que tu puisses enfiler des vêtements secs.

Il inspira profondément et me regarda pendant un moment supplémentaire.

Aussi brusquement que lorsqu'il m'avait attirée contre lui, il s'écarta et commença à rebrousser chemin. Comme il pleuvait toujours autant et qu'il n'était plus là pour me tenir chaud, je n'avais aucune raison de m'attarder. Je lui emboîtai le pas, courant et glissant jusqu'en bas.

Nous nous engouffrâmes par la porte principale en dérapant sur les dalles de marbre. Nous étions tellement trempés que des flaques se formèrent rapidement autour de nous. Une seconde plus tard, je remarquai que nous n'étions pas seuls.

Elora arrivait vers nous à sa manière habituelle et régalienne. Sa robe ondulait autour d'elle, donnant l'impression qu'elle flottait lorsqu'elle se déplaçait. Elle était accompagnée d'un homme obèse et chauve, dont les bajoues tremblotaient lorsqu'il bougeait.

— Quelle chance que vous arriviez maintenant ! Je raccompagnais justement le chancelier, dit Elora d'un ton glacial en nous regardant durement.

Je me demandai à qui, de Finn ou moi, elle en voulait le plus.

— Votre Majesté, je peux rester pour discuter, proposa le chancelier en la regardant avec ses petits yeux enfiévrés.

Il portait un costume blanc qui n'aurait mis personne en valeur et qui lui donnait des allures de boule de neige géante et transpirante.

— Chancelier, je suis désolé que nous ayons manqué votre visite, intervint Finn en s'efforçant de faire bonne figure.

Même dégoulinant de pluie, il était posé et semblait désireux de faire plaisir. De mon côté, je gardai les bras croisés sur la poitrine et tentai de ne pas frissonner.

— Non, merci, chancelier, je ne voudrais pas vous accaparer, répondit Elora, pleine de mépris. Et puis vous m'avez déjà donné matière à réflexion.

— Vous y penserez, Votre Majesté ? lui demanda-t-il en s'arrêtant et en la regardant avec espoir.

Comme elle s'apprêtait à le reconduire à la porte, son sourire se figea.

— Oui, bien sûr, répondit-elle d'un ton doucereux et pas du tout crédible. Je prends tous vos doutes très au sérieux.

— Mes sources sont fiables.

Le poussant presque dans le dos, Elora l'entraîna vers la porte.

— J'ai des espions partout, poursuivit-il, même dans les camps des Vittras. C'est ce qui m'a permis d'atteindre ma position.

— Oui, je n'ai pas oublié votre campagne.

Elle se retint à grand-peine de lever les yeux au ciel, ce que ne remarqua pas le chancelier, qui bomba le torse comme si elle l'avait complimenté.

— S'ils disent qu'il y a un complot, c'est qu'il y en a un, affirma-t-il avec conviction.

Je vis Finn se raidir et plisser les yeux.

— Oui, à n'en pas douter. (Elora hocha la tête à l'attention de Finn, qui tint la porte ouverte pour le chancelier.) J'adorerais parler plus longtemps avec vous, mais je vous conseille de vous dépêcher si vous voulez éviter le gros de la tempête. Je ne voudrais pas vous retarder.

— Oui, oui, vous avez raison.

L'homme se tourna vers les trombes d'eau qui s'abattaient devant la maison et pâlit. Puis il s'inclina devant Elora et lui fit un baisemain.

— Ma reine. Je suis à votre service. Toujours.

Ma mère eut un sourire pincé. Finn souhaita bon retour au visiteur, qui me regarda à peine avant de courir sous la pluie. Finn referma la porte, et Elora laissa échapper un soupir de soulagement.

— Qu'est-ce que vous faisiez ? s'enquit ma mère en fixant sur moi un regard dédaigneux.

Sans me laisser le temps de répondre, elle agita la main et ajouta :

— En fait, ça ne m'intéresse pas. Tu as de la chance que le chancelier n'ait pas compris que tu étais la princesse.

J'examinai discrètement mes vêtements détrempés et maculés de boue, consciente de ne pas renvoyer l'image de la princesse modèle. Finn, quant à lui, réussissait l'exploit de paraître digne, et je me demandai bien comment.

— Que vous a dit le chancelier ? demanda Finn.

— Oh ! tu le connais, répondit Elora en levant les yeux au ciel et en s'éloignant. Il est obsédé par les complots. Je devrais modifier la loi pour être la seule à décider de la nomination du chancelier, au lieu de laisser les Trylles voter. Le peuple se laisse toujours embobiner par les idiots de ce genre.

— Il a parlé des Vittras, la pressa Finn en la suivant de loin.

Je leur emboîtai le pas.

— Ce n'est rien, j'en suis certaine. Cela fait des années que les Vittras n'ont pas mis les pieds à Förening, affirma Elora avec une confiance bizarre.

— Oui, mais avec la princesse…, insista Finn, avant que la reine le fasse taire en levant la main.

Puis elle se tourna vers lui et je compris, à son expression, qu'elle lui parlait en esprit. Une minute plus tard, il prit une profonde inspiration et dit :

— Je suggère néanmoins que nous prenions des précautions supplémentaires, que nous augmentions les effectifs des gardes.

— Tu es là pour ça, Finn, rétorqua-t-elle avec un sourire apparemment sincère, quoique teinté de malice. Je ne te garde pas seulement pour tes beaux yeux.

— Votre Majesté, vous avez trop confiance en moi.

— Tu as sans doute raison, soupira-t-elle en s'éloignant. Allez vous changer. Vous mettez de l'eau partout.

Finn regarda fixement ma mère pendant quelques secondes. J'attendis à côté de lui qu'elle soit assez loin pour ne plus pouvoir nous entendre – quoique, avec Elora, je ne pouvais en être certaine.

— De quoi est-ce que vous parliez ? chuchotai-je.

— De rien. (Il secoua la tête et parut découvrir ma présence.) Va te changer ou tu vas tomber malade.

— Comment ça, de rien ? Il va y avoir une attaque ? poursuivis-je tandis qu'il s'engageait dans l'escalier. Qu'est-ce que vous avez tous à éluder mes questions ?

— Tu es trempée, Wendy, dit-il comme si de rien n'était alors que je le rattrapai en courant. Et puis tu as entendu la même chose que moi. Tu sais tout ce que je sais.

— Tu mens ! J'ai vu qu'elle t'a parlé en esprit.

— Oui, mais juste pour me demander de me taire, précisa-t-il en montant les marches sans me regarder. Ne t'inquiète pas. Tu es la princesse, la personne la plus importante de notre royaume, et Elora ne prendra pas le moindre risque te concernant. Elle déteste le chancelier.

— Tu es sûr que je ne risque rien ? demandai-je en repensant au tableau que j'avais découvert dans la réserve secrète d'Elora.

Cette toile où je paraissais terrifiée et où je tendais la main vers le néant.

— Je ne ferais jamais rien qui te mette en danger, m'assura Finn lorsque nous eûmes atteint l'étage. (Il désigna le couloir et la direction de ma chambre.) Il nous reste encore beaucoup de points à aborder. Ce serait mieux si tu passais quelque chose de plus chaud.

15

Éducation

Lorsque je me fus changée, Finn me conduisit dans un salon situé dans la même aile que ma chambre. La voûte du plafond était ornée d'une fresque représentant des nuages, des licornes et des anges. Malgré cela, l'ameublement était moderne et très différent du style antique du reste de la maison.

Finn m'expliqua que cette pièce avait été la salle de jeux du petit Rhys, qu'elle avait été transformée lorsque le garçon avait cessé de l'utiliser et que, depuis, il ne se l'était pas réappropriée.

Je m'allongeai sur un canapé pour contempler le plafond. Finn s'assit dans un épais fauteuil en face de moi et ouvrit un livre sur ses genoux. Entouré de piles de bouquins, il entreprit de me donner une leçon d'histoire trylle.

En dépit du fait que nous étions des créatures mythiques, notre histoire n'était pas plus passionnante que celle des humains.

— Quel est le rôle des Markis et des Marksinnas ? m'interrogea-t-il.

— Euh… ils n'en ont pas, répondis-je sans réfléchir.

— Wendy, tu as besoin de connaître toutes ces choses, soupira Finn. Les gens vont discuter pendant le bal, et il serait dommage que tu passes pour une ignorante. Tu ne pourras plus te permettre de rester assise dans le fond en attendant que ça se passe.

— Je suis une princesse, oui ou non ? Je devrais pouvoir faire ce que je veux, bougonnai-je.

Mes jambes se balançaient dans le vide par-dessus l'accoudoir du canapé.

— Quel est le rôle des Markis et des Marksinnas ? répéta Finn.

— Ils dirigent les provinces où ne vivent pas le roi et la reine. Ce sont des genres de gouverneurs, précisai-je en haussant les épaules. Dans le cas où le souverain serait dans l'impossibilité de régner, un Markis pourrait prendre sa place. Dans les endroits comme Förening, leur titre ne sert à rien d'autre qu'à affirmer leur supériorité sur les autres, autrement, ils n'ont presque pas de pouvoirs.

— C'est vrai, concéda Finn en tournant les pages de son livre, même si je ne te conseille pas de formuler les choses de cette façon. Quel est le rôle du chancelier ?

— Le chancelier est un officiel élu, un peu comme le Premier ministre en Angleterre, répondis-je avec lassitude. Le monarque a le dernier mot et détient la majeure partie des pouvoirs, mais le chancelier lui sert de conseiller et permet au peuple de se faire entendre à la Cour. Je ne comprends pas, on est quand même en Amérique, pas dans un autre pays. Ne sommes-nous pas censés respecter les lois de ce pays ?

— En théorie, oui. Pour une bonne part, nos lois coïncident avec celles des États-Unis, même si nous en avons davantage. Toutefois, nous vivons dans des enclaves isolées. En usant de nos ressources particulières – de notre argent et de notre pouvoir de persuasion –, nous sommes en mesure de convaincre les officiels américains de fermer les yeux et de nous laisser mener notre barque à notre guise.

—Mmh…, fis-je, pensive, en enroulant une mèche de cheveux autour de mon doigt. Est-ce que tu sais tout de la société trylle ? Quand tu discutais avec Garrett et Elora, j'avais l'impression que rien ne t'échappait.

Il aurait largement été capable de tenir la dragée haute aux Kroner, au lieu de quoi il avait préféré rester en retrait et se taire. Il était tellement plus raffiné que moi. Il était cool, calme, intelligent, charmant et séduisant. En réalité, il ressemblait bien plus que moi à un dirigeant.

—L'imbécile pense qu'il sait tout. Le sage, lui, sait qu'il ne sait rien, répondit-il d'un air absent sans lâcher son livre des yeux.

—On dirait une devise de gâteau chinois, lâchai-je dans un éclat de rire, ce qui le fit sourire. Non, sérieusement, Finn, ça n'a pas de sens ; c'est toi qui devrais monter sur le trône, pas moi. Moi, je ne sais rien, alors que toi tu es opérationnel !

—Non, je ne monterai jamais sur le trône, me reprit-il en secouant la tête. Quant à toi, tu es parfaite pour ce rôle, mais tu n'as pas reçu la formation que j'ai eue.

—C'est stupide, protestai-je. Ce qui compte, ce sont les aptitudes, pas l'hérédité.

—Notre système est fondé sur les aptitudes, justement, insista Finn. Il se trouve qu'elles se transmettent de génération en génération.

—Qu'est-ce que tu racontes ?

—Ta persuasion, commença-t-il en refermant le livre sur ses genoux. Elle te vient de ta mère. Les Markis et Marksinnas sont ce qu'ils sont grâce à leurs aptitudes, qu'ils transmettent à leurs enfants. Les Trylles ordinaires ont quelques aptitudes, quoique de moins en moins. Ta mère est la reine la plus puissante que nous ayons eue depuis de très nombreuses années, et nous avons grand espoir qu'elle t'ait transmis ses pouvoirs.

— Mais je ne sais presque rien faire ! protestai-je en m'asseyant. D'accord, j'ai un petit pouvoir de persuasion, mais tu as dit toi-même qu'il ne marchait pas sur toi !

— Pas encore, mais ça viendra. Tu comprendras mieux quand tu commenceras ta formation.

— Hein ? Quelle formation ?

— Après le bal de ce week-end, tu pourras commencer à travailler tes aptitudes, mais, pour l'instant, reste concentrée sur le bal. Voilà...

Il rouvrit son livre, mais je n'étais pas disposée à apprendre quoi que ce soit.

— Toi aussi tu as des aptitudes, contrai-je. Et Elora te préfère à moi. Je suis certaine qu'elle te verrait bien en prince.

En le disant, je me rendis compte que c'était probablement vrai et je m'affaissai sur le canapé.

— Tu dis n'importe quoi.

— Pas du tout. Qu'est-ce qu'il y a entre elle et toi ? Elle t'aime plus que moi, apparemment. Elle se confie à toi.

— Elora ne se confie à personne. (Finn garda le silence pendant quelques secondes, puis soupira.) Si je te donne une explication, tu promets de te remettre au boulot ?

— Oui ! m'enthousiasmai-je aussitôt en ouvrant grand les yeux.

— Ce que je vais te dire ne devra pas sortir de cette pièce, compris ? me mit-il en garde, l'air grave.

Je hochai la tête et déglutis difficilement.

Je me posais de plus en plus de questions sur la nature de leur relation. Elora était une femme mûre très séduisante, et Finn était clairement un beau gosse ; je n'aurais pas été étonnée de la voir l'attraper avec ses griffes de couguar. En tout cas, cela me semblait être une crainte légitime.

— Il y a environ seize ans, après le départ de ton père, ta mère a embauché mon père. Il ne pistait plus, et Elora avait besoin de quelqu'un pour assurer la protection de la propriété et de sa personne. (Il pinça les lèvres, et son regard s'assombrit, tandis que mon rythme cardiaque s'accélérait.) Elora était amoureuse de mon père. Personne ne le savait en dehors de ma mère, qui est toujours son épouse. Elle a d'ailleurs fini par le convaincre de quitter son emploi. Toutefois, Elora a conservé ses sentiments pour lui, et c'est pour ça qu'elle m'aime bien.

Il soupira, puis poursuivit comme si de rien n'était, comme si nous parlions de la pluie et du beau temps :

— C'est elle qui a souhaité m'engager, et comme elle paie bien, j'ai accepté.

Je le regardai fixement, à la fois nauséeuse et nerveuse. Son père ayant connu ma mère après ma naissance, j'en conclus que nous n'étions pas frère et sœur, ce qui était rassurant.

Pour le reste, son récit était assez déstabilisant, et je me demandai si Finn me détestait en secret. Il devait haïr Elora, pour laquelle il ne travaillait sans doute que parce qu'elle le payait bien. Puis je me demandai s'il n'était pas un genre de gigolo, et cela me donna encore plus envie de vomir.

— Je ne couche pas avec elle, et elle ne m'a jamais fait de telles propositions, précisa Finn en me regardant d'un air neutre. Elle m'aime bien à cause des sentiments qu'elle a pour mon père. Je ne lui en veux pas pour ce qui s'est passé entre eux. C'était il y a longtemps et, contrairement à mon père, elle n'avait pas de famille.

— Ouais…, acquiesçai-je, les yeux tournés vers le plafond, car c'était plus facile que de soutenir son regard.

— Je suis désolé, je ne voulais pas t'ennuyer avec ces histoires, s'excusa sincèrement Finn. C'est pour ça que j'ai tant hésité à t'en parler.

— Non, non, ce n'est pas grave. Reprenons, si tu veux bien, proposai-je sans conviction. Il me reste encore beaucoup de choses à voir.

Finn garda le silence pendant une minute pour me laisser le temps d'absorber ce qu'il venait de me révéler, mais je n'en avais pas envie. Je préférai repousser ces informations dans un coin de mon esprit. Penser à ces choses me mettait mal à l'aise, et j'avais assez de soucis comme cela à gérer.

Finn reprit donc sa leçon, et je m'efforçai de rester concentrée. Je savais qu'une reine avait beaucoup de devoirs et de responsabilités, mais je ne pensais pas apprendre que ma mère avait le béguin pour son père.

Fredric von Ellsin, le couturier, vint le jour suivant. Il était enthousiaste et flamboyant, et je n'aurais su dire s'il était un Trylle. J'étais vêtue d'une simple combinaison pendant qu'il prenait mes mensurations et griffonnait comme un fou dans un carnet. À la fin, il déclara qu'il avait la robe parfaite en tête et sortit de ma chambre comme une furie pour se mettre au travail.

Des gens défilèrent toute la journée de manière agaçante – des traiteurs, des organisateurs de soirées, dont la plupart, heureusement, ne firent pas attention à moi, préférant courir après Elora. Celle-ci énumérait un chapelet ininterrompu d'exigences, qu'ils notaient dans des carnets ou tapaient sur leurs smartphones.

Pendant ce temps, j'eus le plaisir de me promener en survêtement. Chaque fois qu'elle me voyait, Elora faisait la grimace, mais elle était trop occupée et accaparée par l'organisation du bal pour m'embêter.

J'entendis tout un tas de choses concernant les festivités, qui me terrifièrent littéralement. Par exemple, Elora lança en passant devant moi : « Nous aurons besoin d'asseoir cinq cents personnes. » Il y aurait donc cinq cents convives, et je serais le centre d'attraction principal de la soirée… Merveilleux !

Au moins passais-je la journée avec Finn, qui, toutefois, refusa de parler d'autre chose que de ma future prestation à cette fête.

Pendant deux heures, nous passâmes en revue les photos et les noms des invités les plus importants. Cent vingt minutes à lire très attentivement un genre d'annuaire d'anciens élèves, à essayer de mémoriser des visages et des noms, mais aussi des faits marquants de leur vie.

Puis nous passâmes une heure et demie à table. Apparemment, je ne savais pas parler correctement, ni tenir ma fourchette, incliner mon assiette, lever mon verre et même déplier ma serviette de façon appropriée. J'avais vécu jusque-là sans rien connaître de ces conventions et, à voir la manière dont Finn me considérait, je n'étais pas près de les maîtriser.

À la fin, je laissai tomber. Repoussant mon assiette, je collai ma joue contre le bois froid de la table.

— Mon Dieu, il a fini par te tuer ? demanda Willa, consternée.

Je relevai la tête et la vis à l'autre bout de la salle à manger, les mains sur les hanches, comme un mannequin. Elle portait trop de bijoux, ses colliers et ses bracelets étaient trop lourds et trop chargés, mais peut-être était-ce normal pour une troll. Contrairement à moi, ils semblaient tous avoir un faible pour les colifichets. De mon côté, j'étais simplement obsédée par les anneaux de pouce.

— Je me rappelle, ajouta-t-elle dans un sourire. Je m'étais ennuyée à mourir.

J'étais tellement soulagée de la voir. Elle, au moins, n'essaierait pas de me rentrer dans le crâne les noms des trois cents derniers monarques trylles.

— Tu m'as pourtant l'air bien vivante, rétorqua sèchement Finn en s'adossant à son fauteuil. Je n'y suis peut-être pas allé assez fort.

— C'était une pique, monsieur *cigogne* ? demanda Willa en essayant vainement d'être sarcastique. Je n'ai rien senti. À peine une brûlure.

— Si tu ressens une brûlure, plains-toi plutôt auprès de ton dernier partenaire sexuel, contra-t-il avec un petit sourire.

J'en restai bouche bée. Jamais je ne l'avais entendu parler de la sorte.

— Très drôle, dit Willa, faussement impassible et véritablement amusée. Bref, je suis venue pour secourir la princesse.

— C'est vrai ? demandai-je avec un peu trop d'enthousiasme. Comment ?

— Tu vas voir, ça va être drôle.

Je me tournai vers Finn pour lui demander son accord.

— Vas-y, lança-t-il en agitant la main. On a bien travaillé, et tu as besoin de respirer un peu.

Je n'aurais pas cru être heureuse un jour en quittant Finn, mais je détalai littéralement à la suite de Willa. Elle me prit par le bras et m'entraîna hors de la salle à manger vers ma chambre. Je m'en voulais de laisser Finn, mais je ne me sentais pas capable d'écouter une nouvelle leçon sur l'usage de l'argenterie.

Sur le chemin de ma chambre, Willa ne cessa de parler, de raconter ses terribles premières semaines dans la communauté. Elle était intarissable. À l'en croire, Finn avait même failli lui planter une fourchette dans le dos en lui montrant l'argenterie de la maison. Et elle avait été proche d'en faire autant.

— C'est vraiment la partie la plus difficile, promit-elle en grimaçant alors qu'elle entrait dans ma chambre. Ce sont tes classes, en quelque sorte. Je sais que c'est horrible.

— Ouais, c'est vrai que ce n'est pas très agréable, avouai-je avec lassitude.

— Si j'y ai survécu, tu y survivras aussi.

Elle se dirigea vers ma salle de bains et, voyant que je ne la suivais pas, ajouta par-dessus son épaule :

— Tu viens ?

— Dans ma salle de bains ? avec toi ?

— Pour essayer des coiffures ! précisa-t-elle en me regardant comme si j'étais idiote.

Je lui obéis à contrecœur. Elle m'avait sortie de la poêle à frire pour me jeter dans le feu.

— Des coiffures ? répétai-je en m'asseyant sur un tabouret devant le miroir.

— Ouais, pour le bal, confirma-t-elle en fouillant dans les soins pour les cheveux alignés sur la tablette. (Soudain, elle releva la tête et croisa mon regard dans le miroir.) À moins que ta mère ait décidé de s'en charger…

— Pas à ma connaissance.

— Elle n'a pas trop l'instinct maternel, sembla regretter Willa en attrapant un flacon et une brosse. Tu préfères avoir les cheveux attachés ou lâchés ?

— Je ne sais pas. (Je repensai à ma première rencontre avec Willa, au fait que Finn m'ait conseillé de détacher mes cheveux.) Lâchés, peut-être.

— Excellent choix, approuva-t-elle en souriant et en retirant douloureusement l'élastique qui maintenait mes cheveux. Fredric est venu aujourd'hui ?

— Oui, il y a quelques heures, acquiesçai-je en serrant les dents, car elle avait commencé à me peigner.

— Super. Quand tu auras ta robe, tu m'enverras une photo ? J'ai hâte de la voir.

— Oui, pas de problème.

— Je sais que tu te sens un peu perdue, reprit gaiement Willa en me coiffant. Finn sait à peu près tout ce qu'il y a à savoir, mais il est un peu… froid, parfois. Et j'imagine que la reine n'est pas tellement mieux.

— C'est vrai.

Finn était-il vraiment « froid » ? À certains moments, il était un peu distant, mais à d'autres, quand il me regardait, il était tout sauf froid.

— Bref, je veux que tu saches que je suis là pour t'aider, reprit Willa. (Elle se figea, la brosse suspendue dans les airs, et me regarda dans le miroir.) Pas comme cette pétasse d'Aurora Kroner, ni parce que mon père me l'aurait demandé. Même s'il me l'a effectivement demandé. Pas non plus comme Finn, qui fait son travail. Moi, je sais vraiment ce que tu ressens. Si tu as besoin d'aide, n'hésite pas.

Elle eut un sourire en coin dont la sincérité me frappa. Derrière ses apparences futiles, c'était quelqu'un de bien, et j'étais heureuse de l'avoir trouvée. Tellement peu de gens, à Förening, semblaient se soucier de leur prochain.

Ce moment de grâce passé, Willa se lança dans un monologue sur les robes. Elle était capable de décrire dans le détail toutes les robes qu'elle avait vues depuis son arrivée ici, trois ans plus tôt, alors que seules une ou deux d'entre elles lui avaient plu.

Ma formation accélérée avec Willa ne se révéla donc pas plus intéressante que les cours prodigués par Finn. Elle semblait très calée en potins mondains, savait qui sortait avec qui, qui était fiancé avec qui, mais, vu que je ne connaissais pas les gens dont elle parlait, cela ne m'intéressa pas outre mesure.

Willa était toujours célibataire, et elle le déplorait. Elle ne cessait pas de dire qu'il était temps que son père arrange quelque chose ; d'ailleurs, elle avait déjà repéré plusieurs types intéressants. Par exemple, elle parlait avec beaucoup d'affection de Tove Kroner. Dont la maman ferait pourtant une terrifiante belle-mère.

À la fin de la journée, nous avions opté pour une coiffure et un style de maquillage, et j'avais appris des tas de choses sur la noblesse de Förening. Quand Willa parlait de tous ces gens, j'avais l'impression d'écouter des histoires de lycée, ce qui aurait pu être rassurant si je n'avais pas eu de si mauvais souvenirs de ma scolarité.

16

Instructions complémentaires

Elles s'intéressaient à moi. J'aurais dû me sentir flattée, mais je ne souhaitais qu'une chose : que cela se termine au plus vite. À l'autre bout de la pièce, Elora et Aurora étudiaient avec soin un grand plan de table déplié sur la surface en chêne devant elles.

Je ne pouvais m'empêcher de me dire qu'Elora m'avait demandé de l'accompagner dans le seul but de s'assurer qu'elle ne serait pas la seule au supplice. Quant à Aurora, je me demandais bien pourquoi elle se souciait de moi. Peut-être désirait-elle mieux me comprendre pour organiser ma mort ? J'avais un mouvement de recul chaque fois qu'elle me souriait de façon exagérée.

Finn était arrivé dans ma chambre très tôt dans la matinée, mais mon enthousiasme initial s'était évanoui lorsqu'il s'était mis à fouiller frénétiquement ma garde-robe. Puis il m'avait demandé de me préparer à toute vitesse et ordonné de me tenir bien toute la journée. Je détestais sa manière de me traiter comme une gamine de trois ans le jour de sa rentrée en première année de maternelle.

Assise à ma place pendant qu'elles disséquaient ce satané plan de table, je me sentais effectivement comme une gamine de trois ans. Une petite fille qui avait fait une bêtise et qu'on avait punie. Je fis semblant de m'intéresser à leurs histoires, d'être studieuse, mais je ne connaissais aucune de ces personnes.

Nous étions dans l'aile sud, dans le centre de crise aux murs placardés de cartes. Celles-ci étaient constellées de points rouges et verts représentant les tribus trolls. Ces cartes m'intriguaient, mais Elora ne me laissa jamais le temps de les regarder en détail, m'arrachant à mes réflexions chaque fois que je profitais du fait qu'Aurora et elle discutaient pour m'échapper un peu par la pensée.

— Si nous mettons le chancelier ici, le Markis Tormann sera obligé de changer de table, faisait remarquer Aurora en tapotant le plan.

— Je ne vois pas d'autre solution, rétorqua Elora avec un sourire sucré, image miroir parfaite de celui d'Aurora.

— Il va venir de loin pour l'occasion, poursuivit Aurora en clignant ostensiblement des paupières.

— Ne vous en faites pas, il ne ratera rien du baptême, fit remarquer Elora en se tournant vers moi. Es-tu prête pour la cérémonie ?

— Euh… ouais.

Finn m'en avait effectivement parlé, mais je ne l'avais pas vraiment écouté. Comme je ne pouvais pas le dire à Elora, je me contentai de sourire d'un air confiant.

— Une princesse ne dit pas « euh », lâcha Elora en plissant les yeux.

Aurora eut du mal à dissimuler son sourire de satisfaction.

— Désolée.

Elora aurait voulu me réprimander davantage, mais Aurora nous regardait toutes les deux avec ses yeux de faucon. Alors elle retroussa les lèvres et se mordit la langue pour ne montrer aucun signe de faiblesse.

Je ne comprenais pas ce qu'Aurora faisait ici, ni ce qu'Elora avait à craindre d'elle. Elle était la reine, tout de même, et Aurora n'était capable que de distribuer de faux compliments et des menaces voilées.

La Marksinna était radieuse dans sa longue robe bordeaux ; à côté d'elle, vêtue d'une simple jupe, j'étais très mal à l'aise. La beauté d'Aurora éclipsait presque celle d'Elora, ce qui n'était pas un mince exploit, mais ma mère s'en moquait.

— Peut-être devrais-tu poursuivre ta formation ailleurs, suggéra Elora en me lançant un regard noir.

— Oui, excellente idée.

Je me relevai si vite que je faillis faire basculer ma chaise. L'expression, d'abord amusée, d'Aurora vira au dégoût pur et simple, et Elora leva les yeux au ciel.

— Excusez-moi, je suis un peu trop enthousiaste.

— Contrôlez-vous, princesse.

Me contenant effectivement, je quittai la salle aussi calmement que possible. J'avais envie de me précipiter dehors, comme une gamine à la fin de sa dernière heure de classe la veille des vacances d'été. Je n'étais pas certaine de connaître le chemin du retour et j'ignorais où se trouvait Finn mais, dès que je me sentis en sécurité, j'accélérai, me mettant presque à courir.

Je me faufilai dans le couloir, passai devant plusieurs portes fermées, lorsque, soudain, une voix retentit :

— Princesse ! appela quelqu'un depuis une pièce dont la porte était ouverte.

Je me figeai et regardai avec méfiance à l'intérieur. On aurait dit une fumerie, avec, en son centre, un épais tapis rouge entouré de fauteuils en cuir. Une des parois était entièrement vitrée, mais les stores ayant été tirés la pièce était quasi plongée dans l'obscurité.

Il y avait un gros bar en acajou dans un coin, auquel était accoudé un homme, un verre de whisky avec des glaçons à la main. Je plissai les yeux pour y voir plus clair. J'avisai une chevelure ébouriffée et des vêtements décontractés, mais élégants.

— Vous ne me reconnaissez pas, princesse ?

Il y avait un sourire dans sa voix, et son ton était taquin.

— On n'y voit pas très clair, me défendis-je en entrant.

— Garrett Strom. Le père de Willa, me dit-il, et je vis son sourire s'élargir.

— Ah ! oui. Heureuse de vous revoir.

Je lui rendis son sourire et me détendis un peu. Je ne l'avais vu qu'une fois, lors de ce fameux dîner, mais je l'aimais bien.

— Puis-je vous aider en quelque chose ? lui demandai-je.

— Non. J'attends votre mère. Comme la journée va être longue, je me suis dit qu'un petit remontant ne me ferait pas de mal, se justifia-t-il en désignant son verre.

— Cool.

— Vous voulez quelque chose ? Après ce qu'Elora a dû vous faire subir, cela vous ferait le plus grand bien.

Je me mordis la lèvre, hésitante. À part un verre de vin avec le dîner, je n'avais jamais bu ; toutefois, après les quelques jours que je venais de vivre, je me demandai s'il n'était pas temps de m'y mettre. Sauf qu'Elora me tuerait si elle le découvrait, et que Finn serait certainement très déçu.

— Non, ça ira, répondis-je. Mais merci quand même.

— Ne me remerciez pas, ces bouteilles vous appartiennent, remarqua-t-il. Je vous trouve pourtant un air las. Pourquoi ne pas vous détendre un peu ?

— Bon, d'accord.

Je haussai les épaules et m'assis. Mon fauteuil semblait usé, mais il avait la dureté d'un meuble neuf. Je changeai de position, tentai d'en trouver une plus confortable, puis finis par renoncer.

— Qu'est-ce qu'elle vous fait faire ? reprit Garrett en prenant place en face de moi.

— Pas grand-chose. Elle s'occupe des plans de tables, expliquai-je en appuyant ma tête contre le dossier. Je me demande d'ailleurs pourquoi elle a exigé ma présence, sinon pour pouvoir me critiquer.

— Elle veut simplement que vous vous sentiez impliquée dans l'organisation, dit Garrett entre deux gorgées.

— Je n'en ai pas vraiment envie, marmonnai-je. Entre Aurora et elle, c'était à celle qui jugerait le plus durement tout ce que je disais ou faisais. Non, vraiment, je préfère être mise à l'écart.

— Ne la laissez pas vous faire souffrir de la sorte, me conseilla Garrett.

— De qui parlez-vous ?

— Des deux, répondit-il dans un éclat de rire.

— Je suis désolée, je ne voulais pas me plaindre.

— Ne soyez pas désolée, rétorqua-t-il en secouant la tête. Je sais que cela peut être très difficile et qu'Elora ne vous facilite pas la tâche.

— Elle attend de moi que je sache tout, que je sois parfaite, mais cela fait trop peu de temps que je suis arrivée.

— Vous avez de la volonté. Cette qualité vous vient d'elle, d'ailleurs, ajouta-t-il en souriant. Si bizarre que cela puisse paraître, elle fait tout ceci dans le but de vous protéger.

C'était la première fois que quelqu'un nous comparait, Elora et moi, et cela me fit étrangement plaisir. Je me rendis compte que Garrett était une des rares personnes que j'avais rencontrées qui disait « Elora » et non « la reine », et je me demandai à quel point ces deux-là se connaissaient.

— Merci, dis-je, ne sachant comment réagir.

— J'ai entendu dire que Willa était venue vous voir, hier soir.

Il me regardait fixement. Comme je m'étais habituée à l'obscurité, je remarquai la douceur de son regard.

— Effectivement. Elle m'a beaucoup aidée.

— Bien. Heureux de l'entendre, ajouta-t-il, soulagé, comme s'il avait craint un autre genre de comportement de la part de sa fille. Il lui arrive parfois d'être un peu… (il balança la tête de gauche à droite en cherchant le bon mot) un peu… Willa, justement ! Mais elle veut toujours bien faire.

— Oui, Finn m'avait prévenue.

— J'essaie de faire en sorte qu'elle se calme un peu avec les mänks, mais il y a encore du boulot.

— Pourquoi est-elle si dure avec Rhiannon ?

Je ne l'avais pas beaucoup vue parler à cette dernière, mais chaque fois elle n'avait fait que lui lancer des piques et des remarques acerbes, à la manière d'Aurora, mais en pire.

— Rhiannon a vécu avec moi pendant dix-neuf ans avant l'arrivée de Willa. En secret, Willa a peur que je lui préfère Rhiannon, et s'il est vrai que je l'aime beaucoup, je n'ai qu'une fille.

Il ne m'était pas venu à l'idée que Garrett puisse aimer Rhiannon ni qu'aucun Trylle puisse avoir de l'affection pour les mänskligs échangés. Je me tournai vers la salle d'opérations, comme si je pouvais voir Elora à travers les murs. Je ne l'imaginais pas aimer qui que ce soit.

Cependant, les seuls bébés de la société trylle étaient des mänskligs, et l'instinct paternel ne pouvait être nié. Pas dans tous les cas. Certaines personnes, comme Garrett, devaient considérer les mänskligs comme leurs propres enfants.

— Vous croyez qu'Elora aime Rhys ? demandai-je.

— Je pense qu'Elora est une femme dont il est extrêmement difficile de se rapprocher, répondit-il avec circonspection avant de sourire. En revanche, je sais qu'elle vous aime.

— Ouais, ça se peut, répondis-je sèchement, refusant de me poser la question et encore davantage de le croire sur parole.

J'avais eu mon compte de mères timbrées.

— Elle parle de vous avec affection. Quand vous n'êtes pas là, évidemment, gloussa-t-il comme si elle et lui étaient intimes.

Une image surgit devant mes yeux : Elora en robe de chambre assise devant sa coiffeuse en train de mettre ses bijoux. Garrett allongé dans son lit, derrière elle, sous les couvertures. Elle lui disait, entre deux phrases, que j'étais plus jolie qu'elle l'avait cru, puis, sans lui laisser le temps de répondre, lui demandait de se dépêcher de s'habiller.

Je secouai la tête, chassant cette scène de mon esprit.

— Est-ce que vous sortez avec Elora ? lâchai-je, directe, même si je savais par avance ce qu'il allait répondre.

— Je ne dirais pas cela, s'amusa-t-il avant d'avaler une longue gorgée de whisky. Disons que je suis aussi proche d'elle qu'il est possible de l'être. Enfin, maintenant, en tout cas.

— Comment cela, maintenant ? m'étonnai-je en fronçant les sourcils.

— Elora n'a pas toujours été la reine froide que vous connaissez et craignez, expliqua-t-il avec une pointe d'amertume.

Je me demandai depuis combien de temps ils se fréquentaient. Leur relation datait-elle de l'époque où elle était mariée à mon père ? ou du temps où elle était amoureuse du père de Finn ?

— Qu'est-ce qui l'a fait changer ?

— Ce qui fait changer tout le monde : l'expérience.

Il fit tourner le verre dans sa main, admirant le peu d'alcool qu'il contenait encore.

— Qu'est-il arrivé à mon père ?

— Vous fouillez un passé très, très lointain, dit-il, le sourcil haussé. Je n'ai pas bu assez pour vous suivre dans cette direction.

Et de vider son verre d'une traite.

— Pourquoi ? Qu'est-il arrivé ? le pressai-je en me penchant en avant.

— C'était il y a très longtemps. (Il prit une profonde inspiration, le regard rivé sur le sol.) Et Elora en est ressortie dévastée.

— Elle l'aimait vraiment, alors ?

J'avais toujours du mal à croire qu'elle ait aimé quiconque. Je ne la pensais pas capable d'émotions plus profondes que sa simple colère.

— Honnêtement, je n'en sais rien. Je ne la connaissais pas très bien, à l'époque. (Garrett se leva brusquement et retourna au bar.) Ma femme était toujours en vie, et nous ne connaissions la reine que très vaguement. (Il me tourna le dos et se versa un autre verre.) Si vous voulez en savoir plus sur cette histoire, vous allez devoir interroger Elora elle-même.

— Elle ne me dit jamais rien, protestai-je en soupirant et en m'affaissant.

— Il est certaines choses qu'il vaut mieux oublier.

En me tournant toujours le dos, Garrett avala une gorgée de whisky, et je compris trop tard que je l'avais contrarié.

— Je vous prie de m'excuser, dis-je en me levant.

Ne sachant comment arranger la situation, je pensai qu'il valait mieux partir.

— Vous n'avez pas à vous excuser, rétorqua-t-il en secouant la tête.

— De toute façon, il faut que j'y aille, lançai-je en me dirigeant vers la porte. Finn doit être en train de me chercher.

— Oui, sans doute, acquiesça-t-il en opinant du chef.

J'avais presque atteint le couloir lorsqu'il m'arrêta :

— Princesse ? (Il se tenait de profil, et son visage était plongé dans l'ombre.) Elora est dure parce qu'elle craint de se faire trop de souci pour vous. Mais, croyez-moi, elle serait prête à mourir pour vous.

— Merci, marmonnai-je.

Après la pénombre du fumoir, l'éclairage du couloir me parut agressif. J'ignorais ce que j'avais dit pour le mécontenter de la sorte. Peut-être n'avait-il pas apprécié que je parle de sa défunte femme. Ou que je lui rappelle qu'Elora avait jadis eu de l'affection pour un autre homme, mais qu'elle ne pouvait pas en avoir ouvertement pour lui.

Je secouai la tête, chassant les émotions contradictoires générées par cette conversation avec Garrett. Je n'étais pas sûre de pouvoir prendre pour argent comptant ce qu'il m'avait dit d'Elora. Je ne le considérais pas comme un menteur, mais je savais qu'il avait eu pour but que je me sente mieux. À l'en croire, ma mère m'aimait vraiment, ce qui était bon à savoir, sauf que j'avais depuis longtemps cessé de nourrir ce rêve.

Je trouvai Finn dans l'entrée, où il donnait des instructions à plusieurs assistants d'Elora chargés des préparatifs du bal. Comme il me tournait le dos, il ne me vit pas arriver. Je restai derrière lui quelque temps à le regarder diriger ses troupes. Il savait exactement ce qu'il faisait, et je ne pus m'empêcher de l'admirer.

— Princesse.

Finn jeta un coup d'œil par-dessus son épaule, m'aperçut et se retourna en me souriant. Un jeune homme lui demanda quelque chose, et il lui indiqua la salle à manger d'un geste vague de la main avant de me rejoindre.

— Alors, comment s'est passée ta matinée ?

— Ç'aurait pu être pire, répondis-je en haussant les épaules.

— Mmh… pas très encourageant, tout ça, dit-il en fronçant les sourcils, mais je suppose que tu as gagné le droit d'avoir un répit.

— Un répit ? répétai-je, sceptique.

— Ouais, je me suis dit qu'on pourrait faire quelque chose d'amusant, pour changer.

— D'amusant ? (La veille, il avait aussi trouvé « amusante » son assommante leçon d'histoire.) Tu veux dire amusant… *amusant* ou bien… ? Parce que si tu comptes me décrire des tableaux pendant deux heures ou m'apprendre à me servir d'une fourchette…

— Non, je veux dire vraiment amusant. Enfin, je crois. Viens.

17

Jalousie

Comme Finn me précédait dans un couloir de l'aile sud, je me rendis compte que je ne connaissais pas du tout cette partie de la demeure. Samedi, Garrett avait taquiné Elora en parlant de son « palais » ; à présent, je comprenais pourquoi. Il me restait tant d'endroits à découvrir. C'était incroyable.

Finn désigna quelques pièces, montrant la bibliothèque, des salles de réunion où on travaillait, la grande salle à manger où nous dînerions samedi et, enfin, la salle de bal.

Poussant des portes que me parurent mesurer quatre mètres de haut, Finn me conduisit dans la pièce la plus grandiose que j'aie jamais vue. Elle était énorme, superbe, et son plafond semblait s'étendre à l'infini – notamment parce qu'il était constitué d'une gigantesque verrière. Elle était parcourue de poutrelles dorées auxquelles pendaient des lustres scintillant comme des diamants. Le sol était dallé de marbre, les murs blanc cassé ornés de dorures. Une salle de bal digne d'un bon vieux Walt Disney.

Les décorateurs avaient commencé à travailler, empilant chaises et tables le long d'un mur. Nappes, chandeliers et autres éléments de décoration étaient disposés tout autour. La salle était vide, en dehors d'un piano à queue repoussé dans un coin. À part Finn et moi, il n'y avait personne.

Je m'en voulais d'être aussi impressionnée par cette splendeur. D'autant que je n'étais pas du tout à la hauteur de cette salle magnifique. Mes cheveux étaient noués en un chignon désordonné, et ma jupe était tellement ordinaire ! Finn n'était pas non plus sur son trente et un, mais sa chemise simple et boutonnée jusqu'en haut et son jean noir un peu délavé me semblaient plus convenables.

— Je croyais que ça devait être amusant…, fis-je remarquer d'une voix qui se réverbéra sur les murs de la salle.

— On va danser. (Les lèvres de Finn se soulevèrent en un sourire qui me fit lâcher un grognement.) J'ai déjà dansé avec toi, et je sais qu'il y a encore du boulot.

— Les petits cercles lents ne suffiront pas ? m'enquis-je dans une grimace.

— Malheureusement, non. Mais une vraie valse devrait faire l'affaire. Si tu parviens à maîtriser cette danse, tu seras au point pour le bal de samedi.

— Oh non ! (Mon estomac se noua soudain.) Je vais devoir danser avec ces gens, c'est ça ? Avec des étrangers, des vieux, des vicelards aux mains baladeuses ?

Cela le fit rire alors que, moi, j'avais envie de me recroqueviller et de mourir.

— Je pourrais te mentir mais, pour être tout à fait honnête, tu as vu juste, admit Finn avec un sourire satisfait.

— En tout cas, on dirait que cette perspective t'amuse beaucoup. C'est la première fois que je te vois d'aussi bonne humeur, me plaignis-je, ce qui alimenta encore son sourire. Eh bien, tant mieux si ça t'amuse ! Ça va être génial : me faire tripoter par des étrangers et m'humilier devant eux…

— Ce ne sera pas si terrible, dit-il en me faisant signe d'approcher. On va apprendre les pas de base, comme ça, tu ne leur marcheras pas sur les pieds.

Je lâchai un profond soupir et m'approchai de lui. La majeure partie de mon appréhension s'évanouit dès l'instant où Finn prit ma main dans la sienne. Je me rendis alors compte que, avant de devoir danser avec eux, j'allais pouvoir danser avec lui.

Après quelques conseils et un départ difficile, nous dansâmes effectivement. Son bras me tenait fermement, fort et rassurant. Il me demanda de le regarder dans les yeux et d'oublier mes pieds. De toute façon, il ne me serait pas venu à l'idée de regarder ailleurs. Ses yeux noirs m'hypnotisaient chaque fois.

Nous étions censés maintenir une certaine distance entre nos corps respectifs, mais je trouvai cela particulièrement difficile. Il était presque collé à moi, sensation dont je me délectais. Je me doutais que nous ne tournions pas assez vite, mais je m'en moquais. Ce moment avec lui était trop parfait pour être réel.

— Bien, commenta Finn.

Il cessa de danser et s'écarta un peu. Déçue, je laissai tomber mes bras le long de mon corps.

— Tu te débrouilles plutôt bien, mais il ne faut pas oublier la musique. On va réessayer dans des conditions réelles.

— Euh… tu es sûr ? demandai-je, incertaine.

— Tu compteras les pas toute seule pendant que je jouerai du piano. (Finn se dirigea vers l'instrument, et je me demandai ce que j'avais fait pour qu'il mette un terme à notre étreinte.) Tu apprendras mieux de cette façon.

— Mmh… d'accord, acquiesçai-je en haussant les épaules. J'avais l'impression de bien me débrouiller.

— C'était trop lent. La musique t'aidera à rester dans le tempo.

Je fronçai les sourcils, regrettant qu'il ne revienne pas danser avec moi. Je me rappelai qu'il m'avait dit autrefois que j'étais une piètre danseuse. Peut-être le problème venait-il de là…

Il s'assit devant le piano et se mit à jouer magnifiquement une valse compliquée. Cela ne m'étonna pas ; il savait tout faire. Je restai là à le regarder jusqu'à ce qu'il me dise de danser.

Je tourbillonnai sur le parquet, mais c'était beaucoup moins amusant que de danser avec lui. Ce n'était même pas amusant du tout, notamment parce que je n'arrêtais pas de me demander pourquoi il m'avait plantée là, pourquoi il avait réagi de la sorte.

J'avais du mal à me concentrer sur mes états d'âme car il m'abreuvait d'instructions. Quand nous dansions tous les deux, tout semblait parfait, pourtant.

— Bon, ça suffit, soufflai-je après ce qui m'avait semblé une éternité.

J'avais mal aux pieds et aux jambes, et j'étais toute transpirante. J'avais eu ma dose de danse pour la journée. Je m'assis lourdement sur le sol, puis m'étendis sur le marbre froid.

— Wendy, tu exagères, on vient tout juste de commencer.

— M'en fous, je suis crevée ! protestai-je en reprenant mon souffle et en m'essuyant le front.

— Tu n'as pas l'habitude de travailler, hein ? (Il se leva et vint vers moi pour me faire la leçon de plus près.) C'est très important.

— J'en suis consciente. Tu me le répètes à longueur de journée.

— Ce n'est pas vrai, se défendit-il en me toisant, les bras croisés sur la poitrine.

— Jamais je n'ai travaillé aussi dur de ma vie, repris-je en soutenant son regard. J'ai toujours tout laissé tomber avant que ça devienne difficile, alors arrête de me dire que je n'essaie pas et que je ne fais pas d'efforts.

— Tu n'as jamais travaillé aussi dur ? de ta vie ? s'étonna Finn, comme je hochai la tête. Ton frère ne t'a jamais rien fait faire ?

— Pas vraiment, admis-je, pensive. Il m'obligeait à aller au lycée, quand même, mais c'est tout.

Matt et Maggie m'encourageaient à faire plein de choses, mais ils ne me forçaient presque jamais.

— Décidément, tu étais sacrément gâtée.

— Je n'étais pas gâtée, soupirai-je. Disons que je n'étais pas *pourrie* gâtée. Pas comme Willa, en tout cas, ni comme beaucoup d'autres échangés, j'en suis sûre. Ils voulaient simplement mon bonheur.

— Le bonheur, ça se travaille, fit-il remarquer.

— Oh ! arrête avec tes maximes à la noix, me moquai-je. On a travaillé à notre bonheur comme tout le monde. Ils faisaient très attention à moi parce que ma mère avait essayé de me tuer, j'imagine. À cause de cela, ils m'ont sans doute traitée avec un peu plus de douceur.

— Comment ta mère a-t-elle essayé de te tuer ? me demanda-t-il soudain.

Nous n'en avions pas encore parlé parce qu'il ne m'avait jamais vraiment interrogée sur mon passé.

— C'était mon anniversaire, et j'étais une petite fille capricieuse. J'étais furieuse parce qu'elle m'avait acheté un gâteau au chocolat et que je détestais ça. On était dans la cuisine, et elle a pété un plomb. Elle m'a couru après avec un couteau géant. Elle criait que j'étais un monstre. Elle a essayé de me planter le couteau dans le ventre, mais n'a réussi qu'à me blesser gravement. Et puis mon frère Matt est arrivé et m'a sauvé la vie en lui sautant dessus.

— Elle t'a ouvert le ventre ? s'étonna Finn, le front plissé.

— Ouais.

Je soulevai ma chemise pour exhiber ma cicatrice. Ce que je regrettai aussitôt. Montrer la partie la plus grasse de mon corps à Finn alors que j'étais affalée par terre n'était pas une si bonne idée.

Il s'accroupit à côté de moi et, délicatement, suivit la cicatrice du bout des doigts. Une chaleur nerveuse se propagea en moi, me faisant frissonner. Il observa longuement la marque avant de la couvrir de sa main. Sa peau était chaude et douce. Des papillons voletèrent aussitôt dans mon ventre.

Il cligna des yeux comme s'il venait de se rendre compte de ce qu'il faisait, retira sa main et se leva. J'abaissai ma chemise. Comme je n'étais plus très à l'aise par terre, je m'assis et arrangeai mes cheveux.

—Matt t'a sauvé la vie ? s'enquit Finn, emplissant de sa voix le silence maladroit qui s'était installé.

Il arborait toujours un air pensif, et je regrettai de ne pas pouvoir lire dans ses pensées.

—Ouais, confirmai-je en me relevant. Matt m'a toujours protégée, aussi loin que remontent mes souvenirs.

—Mmh…, fit-il en me considérant. En règle générale, les échangés ne se lient pas autant avec leurs familles hôtes.

—Les familles hôtes ? grimaçai-je. Je ne suis pas un parasite.

Peut-être était-ce la vérité. On m'avait laissée chez les Everly pour que j'utilise leurs ressources, que je leur prenne leur argent, leurs perspectives d'avenir, pour que je rapporte tout ici. C'était ce que ferait un parasite, en effet.

—Tu n'es pas un parasite. Ils t'aimaient et, toi, tu le leur rendais bien. C'est très inhabituel, mais ce n'est pas une mauvaise chose. Au contraire. Peut-être que ça t'a donné une forme de compassion qui fait défaut aux leaders de la communauté.

—La compassion, ce n'est pas mon fort, rétorquai-je en secouant la tête.

— J'ai bien vu que tu n'appréciais pas la manière dont Elora s'adressait aux gens. La reine est persuadée qu'elle doit inspirer la peur pour être respectée, mais j'ai le sentiment que ta façon de régner sera très différente.

— Ma façon de régner ? Comment la vois-tu, justement ?

— Ce sera à toi de décider, répondit-il simplement.

Sur ce, il mit un terme à la leçon en me disant que j'avais besoin de prendre du repos pour le lendemain. Cette journée m'avait épuisée, et j'étais pressée de me blottir dans mon lit et de dormir jusqu'à dimanche afin de manquer le bal et toute l'angoisse qui l'accompagnerait.

Le sommeil ne vint pas facilement. Je ne cessai de me retourner et de changer de position en repensant à cette valse avec Finn, à la chaleur de sa main sur mon ventre.

Immanquablement, toutefois, mes pensées me ramenèrent à Matt. Il me manquait tellement. J'avais espéré que ce sentiment s'affaiblirait avec le temps, mais j'avais eu tort. J'avais vraiment besoin de savoir que quelqu'un surveillait mes arrières et s'occupait de moi sans condition.

Je me réveillai tôt le lendemain matin. Ou plutôt je décidai, après n'avoir pas fermé l'œil de la nuit, de me lever à 6 heures. Je sortis de ma chambre dans l'intention de descendre me chercher quelque chose à manger, mais, arrivée devant l'escalier, je tombai sur Rhys, qui remontait en mâchouillant un bagel.

— Eh ! qu'est-ce que tu fais ? demanda-t-il en souriant et en avalant sa bouchée.

— Je n'arrivais plus à dormir, répondis-je dans un haussement d'épaules. Et toi ?

— Pareil. De toute façon, je dois me préparer pour le lycée. (Il écarta de ses yeux une mèche de cheveux couleur sable et s'appuya contre la rampe de l'escalier.) Tu t'inquiètes à cause de samedi ?

— Un peu.

— Ça va être intense, c'est clair, confirma-t-il, les yeux écarquillés.

Je hochai la tête, mais ne me prononçai pas.

— Quelque chose d'autre te tracasse ? insista-t-il. Tu m'as l'air… contrariée.

— Non.

Je secouai la tête, soupirai et m'assis sur la première marche. Je me sentais faible et j'avais soudain envie de pleurer.

— Je pensais à mon frère, repris-je.

— Ton frère ?

Quelque chose passa sur le visage de Rhys. Lentement, il s'assit à côté de moi. On aurait dit qu'il avait le souffle coupé par l'émotion. Très vite, je compris pourquoi.

Ce devait être si étrange pour lui. Toute sa vie, il avait su que sa famille n'était pas sa véritable famille, qu'il n'avait même pas été adopté. Ce n'était pas comme s'il avait été abandonné. On l'avait enlevé, et ceux qui avaient commis ce méfait ne l'avaient pas fait pour lui, mais uniquement pour me permettre de vivre sa vie.

— Ouais. Enfin, je voulais dire… ton frère, me corrigeai-je.

Prononcer cette phrase me fut presque douloureux. Matt serait toujours mon frère, même si nous n'avions pas les mêmes gènes.

— Comment s'appelle-t-il ? demanda doucement Rhys.

— Matt. Pour résumer, je dirai que c'est le type le plus génial de l'univers.

— Matt ? répéta Rhys, impressionné.

— Ouais. Et il est super courageux. Il serait prêt à tout pour protéger les gens qu'il aime. Il pense aux autres bien plus qu'à lui-même. En plus, il est vraiment, vraiment fort. Il…

Je déglutis et décidai qu'il valait mieux que je ne parle plus de lui. Je secouai la tête et détournai les yeux.

— Et mon père et ma mère ? me pressa Rhys.

Je ne savais pas comment répondre.

— Papa est mort quand j'avais cinq ans, commençai-je avec circonspection. Maman a accusé le coup et… euh… elle est internée depuis. Pour problèmes psychiatriques. Matt et la sœur de papa, Maggie, m'ont élevée.

— Oh…, fit-il, le visage déformé par l'inquiétude.

Je me surpris alors à haïr Kim encore plus qu'à l'accoutumée. Je savais qu'elle avait fait ce qu'elle avait fait parce qu'elle aimait Rhys, mais cela n'excusait en rien son comportement. Je ne me sentais pas le courage de raconter à son fils ce qu'elle avait fait ni de lui dire qu'ils ne vivraient jamais ensemble car elle resterait enfermée jusqu'à la fin de ses jours.

— Je suis désolée, repris-je en posant doucement ma main sur la sienne. Je ne saurai pas t'expliquer comment je le sais, mais je suis certaine que ta mère t'aime vraiment. Elle te voulait. Et je crois qu'elle m'a toujours détestée parce que je n'étais pas toi.

— Vraiment ?

Il y avait de l'espoir et de la tristesse dans son regard.

— Ouais. Pour moi, ça n'a pas été terrible, c'est sûr, ajoutai-je avec un faible sourire, ce qui le fit rire.

— Je suis désolée pour toi. J'imagine que je suis difficile à oublier.

— Apparemment.

Rhys mit alors sa main sur la mienne, inversant les rôles.

— Et cette Maggie, comment était-elle ?

— Bien. Peut-être un peu trop attentionnée, mais cool dans l'ensemble. Je lui ai causé beaucoup de soucis. À Matt aussi, d'ailleurs. (Comme c'était étrange… Je parlais d'eux comme s'ils n'étaient plus de ma famille.) C'est vraiment bizarre. Nous discutons de ton frère et de ta tante.

— Non, je comprends. Il s'agit de ta famille aussi. Ils t'ont aimée, ils t'ont élevée. C'est ça, une famille, non ?

Cela faisait tellement longtemps que j'attendais que quelqu'un me dise cela. Je lui serrai la main avec gratitude. Je les aimais et les aimerai toujours, et j'avais besoin de l'accepter et de le faire accepter.

— Wendy !

Finn arriva dernière nous, encore vêtu de son pyjama. Instinctivement, je retirai ma main. Rhys se leva.

— Qu'est-ce que vous faites ? demanda-t-il.

— Je viens de me réveiller. On discutait, expliquai-je en me tournant vers Rhys, qui confirma d'un signe de tête.

Finn nous fit les gros yeux. J'avais presque l'impression d'avoir été prise la main dans le coffre-fort d'une banque.

— Je te suggère d'aller t'habiller pour le lycée, lança Finn d'un ton glacial.

— C'est justement ce que j'allais faire, répondit Rhys.

Il me regarda en souriant et ajouta :

— À plus tard, Wendy.

— Ouais, à bientôt, répondis-je en lui rendant son sourire.

— Qu'est-ce que tu fais ? siffla Finn, le regard sévère.

— Je te l'ai déjà dit, insistai-je en me relevant. On parlait, c'est tout.

— De quoi ?

— De ma famille. Qu'est-ce que ça peut faire ?

— Tu n'as pas le droit de parler de ta famille hôte avec lui. Les mänskligs ne doivent pas savoir d'où ils viennent, autrement ils seraient tentés de partir à la recherche de leurs origines, ce qui risquerait de ruiner notre société. Tu comprends ?

— Je ne lui ai presque rien dit ! me défendis-je même si, au fond de moi, je me sentais stupide de ne pas avoir pensé à cela. Matt me manque. Je lui ai simplement dit que c'était un frère génial. Je ne lui ai pas donné mon adresse ou un truc comme ça.

— Tu dois faire plus attention, Wendy.

— Désolée, je ne savais pas.

Comme je n'aimais pas la manière dont il me regardait, je me retournai et pris la direction de ma chambre.

— Attends !

Finn m'attrapa doucement par le bras, m'obligeant à m'arrêter et à le regarder.

Il se rapprocha de moi, mais comme je m'efforçais d'être furieuse contre lui, je refusai de le regarder. Je sentais néanmoins ses yeux sur moi et la chaleur de son corps, ce qui ne me facilitait pas la tâche.

— Quoi ?

— Tu le tenais par la main, dit-il à voix basse.

— Et alors ? C'est un crime ?

— Non, mais… tu ne peux pas faire ça. Tu ne peux pas te rapprocher comme ça d'un mänsklig.

— Si tu le dis. (Je me libérai de son étreinte, furieuse qu'il ne pense jamais qu'à son travail.) Tu es jaloux, c'est tout.

— Je ne suis pas jaloux, protesta-t-il en faisant un pas en arrière. Je suis ici pour m'assurer de ton bien-être. Tu ne mesures pas à quel point il pourrait être dangereux d'entretenir une relation avec lui.

— Ouais, c'est ça, marmonnai-je en me dirigeant vers ma chambre. Je ne comprends rien à rien.

— Je n'ai jamais dit ça, contra Finn en me suivant.

— Mais tu le penses, hein ? Je ne comprends rien.

— Wendy ! tonna-t-il.

Je me retournai à contrecœur.

— Si tu ne comprends pas certaines choses, c'est que je ne te les ai pas bien expliquées, ajouta-t-il.

Il déglutit difficilement et baissa les yeux, ses longs cils noirs effleurant ses pommettes. Comme il avait manifestement autre chose à me dire, je croisai les bras et attendis.

— Mais tu as raison…, poursuivit-il d'une voix hésitante, en cherchant ses mots, ce qui attisa ma curiosité. J'étais jaloux.

— Quoi ?

Ma mâchoire inférieure se décrocha, et j'écarquillai les yeux.

— Ça ne change rien à ma mission ni au fait qu'il t'est absolument interdit d'avoir des relations avec un mänsklig, ajouta-t-il fermement, le regard rivé au sol. Maintenant, va te préparer. Une longue journée nous attend.

Il tourna les talons et commença à s'éloigner.

— Attends, Finn !

Il se figea et me regarda par-dessus son épaule.

— Il n'y a rien à dire de plus. J'avais promis de ne jamais te mentir, et j'ai tenu ma promesse.

Je m'arrêtai devant la porte de ma chambre, encore chancelante d'avoir entendu sa confession. Pour la première fois, il avait avoué des sentiments qui n'avaient rien à voir avec la mission qu'on lui avait confiée. Et pourtant j'étais supposée faire comme si de rien n'était.

18

Intimidation

Je mis longtemps à me préparer tout en pensant à ce que m'avait dit Finn. Je trouvais génial qu'il tienne suffisamment à moi pour être jaloux, mais j'étais bien consciente que cela ne nous mènerait nulle part. Jamais il ne ferait quoi que ce soit qui entre en contradiction avec son sens de l'honneur et du devoir.

Je fus particulièrement longue à m'apprêter, mais Finn ne vint pas me demander de me presser. Lorsque j'eus terminé, je me perchai au sommet de l'escalier pour l'attendre. Je fus tentée d'aller le chercher dans sa chambre, mais n'en eus pas le courage. D'autant qu'il aurait risqué de me chasser.

Du haut des marches, je vis avec étonnement Tove Kroner pousser la porte d'entrée. Il n'avait pas frappé au préalable. Jetant un coup d'œil autour de lui, il passa une main dans ses cheveux ébouriffés.

— Je peux faire quelque chose pour t'aider ? demandai-je.

En tant que princesse, je me sentais la responsabilité de l'accueillir comme il se devait, même si j'étais troublée et un peu embarrassée.

— Euh… ouais. Je te cherchais, justement.

Il fourra les mains dans ses poches, s'avança et s'arrêta au pied de l'escalier.

— Pour quoi faire ?

Je plissai le nez, puis, me rendant compte que j'avais été un peu sèche, je repris :

— Tu as besoin de quelque chose ?

— Je suis venu t'aider, précisa Tove.

Je descendis lentement. Fuyant le mien, son regard se balada sur toute l'entrée. Des reflets doux et naturels brillaient dans sa chevelure noire qui, longue et rebelle, lui arrivait juste au-dessus des épaules.

Je remarquai un subtil glacis couleur mousse sur sa peau hâlée – ce fameux teint verdâtre dont m'avait parlé Finn. Personne d'autre n'avait une peau de ce genre, sauf peut-être ma mère, mais en beaucoup moins marquée.

— M'aider à faire quoi ?

— Hein ? fit-il en se tournant vers moi et en se mordillant l'ongle du pouce.

— Tu es venu m'aider à faire quoi ? demandai-je lentement, en articulant bien, d'un ton presque condescendant qu'il ne remarqua pas.

— Oh ! (Il lâcha son ongle et regarda ailleurs comme s'il avait oublié la raison de sa venue.) Je suis médium.

— Quoi ? Tu lis dans les esprits ?

Je me crispai, bien décidée à l'empêcher de lire dans mes pensées.

— Non, bien sûr que non, rétorqua-t-il en agitant la main et en s'éloignant pour admirer le lustre suspendu au plafond. Je sens des choses. Et je peux déplacer des objets par la force de l'esprit. En revanche, je suis incapable de lire dans tes pensées. Je perçois les auras, c'est tout. La tienne est un peu brune aujourd'hui.

— Qu'est-ce que ça veut dire ? demandai-je en croisant les bras sur ma poitrine, comme si cela pouvait dissimuler mon aura.

Je ne savais même pas ce qu'était une aura, d'ailleurs.

— Ça veut dire que tu es mécontente, répondit Tove d'un air distrait. Normalement, elle est orange.

— Je ne suis pas plus avancée, me plaignis-je en secouant la tête. Et je ne vois pas en quoi ton talent peut m'être d'une quelconque utilité.

— Ce n'est pas vraiment le but. (Il cessa de se déplacer et leva les yeux vers moi.) Finn t'a-t-il parlé de ta formation ?

— De la formation de princesse que je suis en train de suivre, tu veux dire ?

— Non, répondit-il en secouant la tête et en se mordant l'intérieur de la joue. Je parle de tes aptitudes. Elle ne commencera qu'après ton baptême. Ils craignent que tu pètes un câble si tu apprends à les maîtriser avant d'être endoctrinée. (Il soupira.) Ils veulent que tu restes calme et docile.

— Et là, tu es calme ? m'enquis-je, sceptique, en haussant un sourcil.

— Non. (Une fois de plus, son regard se perdit dans le vide, avant de plonger brusquement dans le mien.) Tu m'intimides.

— Je t'intimide ? (Je partis d'un rire quasi incontrôlable, mais il ne s'en offusqua pas.) Je suis la personne la moins intimidante du monde !

— Mmh…, fit-il avec une grimace de concentration. Pour les autres, peut-être, mais ils ne voient pas ce que je vois ni ne savent ce que je sais.

— Et qu'est-ce que tu sais ? insistai-je, étonnée par son aveu.

— Ils ne t'ont rien dit ? demanda-t-il en plissant les yeux.

— Dit quoi ?

— S'ils ne t'ont rien dit, ce n'est pas à moi de le faire.

Il se gratta le bras, me tourna le dos et s'éloigna en cherchant quelque chose du regard.

— Qu'importe ce que tu veux faire, mais ça ne m'aide pas, lançai-je, fatiguée par ses mystères. Tu es venu pour m'embrouiller l'esprit ?

— Toutes mes excuses, princesse. (Tove s'arrêta et s'inclina.) Finn souhaitait que je te parle de tes aptitudes. Il sait que ta véritable formation ne débutera qu'après le bal, mais il veut que tu sois préparée.

— C'est Finn qui t'a demandé de venir ? l'interrogeai-je, mon cœur battant la chamade.

— Oui, confirma-t-il. Ça te dérange ?

— Non, pas du tout, mentis-je.

Finn avait sans doute missionné Tove afin de ne pas avoir à faire le boulot lui-même. Il m'évitait.

— Tu as des questions à poser ?

Tove se rapprocha, et je fus une nouvelle fois frappé par son teint verdâtre. Sur un garçon moins mignon, l'effet aurait été effrayant. Sur lui, toutefois, le résultat était étrangement exotique.

— Des tas, avouai-je dans un soupir.

— Tu vas devoir être un peu plus précise, dit-il, la tête penchée sur le côté. En tout cas, tu n'as aucune raison d'avoir peur.

Tove m'étudia avec attention, me faisant regretter le temps où il craignait de fixer les yeux sur moi.

— Je n'ai pas peur, rétorquai-je en faisant mon possible pour ne pas me tortiller sous son regard.

— Je sais que tu mens, affirma-t-il sans me quitter des yeux. Non pas parce que je lis dans ton esprit, mais parce que ça se voit comme le nez au milieu de la figure. Tu devrais travailler ça. Elora est une très bonne menteuse.

— Je n'y manquerai pas, bafouillai-je.

— Je te le conseille vivement, insista-t-il avec une sincérité désarmante.

Je trouvai un certain charme à son grain de folie. Il se passa la main dans les cheveux et baissa la tête d'un air triste.

— Tu me plais telle que tu es : honnête et un peu troublée, avoua-t-il. Mais ce n'est pas un comportement approprié pour une reine.

— Tu as sans doute raison, acquiesçai-je avec une certaine mélancolie.

— De mon côté, je suis un peu instable, au cas où tu ne l'aurais pas remarqué.

Il eut un sourire en coin – un sourire étrangement triste. Soudain, il s'accroupit et ramassa un petit caillou ovale par terre. Sans relever la tête, il le fit tourner dans sa main.

— J'ai un peu de mal à me concentrer, poursuivit-il. Mais bon, j'essaie, je travaille.

— Sinon… ne le prends pas mal, mais pourquoi Finn t'a-t-il envoyé toi ?

Je me frottai les bras et espérai que ma question ne l'avait pas vexé.

— Parce que je suis fort, répondit-il en jetant le caillou, apparemment lassé de jouer avec. Et parce qu'il a confiance en moi. (Il releva la tête et me regarda dans les yeux.) Voyons de quoi tu es capable.

— Comment ? m'étonnai-je, prise de court par ce changement subit de sujet.

— Je ne sais pas, dit-il en écartant les bras. Tu peux déplacer des objets ?

— Ouais, avec les mains.

Il leva les yeux au ciel.

— Vu que tu n'es pas tétraplégique, je m'en doutais un peu.

— Je ne sais pas faire grand-chose. Un peu de persuasion, mais je n'ai pas essayé depuis mon arrivée ici.

— Eh bien, vas-y, proposa Tove en désignant le lustre suspendu au-dessus de lui. Fais-le bouger.

— Je n'ai pas envie de faire bouger ce truc ! rétorquai-je, gênée.

Une image passa furtivement dans mon esprit. Le tableau que j'avais vu dans la salle d'Elora, la fumée noire, les flammes rouges et les lustres cassés. C'était tellement réaliste. J'avais presque l'impression de sentir l'odeur de la fumée, de voir le feu crépiter et onduler, projetant des ombres mouvantes sur la toile. Un bruit de verre brisé résonna dans mes oreilles.

Je déglutis et secouai la tête, reculant de plusieurs pas pour m'éloigner du lustre. Je n'étais pas vraiment en dessous, mais j'avais besoin d'une marge de sécurité.

— Qu'est-ce que c'était ? s'enquit Tove en tendant le cou vers moi.

— Quoi ?

— Il s'est passé quelque chose.

Il me regarda fixement, essayant de déchiffrer ma réaction, mais je me contentai de secouer la tête. Ç'aurait été trop compliqué à expliquer, et puis je n'étais pas certaine de ne pas avoir tout imaginé.

— Intéressant, murmura-t-il.

— Si tu le dis.

— Ça m'embête vraiment, car tu me sembles terrorisée, mais il faut que je te sorte de ma tête.

Il leva les yeux vers le lustre, et je suivis son regard.

Mon rythme cardiaque s'était accéléré, et j'avais la gorge sèche. Les gouttes en cristal tintèrent en scintillant. Je fis plusieurs pas en arrière. J'avais envie de lui crier d'arrêter, mais il ne m'aurait sans doute pas écoutée. Soudain, le lustre tout entier se mit à se balancer, me sortant de ma léthargie.

—Arrête! hurlai-je, et ma voix se réverbéra dans le vaste espace. Pourquoi est-ce que tu fais ça?

—Je suis désolé.

Il lâcha un long soupir et se tourna vers moi. Je ne lâchai le lustre des yeux que lorsque je fus certaine qu'il ne bougeait plus.

—Il fallait que je fasse quelque chose, poursuivit-il, et il n'y avait rien d'autre dans les parages à part toi, et ça n'aurait pas été une très bonne idée.

—Tu n'étais pas obligé de faire bouger quoi que ce soit! vociférai-je.

Ma panique s'étiolait, cédant la place à une colère vibrante. Les bras ballants, je serrai les poings.

—Quand tu as peur comme ça, tu projettes tes sentiments avec une telle intensité… (Il fit le geste de pousser avec ses mains.) La plupart des gens ne sont plus capables d'entendre ni de sentir ces choses, mais je suis particulièrement sensible aux émotions. Quand je déplace des objets, ça m'aide à me concentrer. Ça oblitère tous les sons pendant quelques instants. Tu étais trop forte. J'ai dû étouffer le bruit, dit-il en haussant les épaules. Désolé.

—Tu n'étais pas obligé de me faire peur comme ça! me plaignis-je d'un ton sévère, même si je m'étais calmée. Ne recommence pas, s'il te plaît.

—Quel dommage, quand même, reprit Tove en me dévisageant, à la fois stupéfait et contrit. Ils ne seront même pas capables de voir ce que tu es réellement. Ils sont devenus si faibles qu'ils n'auront aucune idée de ta puissance.

— Qu'est-ce que tu racontes ? demandai-je en oubliant momentanément ma colère.

— Ta mère est tellement puissante, poursuivit-il avec une crainte mêlée de respect. Sans doute pas autant que toi, et peut-être même pas autant que moi, mais c'est dans son sang, ça crépite comme de l'électricité. Quand elle entre dans une pièce, je la sens tout de suite, comme un aimant. Les autres, en revanche...

Il secoua la tête.

— Tu veux dire les autres Trylles ?

J'en avais assez de ses énigmes et je voulais clarifier les choses.

— Dans le temps, on déplaçait des montagnes, dit-il, pensif.

Son attitude tout entière avait changé. Il n'était plus agité, ne jetait plus des coups d'œil autour de lui. En bougeant, le lustre avait changé quelque chose en lui.

— Pour de vrai, ou c'est juste une métaphore ?

— Pour de vrai. On pouvait ériger des montagnes, arrêter les rivières. (Il faisait de grands gestes pour illustrer son propos.) On a créé tout ce qu'il y a autour de nous ! C'était de la magie !

— On a toujours des pouvoirs, non ? m'enquis-je, étonnée par son ton passionné.

— Pas comme avant. Quand les humains ont créé leur propre magie – je parle de leur technologie –, le lien de dépendance a été inversé. Ils avaient la puissance et l'argent, et nous avions besoin d'eux pour élever nos enfants. Les échangés cessèrent de revenir lorsqu'ils se rendirent compte que nous n'avions pas grand-chose à offrir en retour.

— Nous, nous sommes revenus, fis-je remarquer.

— Ta jardinière, celle qui fait fleurir tes parterres, est une Marksinna ! lança Tove en désignant l'arrière de la maison, où se trouvait le jardin. Une jardinière ! Je ne suis pas du genre à mettre les gens dans des cases mais, quand un des membres les plus éminents d'une communauté s'occupe de jardinage, c'est que les choses vont mal.

— Euh… et pourquoi est-elle jardinière, alors ?

— Parce que. Personne d'autre ne pouvait le faire. (Il fixa sur moi un regard vert incandescent.) Personne ne peut plus rien faire.

— Toi, si. Et moi aussi, rétorquai-je en espérant lui remonter le moral.

— Je sais. (Il soupira et baissa les yeux.) Tout le monde est beaucoup trop obsédé par la monarchie telle que la pratiquent les humains. Avec toutes ces belles robes et ces bijoux, ajouta-t-il avec une moue dédaigneuse. Notre obsession pour les richesses nous a perdus.

— Ouais, acquiesçai-je. Et ta mère a l'air bien touchée.

— C'est sûr. (Tove haussa les sourcils, las et défait. Puis il se radoucit et me regarda d'un air contrit.) Je ne suis pas contre les humains. Je peux donner cette impression, mais ce n'est pas le cas.

— Je ne sais pas. Disons que tu sembles passionné.

La première fois que je l'avais vu, j'avais pris son attitude pour de l'inattention et de l'arrogance, mais je commençais à comprendre qu'elle avait un rapport avec ses aptitudes, que celles-ci étaient à l'origine de son déficit de l'attention. Je notai également qu'il était incroyablement direct et honnête, qualité peu répandue chez les Trylles.

— Peut-être.

Il sourit et baissa les yeux, embarrassé.

— Quel âge as-tu ? lui demandai-je.

— Dix-neuf ans. Pourquoi ?

— D'où te vient cette connaissance du passé ? Tu en parles comme si tu l'avais vécu, comme si tu avais vu ces choses se produire. Ou bien es-tu simplement un mordu d'histoire ?

— Dans le cas où se présenterait l'occasion que je monte sur le trône, ma mère a tenu à ce que je travaille bien à l'école, expliqua-t-il, apparemment peu emballé.

Diriger Förening ne l'intéressait apparemment pas plus que moi. Ce devait être une idée d'Aurora.

— Qu'est-ce que tu as vu quand tu as regardé le lustre ? m'interrogea Tove, me ramenant à la raison première de sa venue.

— Je l'ignore. (Je secouai la tête. J'avais envie de répondre honnêtement, mais je ne savais pas comment.) J'ai vu... un tableau.

— Certaines personnes voient l'avenir, dit-il en levant les yeux vers les cristaux scintillants. D'autres le passé. (Il s'interrompit pour réfléchir.) Ce n'est pas si différent, d'ailleurs. On ne peut changer ni l'un ni l'autre.

— Comme c'est profond...

Il éclata de rire.

— Je ne t'ai pas été d'une grande aide, pas vrai ?

— Je ne sais pas trop, admis-je.

— Bon, ça fait un peu beaucoup pour un après-midi.

— Comment ça ?

— Je sais que tu as encore beaucoup de choses à faire, et tu n'as pas besoin que quelqu'un comme moi te fasse perdre ton temps. Je ne suis pas sûr de pouvoir beaucoup t'aider pour l'instant.

Il tourna les talons et se dirigea vers la porte.

— Eh ! attends. Tu as dit qu'ils préféraient que je ne teste pas trop mes aptitudes avant le baptême, et pourtant Finn t'a envoyé me préparer maintenant. Tu sais pourquoi ? Il se passe quelque chose ?

— Finn est un protecteur. S'inquiéter fait partie de son boulot, expliqua Tove, ce qui me donna un coup au cœur, car je détestais qu'on me rappelle que Finn faisait son boulot en s'occupant de moi. Il a besoin de savoir que tu seras bien accompagnée en toutes circonstances. Qu'il soit présent ou non.

— Pourquoi ne serait-il pas présent ? demandai-je aussitôt, une onde de peur me parcourant le cœur.

— Je ne sais pas, avoua-t-il en haussant les épaules. Quoi qu'il en soit, quand quelque chose compte beaucoup pour quelqu'un, cette personne s'arrange pour qu'elle soit en sécurité.

Sur ce, Tove quitta la maison. Je le remerciai de m'avoir aidée, même si je ne comprenais pas vraiment ce qu'il avait fait. À part m'embrouiller davantage. Une inquiétude nouvelle s'emparait de moi.

Je n'avais pas la moindre idée de ce qui se tramait avec Finn, et mes pensées me ramenaient constamment à la toile que j'avais vue dans la réserve d'Elora. Moi, allongée sur le balcon, l'air horrifiée. Les mots de Tove résonnaient dans ma tête, terrifiants.

On ne pouvait pas changer l'avenir.

Je levai la tête vers le lustre. L'idée même d'essayer de le faire bouger m'avait fichu une peur bleue. S'il se décrochait, s'il donnait vie au tableau d'Elora… Finalement, je n'avais rien fait, et rien d'horrible ne s'était produit.

Avais-je changé le futur ? ou bien le pire était-il à venir ?

19

Le baptême

Le vendredi, à seulement vingt-quatre heures du bal, Elora eut l'idée de vérifier si j'avais fait des progrès, et je ne pouvais pas lui en vouloir. Pour commencer, elle organisa une répétition générale, en robe, afin de tester ma capacité à converser et à manger convenablement.

Comme elle ne voulait pas qu'il y ait trop de témoins de mon échec potentiel, elle invita simplement Garrett, Willa et Rhiannon à se joindre à Finn, Rhys et moi. Elle n'aurait pas pu convoquer plus de monde sans risquer de se retrouver dans l'embarras. Vu que j'avais déjà rencontré toutes ces personnes, je n'étais pas particulièrement nerveuse, même si Elora m'avait prévenue que je devrais me comporter exactement comme si c'était le grand soir.

Les mêmes instructions avaient été données à tout le monde, et mes camarades de jeu se présentèrent dans des tenues plus élégantes qu'à l'accoutumée. Même Rhys avait enfilé un blazer, qui lui allait d'ailleurs très bien. Quant à Finn, comme à son habitude, il était trop beau.

M'ayant avoué au détour d'une conversation qu'il était jaloux, je ne savais pas trop comment me comporter avec lui. Il était venu dans ma chambre avant le dîner pour voir si j'étais prête – mais en évitant soigneusement de me regarder…

Lorsque nous nous retrouvâmes dans la salle à manger, Elora nous indiqua nos places – elle et moi occupions chacune un bout de la table. Rhys et Finn étaient à mes côtés ; Rhiannon et Willa flanquaient ma mère.

— À côté de qui serai-je assise, demain ? demandai-je avec circonspection entre deux gorgées de vin.

— Entre Tove Kroner et moi, répondit Elora, ses yeux plissés rivés sur ma main. Il faut tenir le verre par son pied.

— Désolée.

J'étais persuadée de le tenir par le pied, justement, mais je corrigeai légèrement la position de mes doigts.

— Une princesse ne s'excuse jamais.

— Désolée, répétai-je avant de me reprendre et de secouer la tête. C'était un accident, ça ne se reproduira plus.

— Ne secoue pas la tête ; ce n'est pas un comportement digne d'une dame, me gronda Elora. Et une princesse ne fait pas de promesses. Comme ça, on ne peut pas lui reprocher de ne pas les tenir.

— Ce n'était pas vraiment une promesse, fis-je remarquer.

Elora fronça les sourcils, encore plus sévère.

— Une princesse n'est pas contrariante, dit-elle froidement.

— Je ne suis princesse que depuis une semaine et demie ; vous ne pourriez pas me laisser un peu tranquille ? demandai-je aussi gentiment que possible.

J'en avais assez de ses remarques. Cela faisait deux jours que les reproches pleuvaient dès qu'elle ouvrait la bouche. « Une princesse ne fait pas ci, une princesse ne fait pas ça. » Ou bien sa variante : « Une princesse doit faire ceci ou cela. »

— Tu es née princesse. C'est dans ton sang. (Elora se raidit sur sa chaise, comme pour mieux me regarder de haut.) Tu devrais savoir comment te comporter.

— J'y travaille, marmonnai-je.

— Et parle plus fort. Quoi que tu aies à dire, dis-le d'une voix forte et intelligible, assena-t-elle. Tu n'as plus le temps d'y travailler. Le bal a lieu demain. Tu dois être prête maintenant.

J'aurais voulu lui répondre, mais et Rhys et Finn m'en dissuadèrent en me lançant des regards de mise en garde. Rhiannon ne lâchait pas son assiette des yeux, tandis que Garrett mâchait poliment sa nourriture.

— Je comprends.

J'expirai longuement et avalai une nouvelle gorgée de vin – sans faire attention à la manière dont je tenais mon verre, mais sans recevoir non plus de nouvelles critiques.

— J'ai reçu la photo de la robe, me dit Willa en souriant. Elle est vraiment superbe. Je suis un peu jalouse, d'ailleurs. Mais bon, on n'est reine du bal qu'une fois dans sa vie, et demain soir c'est ton tour. Tu vas être magnifique.

Elle était venue à mon aide, chassant un sujet que je ne maîtrisais pas pour en aborder un où je me débrouillais mieux. Même si elle se comportait mal avec Rhys et Rhiannon, je n'arrivais pas à la détester.

— Merci, lui répondis-je en souriant, pleine de gratitude.

Ma dernière séance d'essayage avait eu lieu un peu plus tôt dans la journée, aussi lui avais-je envoyé une photo, comme elle me l'avait demandé. En réalité, l'idée était venue de Finn, qui s'était servi de son téléphone.

J'avais posé avec maladresse, d'autant que Finn ne m'avait pas rassurée en me disant que ma robe m'allait bien. Sur le moment, j'aurais eu besoin d'être encouragée, qu'on m'aide, mais Finn avait pris la photo sans se poser de question.

— Avez-vous vu la robe ? demanda Willa à Elora, occupée à mordre sans conviction dans un morceau de brocoli.

— Non. J'ai confiance dans le talent de Fredric et dans l'avis de Finn. C'est lui qui a donné son approbation, répondit-elle, l'air absente.

— Quand ma fille aura l'âge d'avoir sa robe, je m'impliquerai davantage dans le processus, poursuivit Willa, pensive, sans remarquer l'imperceptible irritation d'Elora. Il est vrai que j'ai toujours aimé les robes et la mode en général. Je pourrais passer ma vie entière au bal. (Elle parut nostalgique pendant quelques secondes, puis elle me sourit.) C'est pour ça que je suis si contente que tu sois là. Grâce à toi, on va avoir un bal monumental.

— Merci, répétai-je simplement, ne sachant quoi dire d'autre.

— Tu as eu droit à une belle fête, toi aussi, intervint Garrett, sur la défensive, en faisant référence au bal qu'il avait organisé pour sa fille. Et ta robe était magnifique.

— Je sais, je sais, confirma Willa, rayonnante et pas modeste pour un sou. C'était génial.

Finn se racla bruyamment la gorge, s'attirant les regards noirs d'Elora et Willa, qui ne firent toutefois aucun commentaire.

— Toutes mes excuses. J'ai avalé quelque chose de travers, expliqua Finn avant de prendre une gorgée de vin.

— Mmh…, fit Elora, désapprobatrice, en se tournant vers moi. Au fait, j'y pense, j'ai été trop occupée cette semaine pour te poser la question, mais as-tu pris une décision concernant ton nom ?

— Mon nom ? répétai-je en penchant la tête sur le côté.

— Oui. Pour la cérémonie du baptême. (Elle se retourna sèchement vers Finn.) Je croyais que Finn t'en avait parlé.

— Oui, mais le nom n'est-il pas déjà choisi ? (Je n'y comprenais plus rien.) Notre nom de famille est Dahl, non ?

— Je ne parle pas du nom de famille, rétorqua Elora en se massant les tempes, manifestement agacée. Mais de ton prénom…

— Je ne comprends pas. Je ne peux pas m'appeler Wendy Dahl ?

— Ce ne serait pas un nom convenable pour une princesse, se moqua Elora. Tout le monde change de nom. Willa aussi a changé de nom. Comment t'appelais-tu, déjà, très chère ?

— Nikki. J'ai choisi Willa parce que c'est le prénom de ma mère.

Garrett eut un sourire en coin. Elora se crispa un peu, avant de s'intéresser à moi.

— Alors ? insista-t-elle pour faire retomber la pression. Quel prénom as-tu choisi ?

— Je… je ne sais pas.

Mon cœur se mit à battre la chamade sans aucune raison. Je n'avais aucune intention de changer de prénom. Quand Finn m'avait parlé de cette histoire de baptême, je m'étais dit qu'il s'agirait de changer de nom de famille. Ce qui ne m'aurait pas enchantée non plus, mais j'aurais fini par me marier et donc par prendre le nom de mon époux.

Mon prénom, c'était Wendy. J'appelai Finn à l'aide du regard, mais Elora le remarqua, rompant le contact.

— Si tu as besoin d'idées, j'en ai, reprit-elle d'un ton sec et saccadé, en coupant sa nourriture avec un enthousiasme irrité. Ma mère s'appelait Ella, ma sœur Sybilla. Deux très beaux prénoms. Une des reines qui a régné le plus longtemps s'appelait Lovisa ; j'ai toujours beaucoup apprécié ce prénom.

— Ce n'est pas qu'ils ne me plaisent pas, rétorquai-je avec circonspection, alors que je trouvai Sybilla vraiment horrible. Mais j'aime mon prénom, et je ne vois pas pourquoi je devrais en changer.

— Wendy est un prénom ridicule, assena Elora en agitant la main, comme pour mettre un terme à cette conversation. Ridicule et totalement inapproprié pour une princesse.

— Mais pourquoi ?

Ma mère me lança un regard noir. Il était hors de question que je change de prénom, même sous la pression. Wendy n'était peut-être pas le plus beau des prénoms, mais c'était Matt qui l'avait choisi. Il était l'une des rares personnes à m'avoir accueillie avec bonheur, et je n'avais aucune envie de me débarrasser du seul souvenir qu'il me restait de lui.

— C'est un prénom de mänsklig, expliqua Elora en serrant les dents. Je ne reviendrai pas là-dessus. Tu trouveras un prénom digne d'une princesse, à moins que tu préfères que je choisisse pour toi ? Est-ce bien clair ?

— Si je suis princesse, comment se fait-il que je ne puisse choisir ce qui est approprié ou non ? demandai-je en m'efforçant de parler d'une voix calme et claire, alors que je tremblais de colère et de frustration. N'est-ce pas un des avantages de cette position ? N'aurai-je pas mon mot à dire sur les lois de ce royaume ? Qu'y a-t-il de mal à s'appeler Wendy ?

— Aucune princesse n'a jamais gardé son prénom humain, et aucune ne le gardera. (Elle plongea son regard noir et sévère dans le mien, mais je le soutins sans faiblir.) Jamais ma fille ne portera le nom d'une *mänks*.

Elle avait prononcé ce dernier mot avec amertume et dégoût, et je vis la mâchoire de Rhys se crisper. Moi aussi, j'avais grandi avec une mère qui me détestait, mais on ne m'avait jamais obligée à rester sagement assise pendant qu'elle vomissait des horreurs sur mon compte. J'étais de tout cœur avec lui, et j'avais le plus grand mal à me retenir de hurler à la face d'Elora.

— Je ne changerai pas de prénom…

Tout le monde s'était abîmé dans la contemplation de son assiette, tandis qu'Elora et moi nous assassinions du regard. Ce dîner était un fiasco.

— Le lieu est mal choisi pour avoir cette conversation, dit ma mère, glaciale.

Se massant les tempes, elle soupira et ajouta :

— De toute façon, il n'y a pas à discuter. Tu changeras de prénom et, apparemment, c'est moi qui vais devoir choisir pour toi.

— Ce n'est pas juste ! m'écriai-je, les yeux pleins de larmes. J'ai fait tout ce qu'on me demandait ! Je devrais au moins pouvoir garder mon prénom !

— Ce n'est pas absolument pas le problème. Tu feras ce que je te dirai.

— Sauf votre respect…, intervint Finn, faisant sursauter toute la tablée. Si c'est ce que souhaite la princesse, peut-être conviendrait-il de l'écouter. Elle régnera sans partage sur Förening, et ses désirs seront des ordres. Personne ne s'offusquera d'une décision aussi peu importante.

— Peut-être, concéda Elora avec un sourire forcé et un regard noir, qu'il soutint sans sourciller. Mais c'est encore moi qui règne sur ces terres, et c'est moi qui décide. (Son sourire s'élargit et devint plus menaçant.) Sauf ton respect, *pisteur*, je crois que tu te soucies trop de ses désirs et pas assez de ta mission.

L'expression de Finn vacilla un instant, mais il se reprit rapidement.

— Ta mission ne consistait-elle pas, entre autres, à l'informer du déroulement de la cérémonie, de la préparer pour demain ?

— En effet, répondit Finn sans aucune honte.

— Eh bien, tu as échoué, on dirait. Je commence à me demander de quelle façon la princesse et toi avez occupé votre temps lorsque vous étiez ensemble. Je n'ai pas l'impression que vous ayez énormément travaillé.

Soudain, Rhys renversa un verre de vin. Celui-ci se brisa, et le liquide se répandit partout. Comme tout le monde était hypnotisé par la joute verbale qui opposait Finn à Elora, personne n'avait remarqué – à part moi, du coin de l'œil – qu'il l'avait fait exprès.

Rhys s'excusa et entreprit aussitôt de nettoyer les dégâts. Elora détacha son regard noir de Finn, qui n'avait plus besoin de se défendre. Rhys était venu à son secours, ce qui était un énorme soulagement.

Une fois la table nettoyée, Willa, qui n'avait jamais semblé apprécier particulièrement Rhys, se mit à lui parler de manière incessante. L'autre ne se fit pas prier pour lui répondre. Ainsi, ils discutèrent afin d'empêcher la dispute entre Elora et Finn de reprendre.

La reine parvint néanmoins à m'adresser quelques remarques mordantes telles que : « Il est vraiment temps que tu apprennes à te servir d'une fourchette. » Mais alors Willa se hâtait de glisser une anecdote amusante concernant une jeune femme de sa connaissance, de résumer le dernier film qu'elle avait vu ou de décrire tel ou tel endroit qu'elle avait visité. Elle était intarissable, ce dont nous lui étions tous reconnaissants.

Lorsque le dîner fut terminé, Elora prétexta une migraine et un emploi du temps surchargé pour écourter la soirée. Elle s'excusa du fait qu'il n'y avait pas de dessert et attendit pendant que nous hésitions à quitter la table. Garrett suggéra que nous la laissions, proposition qu'Elora approuva d'un hochement de tête las.

— Nous nous reverrons demain soir, répondit-elle sans conviction aucune, sans le regarder, les yeux dans le vague.

— Prenez soin de vous, dit Garrett, troublé, en lui touchant doucement l'épaule.

Finn, Rhys et moi entreprîmes de raccompagner Garrett, Willa et Rhiannon à la porte, mais la voix d'Elora me stoppa net. Les autres se figèrent aussi pendant une fraction de seconde, mais se débrouillèrent mieux que moi pour que cela passe inaperçu.

— Finn ? appela-t-elle. Pourrais-tu m'accompagner jusqu'à ma salle de dessin ? J'aimerais m'entretenir avec toi.

— Bien sûr, répondit celui-ci en s'inclinant légèrement.

Je me tournai vers Finn, qui refusa de croiser mon regard. Stoïque, les mains dans le dos, il attendait les instructions d'Elora.

J'aurais pu rester là jusqu'à ce que ma mère m'ordonne de les laisser, mais Willa me prit par le bras et m'entraîna hors de la salle à manger.

Rhys et Rhiannon marchaient juste devant nous et discutaient à voix basse. Garrett lança un dernier regard à Elora avant de se diriger vers la porte d'entrée.

— Je serai là demain vers 10 heures, lança Willa d'un ton délibérément léger et joyeux.

— Pour quoi faire ? m'enquis-je, hébétée.

— Pour t'aider à te préparer. Il y a tellement de choses à faire ! (Elle regarda furtivement par-dessus son épaule.) Et comme ta mère ne semble pas du genre à s'impliquer beaucoup...

— Willa, ne dis pas du mal de la reine, la coupa Garrett sans conviction.

— Bref, je serai là pour te donner un coup de main. Tu vas être superbe.

Elle m'adressa un sourire rassurant et me serra doucement le bras avant de partir avec son père.

Rhys et moi nous retrouvâmes bientôt seuls dans l'entrée.

— Ça va ? me demanda-t-il.

— Ouais, ça va, mentis-je.

Je me sentais nauséeuse, toute tremblante, et je n'avais plus aucune envie d'être princesse. Je ne me sentais pas capable de supporter d'autres dîners de ce genre. Je commençai à m'éloigner, bien décidée à aller dire le fond de ma pensée à Elora, lorsque la main chaude de Rhys sur mon épaule m'arrêta.

— Tu ne ferais qu'aggraver la situation, me mit-il en garde. Viens.

Il me poussa délicatement vers l'escalier. Arrivée devant la première marche, je crus qu'il allait me forcer à monter et m'escorter jusqu'à ma chambre, mais il s'arrêta. Il savait que je devais attendre Finn pour qu'il me raconte ce qui s'était passé.

Je jetai un coup d'œil vers la salle à manger, espérant apercevoir quelque chose. Mais quoi, au juste ? Je n'en savais rien, mais je me disais que cela m'aiderait d'une manière ou d'une autre.

— Horrible, ce dîner, hein ? commença Rhys avec un éclat de rire sans joie en s'asseyant sur la première marche.

Renonçant à voir quoi que ce soit, je pris place à côté de lui en tirant sur ma robe.

— Je suis désolée.

— Tu n'as pas à être désolée. Ce n'était pas ta faute, me rassura-t-il avec un sourire en coin. Grâce à toi, la vie, dans cette maison, est soudain devenue beaucoup plus intéressante.

Elora avait rappelé Finn dans le seul dessein de rasseoir son autorité – puisqu'elle aurait très bien pu lui faire la leçon en privé, dans sa tête. Pour une raison mystérieuse, elle avait souhaité que j'assiste à sa représentation. À part ne pas être d'accord avec elle, il n'avait rien fait de mal. Il s'était montré respectueux et n'avait fait que dire la vérité.

— Que crois-tu qu'elle soit en train de lui dire ? demandai-je.

— Je n'en sais rien. Elle ne m'a jamais vraiment engueulé.

— Tu rigoles ?

Rhys était du genre à constamment enfreindre les règles, et Elora était on ne peut plus stricte.

— Non, je te jure, promit-il, amusé par ma réaction. Elle m'a déjà demandé de me calmer, des trucs comme ça, mais, franchement, elle n'était jamais là. Concrètement, j'ai été élevé par des nounous. Dès le premier jour, Elora m'a fait comprendre qu'elle n'était pas et qu'elle ne serait jamais ma mère.

— A-t-elle jamais souhaité être mère ?

Je ne la connaissais pas beaucoup, mais elle me semblait dépourvue de tout instinct maternel.

— Honnêtement ? (Rhys hésita quelques secondes à me dire la vérité, avant de s'y résoudre tristement.) Non. Je ne pense pas. Elle avait un titre à transmettre, un devoir à accomplir.

— Pour elle, c'était seulement un boulot, marmonnai-je, amère. Pour changer, j'aurais bien aimé avoir été et être désirée.

— Oh ! Wendy, me gronda gentiment Rhys en se penchant vers moi. Beaucoup de gens sont très heureux que tu sois là. Elora est une garce, mais tu ne dois surtout pas le prendre pour toi.

— Pas facile, rétorquai-je en jouant avec ma robe. C'est quand même ma mère.

— Elora est une femme forte et complexe, que toi et moi ne sommes pas près de comprendre, reprit Rhys d'un ton las. Avant toute chose, c'est une reine, ce qui la rend froide, distante et cruelle.

— C'était comment, de grandir dans cette ambiance ?

Je me sentais coupable de me plaindre, alors que sa vie avait été encore plus difficile que la mienne. Moi, j'avais eu Matt et Maggie.

— Je ne sais pas, répondit-il en haussant les épaules. Un peu comme grandir dans un internat avec une directrice très stricte, je suppose. Elle était toujours planquée, à l'affût quelque part, et je savais qu'elle décidait de tout. Mais nos contacts étaient réduits au strict minimum.

Il se tourna vers moi et me regarda d'un air incertain.

— Quoi ?

— Elle n'était pas aussi secrète et maligne qu'elle le pensait. C'est une très grande maison, mais j'étais un gamin fureteur. (Il se mordit la lèvre et tripota un bouton de son blazer.) Tu sais qu'elle couchait avec le père de Finn ?

— Oui, confirmai-je à voix basse.

— Je me doutais qu'il t'en parlerait. (Rhys sombra dans le silence pendant quelques secondes et continua à se mordiller la lèvre.) Elora était amoureuse. Elle est vraiment bizarre quand elle est amoureuse. Son visage est différent, plus doux, radieux. (Il secoua la tête, perdu dans un souvenir.) Quelque part, la savoir capable de cette gentillesse et de cette générosité était pire. Moi, je n'avais droit qu'à des regards glaciaux lancés à distance, et j'avais l'impression de me faire avoir.

— Je suis navrée, dis-je en posant doucement ma main sur son bras. J'aimerais être capable de prononcer les bons mots pour soulager ta souffrance, mais en vérité je n'imagine même pas ce que tu as enduré en grandissant ici.

Il eut un sourire forcé et secoua la tête, comme pour oublier.

— Enfin… Le père de Finn a laissé tomber Elora pour retourner avec sa femme, ce qui était aussi bien. (Il prit un air pensif.) S'il l'avait vraiment aimée, je parie qu'elle aurait été capable de tout plaquer, mais bon, ce n'est pas la question.

— C'est quoi, la question ? m'enquis-je d'une voix tremblante.

—La rumeur dit qu'elle garde Finn auprès d'elle parce qu'elle est toujours amoureuse de son vieux, même si lui ne l'a jamais aimée. En revanche, je suis sûr qu'il n'y a jamais rien eu entre Elora et Finn. (Il lâcha un long soupir.) Mais…

—Mais quoi ?

—Le père de Finn ne l'a jamais regardée comme Finn te regarde. (Il laissa le temps à son affirmation de se frayer un chemin jusque dans les profondeurs de mon cerveau.) Je pense que ça joue aussi en ta défaveur. Non seulement elle n'a jamais voulu être mère, mais tu vas réussir à avoir ce qui lui a toujours échappé.

—Qu'est-ce que tu racontes ? Je n'ai rien eu du tout, et surtout pas Finn. Je… nous ne… c'est juste son boulot…

—Wendy, reprit Rhys avec un sourire triste, j'ai du mal à dissimuler mes sentiments mais toi tu es encore moins douée que moi.

—Je… je ne vois pas ce que tu veux dire, bafouillai-je en détournant les yeux.

—Pas de problème. (Il eut un rire creux.) Comme tu voudras.

Pour alléger un peu l'ambiance, Rhys raconta une blague que je ne compris pas. Mon esprit fonctionnait à plein régime, et mon cœur battait la chamade. Rhys avait une imagination débordante. Et même s'il avait raison, Elora ne châtierait pas Finn pour cela, non ?

20

Résignée

Finn réapparut. Je me levai aussitôt. Il devait avoir passé une quinzaine de minutes avec Elora, mais j'avais l'impression que cela faisait une éternité. Rhys, qui était assis à côté de moi, se releva beaucoup plus lentement. Finn nous regarda avec dédain, puis entreprit de gravir l'escalier sans un mot.

— Finn ! m'écriai-je en le rattrapant, tandis que Rhys, intelligemment, filait vers la cuisine. Finn, attends ! Qu'est-ce qui s'est passé ?

— On a discuté, répondit-il avec désinvolture.

Comme il ne donnait pas l'impression de vouloir ralentir, je lui agrippai le bras et l'arrêtai au milieu de l'escalier. Il regarda par-dessus son épaule, comme pour chercher Rhys, fuyant délibérément mes yeux.

— Je croyais t'avoir dit de rester loin de ce mänsklig.

— Rhys me tenait compagnie en attendant que tu arrives, c'est tout.

— Il est dangereux pour toi de côtoyer ce jeune homme. (Il me lança un regard du coin de l'œil.) Il est dangereux pour toi de *me* côtoyer.

Je trouvais très énervant le fait qu'il ne me regarde pas en face. Ses yeux noirs me manquaient.

— Que suis-je censée comprendre ?

— Lâche-moi le bras.

— Dis-moi ce qui se passe et je te laisserai tranquille, rétorquai-je en serrant son bras davantage.

— J'ai été relevé de mes fonctions, répondit-il avec circonspection. Elora ne se sent plus menacée, et je me suis rendu coupable d'insubordination. Je dois rassembler mes affaires et quitter les lieux au plus vite.

Mes poumons se vidèrent de leur air. Mon pire cauchemar était devenu réalité. Finn allait partir à cause de moi. Il avait pris ma défense, alors que j'aurais dû me débrouiller seule. Ou bien me taire.

— Quoi ? lâchai-je en écarquillant les yeux. Ce n'est pas juste. Tu ne… Tu travailles ici depuis si longtemps ! Elora te fait confiance. Elle ne peut pas… C'est ma faute ! Je n'ai pas voulu obéir !

— Non, ce n'est pas ta faute, insista fermement Finn. Tu n'as rien fait de mal.

— Tu ne peux pas partir comme ça ! Le bal a lieu demain, et il me reste tellement de choses à apprendre ! poursuivis-je, désespérée. Je ne suis pas du tout une princesse, Finn. J'ai tant besoin de ton aide.

— De toute façon, ç'aurait été terminé après le bal, expliqua-t-il en secouant la tête. À partir de demain, un tuteur viendra à la maison pour t'enseigner tout ce que tu as besoin de savoir. Quoi que dise Elora, tu es prête pour le bal. Tu te débrouilleras très bien.

— Tu ne seras pas là ?

— Tu n'as pas besoin de moi, dit-il doucement.

— C'est ma faute ! Je vais parler à Elora. Tu ne peux pas partir. Il faut qu'elle le comprenne.

— Wendy, non, tu ne…

Mais j'étais déjà en train de descendre les marches, prise d'un sentiment de panique insupportable. Finn m'avait persuadée de quitter les seules personnes qui m'avaient jamais aimée, et j'avais accepté de le suivre parce que j'avais confiance en lui. Malgré cela, il était sur le point de m'abandonner à Elora et à une monarchie qui ne m'intéressait pas.

Rhys resterait auprès de moi, mais j'avais la conviction qu'elle ne tarderait pas à le mettre à la porte, lui aussi. J'allais me retrouver seule et plus isolée que jamais, et je ne le supporterais pas.

Comme je courais vers la salle de dessin d'Elora, je compris qu'il y avait autre chose. Je refusais tout simplement de perdre Finn, et la manière dont Elora ou n'importe qui d'autre me traiterait n'avait pas d'importance. La vie sans lui ne me semblait plus envisageable. Il avait fallu qu'Elora menace de me le prendre pour que je m'en rende compte.

— Elora ! lançai-je en poussant la porte de sa salle de dessin sans frapper.

Je savais que cela la mettrait en colère, mais je m'en moquais. Avec un peu de chance, peut-être me mettrait-elle moi aussi à la porte.

Ma mère scrutait la nuit noire à travers la baie vitrée et ne réagit même pas lorsque j'ouvris la porte à la volée. Sans se retourner, elle me dit calmement :

— Cela ne servira à rien, et il va sans dire que ce n'est pas un comportement digne d'une princesse.

— Vous n'arrêtez pas de parler de la manière dont doit se comporter une princesse, mais vous oubliez de vous comporter comme une reine, contrai-je, glaciale. Êtes-vous si peu sûre de votre autorité que la moindre opposition vous est insupportable ? Dès qu'on n'est pas d'accord avec vous, on est débarqué, c'est ça ?

Elora lâcha un long soupir.

— Ah ! alors il s'agit de Finn.

— Vous n'aviez pas le droit de le mettre dehors ! Il n'a rien fait de mal !

— Qu'il ait ou non mal agi n'a aucune importance, puisque je suis la reine et que j'ai le droit de me débarrasser de qui je veux. (Lentement, elle tourna vers moi un visage étonnamment vide d'émotion.) Le problème, ce n'est pas son désaccord, mais la raison profonde qui l'a poussé à me contredire.

— C'est à cause de cette histoire débile de prénom ? bredouillai-je, incrédule.

— Il te reste tant de choses à apprendre. Assieds-toi, s'il te plaît. (Elle désigna un des canapés et s'allongea sur sa méridienne.) Inutile de te fâcher pour cela, princesse. Nous avons à parler.

— Je refuse de changer de prénom, assenai-je en m'asseyant en face d'elle. Et je ne vois pas où est le problème. Un prénom, ce n'est pas si important.

— Ce n'est pas un problème de prénom, contra-t-elle avec un geste dédaigneux. (D'un air absent, elle passa sa main dans les mèches soyeuses qui lui encadraient le visage.) Je sais que tu me trouves cruelle et sans cœur, mais tu as tort. Je me soucie énormément de Finn – trop, même, compte tenu de son statut de serviteur –, mais je regrette vraiment de ne pas avoir choisi une meilleure personne pour te former. Cela me fait mal de voir Finn partir, mais je puis t'assurer que j'ai fait cela pour toi.

— Vous mentez ! criai-je. Vous l'avez mis dehors parce que vous êtes jalouse !

— Mes émotions n'ont joué aucun rôle dans ma prise de décision. Pas plus que ce que je pense de ton comportement. (Elle pinça les lèvres et posa sur moi un regard vide.) J'ai fait ce que j'avais à faire pour le bien de ce royaume.

— En quoi mettre Finn dehors peut-il être bon pour le royaume ?

— Tu refuses de comprendre que tu es une princesse ! (Elora fit une pause et prit une profonde inspiration pour se fortifier.) Que tu comprennes ou non la gravité de la situation est secondaire. Les autres la comprennent, surtout Finn, et c'est pour cela qu'il part. Il sait que c'est mieux pour toi aussi.

— Je suis perdue. Comment son départ pourrait-il m'aider ? Je comptais beaucoup sur lui, et vous aussi, d'ailleurs. Et vous le laissez partir, juste comme ça ?

— Je sais que tu penses que tout ceci n'est qu'une question d'argent, mais tu te trompes ; c'est beaucoup plus que cela. Notre lignée est riche d'aptitudes, beaucoup plus riche que celle du Trylle moyen.

Elle se pencha vers moi et poursuivit :

— Malheureusement, les Trylles se détournent de plus en plus de notre mode de vie, et les aptitudes ont commencé à faiblir. Il est essentiel pour notre peuple que notre lignée reste pure, que ses aptitudes continuent à se développer.

» Les titres et les positions sociales peuvent sembler arbitraires, mais nous sommes au pouvoir parce que nous avons plus de capacités. Pendant des siècles, nos aptitudes ont dépassé celles des autres familles. Mais les Kroner nous rattrapent. Tu es notre dernière chance de rester sur le trône. Pour notre peuple.

— Je ne vois pas le rapport avec Finn, demandai-je, lasse de ce discours politique.

— Il y en a un, répondit-elle avec un léger sourire. Dans le but de maintenir la pureté et la force de notre lignée, certaines règles doivent être respectées. Et cela vaut pour toutes les familles trylles. Il ne s'agit pas uniquement de punir les comportements qui sortent de la norme, mais aussi d'empêcher que des bâtards affaiblissent nos lignées.

Son usage du mot « bâtard » me glaça le sang.

— Il y a bien sûr des degrés dans les châtiments. Quand un Trylle entretient une relation avec un mänsklig, on lui demande de quitter la communauté.

— Il n'y a strictement rien entre Rhys et moi, me défendis-je.

Elora hocha la tête, sceptique.

— Les pisteurs sont des Trylles, mais ils ne possèdent pas d'aptitudes au sens conventionnel du terme, continua Elora, et je commençais à comprendre où elle voulait en venir. Les pisteurs doivent rester entre pisteurs. Les Trylles qui se mettent en couple avec eux sont méprisés. Je parle des Trylles ordinaires, car une relation avec un membre de la famille royale est impensable. Un pisteur ne peut pas porter la couronne. Une Marksinna ou une princesse attrapée avec un pisteur perd immédiatement son titre. Et si l'offense est vraiment importante, comme lorsqu'une princesse détruit une lignée essentielle, ils sont tous les deux bannis.

Je déglutis difficilement. Si quoi que ce soit se passait entre Finn et moi, je ne pourrais plus être princesse ni vivre à Förening. Au premier abord, cela me parut choquant, puis je me rendis compte que je n'avais envie ni d'être princesse ni de vivre ici. Je me moquais des conséquences !

— Et alors ? lâchai-je.

Pendant quelques instants, Elora parut surprise.

— Je sais que, pour le moment, tout ceci ne te parle pas beaucoup, commença-t-elle en désignant ce qui nous entourait d'un grand geste du bras. Je sais que tu détestes tout cela, et je te comprends. Mais c'est ton destin, et, si tu ne le vois pas, Finn, lui, le voit très bien. Il connaît ton importance et ne prendrait jamais le risque de ruiner ton avenir. Voilà pourquoi il a donné sa démission.

— Il a démissionné ? C'est impossible. Il n'aurait jamais fait ça.

Il savait à quel point j'avais besoin de lui. Forcément. Autrement, il n'aurait pas pris ma défense face à Elora. Oui, il savait que je serais perdu sans lui. Il ne m'aurait jamais fait ça, il n'aurait pas dérogé à ses principes de cette manière.

— Quel dommage ! poursuivit Elora, comme si mon déni ne méritait aucune réponse. Je m'en veux, parce que c'était tellement évident. Et j'en veux aussi à Finn, car il avait mieux à faire. Mieux que personne, cependant, il sait ce qui est bon pour toi. Il part pour te protéger.

— Je n'ai pas besoin de protection ! lançai-je en me levant. Il n'a aucune raison de partir, parce qu'il ne se passe rien. Et puis je n'ai de relation avec personne.

— J'aurais pu te croire si tu n'avais pas accouru ici en pleurant pour me supplier de le garder, rétorqua-t-elle froidement. Ou bien s'il m'avait promis d'avoir des relations purement professionnelles avec toi. Là, je l'aurais gardé. (Elle baissa les yeux et joua avec un fil qui dépassait du tissu de la méridienne.) Mais il ne l'a pas fait. Il n'a même pas essayé.

J'avais mis le temps, mais je comprenais enfin. Finn tenait à moi, et il l'avait avoué à Elora en sachant exactement comment elle allait réagir. Il tenait tant à moi qu'il s'était senti incapable de poursuivre sa mission, de ne pas mettre de côté ses sentiments. Et il était en train de faire ses bagages.

J'avais envie de lui crier au visage, de lui raconter toutes les choses horribles qui m'étaient arrivées, d'abandonner ma couronne, mais je n'avais pas de temps à perdre. Je devais le rattraper avant qu'il parte, car je n'avais aucune idée de l'endroit où il comptait se rendre.

La respiration saccadée, j'arrivai devant sa chambre. Mes mains tremblaient, et les frissons familiers que je ressentais en sa présence s'étaient propagés dans tout mon corps. J'étais amoureuse et je n'avais pas l'intention de faire une croix sur lui. Pour rien au monde je n'aurais renoncé à lui. Rien. Ni dans ce monde ni dans celui d'après.

J'ouvris la porte et trouvai Finn devant son lit en train de plier ses vêtements et de faire sa valise. Il se retourna, surpris par mon apparition. Aussitôt, quelque chose changea dans son regard noir, et son expression se fit indéchiffrable.

Sa barbe de trois jours lui conférait une beauté sauvage presque insupportable à regarder. Sa chemise était à moitié déboutonnée, révélant en partie son torse, et c'était une vision étrangement provocante.

—Ça va? me demanda-t-il en cessant de remplir sa valise pour me regarder.

—Ouais, acquiesçai-je en déglutissant. Je pars avec toi.

—Wendy… (Son expression se radoucit, et il secoua la tête.) Tu ne peux pas m'accompagner. Tu dois rester ici.

—Non, je me fiche de ce royaume! Je refuse d'être une stupide princesse, et puis ils n'ont même pas besoin de moi. Je suis nulle, de toute façon. Je leur rends service en partant.

—Ils ont besoin de toi. Tu n'imagines pas à quel point. (Il se retourna vers son lit.) Sans toi, tout est perdu.

—C'est ridicule! Je ne suis qu'une ado débile qui ne sait même pas avec quelle fourchette manger! Je n'ai aucune aptitude.

Je suis maladroite, idiote, je n'ai rien à faire ici. Le jeune Kroner est bien mieux préparé que moi. Ils n'ont aucun besoin de moi, et il n'est pas question que je reste si tu pars !

— Tu as encore tant de choses à apprendre, murmura-t-il en s'activant.

Je m'approchai de lui et le pris par le bras.

— Je veux rester avec toi, et... je pense que tu as envie de rester avec moi.

Dire ma pensée tout haut me donna presque la nausée. Je craignis qu'il me rie au nez, qu'il me traite de folle, au lieu de quoi il se retourna lentement.

Dans un rare moment de vulnérabilité, ses yeux noirs trahirent tout ce qu'il s'était efforcé de me cacher. De l'affection, de la chaleur et quelque chose de plus profond. Son bras était puissant sous ma main. Mon cœur menaçait d'exploser dans ma poitrine. Doucement, il me caressa la joue, pressant ses doigts chauds contre ma peau. J'ouvris de grands yeux pleins d'espoir.

— Je n'en vaux pas la peine, Wendy, chuchota-t-il d'une voix rauque. Tu vas devenir tellement plus que ça, et je ne peux pas te retenir. Je refuse de le faire.

— Mais, Finn, je...

Alors que je m'apprêtais à lui en dire plus, il retira sa main.

— Tu dois y aller, dit-il en me tournant le dos et en se remettant au travail pour ne pas avoir à me regarder.

— Pourquoi ? demandai-je, les yeux embués.

— Parce que.

Finn alla chercher quelques livres sur une étagère, et je ne le lâchai pas d'une semelle, bien décidée à le harceler.

— Comment ça, parce que ?!

— Je t'ai déjà tout expliqué.

— Non, tu as vaguement parlé du futur.

— Je ne veux pas de toi ! aboya-t-il.

Cela me fit l'effet d'une gifle. Pendant quelques secondes, je fus incapable de répondre et me retrouvai plongée dans un silence uniquement peuplé des battements de mon cœur.

— Tu mens, affirmai-je, tandis qu'une larme dégoulinait sur ma joue. Tu m'avais promis de ne jamais me mentir.

— Wendy, laisse-moi, s'il te plaît ! gronda-t-il.

Il me tournait le dos mais ne bougeait plus. Sa respiration était lourde et bruyante. Soudain, il s'appuya, les épaules voûtées, contre la bibliothèque.

C'était ma dernière chance de le convaincre. Je lui touchai le dos. Il essaya de s'écarter, mais je ne le laissai pas faire. Il fit volte-face et m'attrapa le poignet, m'obligeant à reculer, me clouant contre le mur.

Il pressa son corps contre le mien, les contours puissants de ses muscles entrant en contact avec mes courbes souples. Je sentais son cœur battre contre ma poitrine. Il me tenait toujours le poignet, le maintenant contre le mur.

J'ignorais quelles étaient ses intentions, mais son regard noir était brûlant. Soudain, ses hanches se plaquèrent contre les miennes.

Il m'embrassa désespérément, comme s'il ne pouvait respirer sans moi. Sa barbe naissante me griffa les joues, les lèvres, le cou, partout où sa bouche osa aller. Il me lâcha le poignet, me permettant de le serrer dans mes bras, de l'attirer encore plus près de moi.

Quelques secondes plus tôt encore, j'étais en train de pleurer, et je sentais le goût de mes larmes salées sur ses lèvres. Mes doigts emmêlés dans ses cheveux, je refusais de laisser s'éloigner sa bouche. Mon cœur battait si fort qu'il me faisait mal, et une chaleur intense se propageait en moi.

Il parvint à décoller ses lèvres des miennes, posa les mains sur mes épaules et me poussa contre le mur en faisant un pas en arrière. La respiration rapide, il baissa la tête pour ne pas avoir à me regarder et ferma les yeux, ses cils noirs lui effleurant les pommettes.

— Voilà pourquoi je dois partir, Wendy. Je ne peux pas te faire ça.

— Me faire quoi ? Tu ne me fais rien du tout. (J'essayai de le toucher, mais il me repoussa.) Laisse-moi partir avec toi.

— Wendy… (Il posa la main sur ma joue et essuya une larme avec son pouce tout en fixant sur moi un regard intense.) Tu as confiance en moi, n'est-ce pas ?

Je hochai la tête, hésitante.

— Alors tu dois me croire. Il faut que tu restes, et, moi, je dois partir. D'accord ?

— Finn !

— Je suis désolé, dit-il en me lâchant pour aller prendre sa valise à moitié remplie sur le lit. J'ai trop tardé. (Il se dirigea vers la porte, et je lui emboîtai le pas.) Wendy ! ça suffit !

— Tu ne peux pas partir comme ça…, implorai-je.

Il s'arrêta un instant devant la porte et secoua la tête. Puis il l'ouvrit et s'en fut.

J'aurais pu le suivre, mais j'étais à court d'arguments. Son baiser m'avait étourdie et désarmée ; je me demandai même s'il ne l'avait pas fait exprès. Il savait que ses lèvres me laisseraient sans force pour lui courir après et le harceler.

Lorsqu'il fut parti, je m'assis sur son lit, sentis son odeur et me mis à sangloter.

21

Le bal

Je n'étais pas sûre d'avoir dormi lorsque Willa déboula dans ma chambre le lendemain matin. J'avais les yeux rouges et gonflés, mais elle fit comme si de rien n'était. Elle m'aida à me préparer en parlant avec enthousiasme de la soirée formidable qui se préparait. J'étais sceptique, ce qu'elle ne sembla pas remarquer.

Willa m'aiguillonna verbalement et physiquement car j'étais amorphe. Elle dut même me rappeler que je me rince les cheveux après le shampooing. Heureusement, d'ailleurs, qu'elle n'était pas pudique pour un sou.

Comment m'enthousiasmer pour ce bal, alors qu'on venait de me briser le cœur ? Willa se donna du mal pour m'intéresser, pour attiser ma curiosité, mais ses efforts furent vains. J'étais complètement hébétée, et rien n'y faisait.

Je n'arrivais pas à comprendre comment tout cela était arrivé. Quand j'avais fait la connaissance de Finn, je l'avais trouvé bizarre, puis agaçant. À plusieurs reprises, je l'avais rejeté, je lui avais dit que je n'avais pas besoin de lui, qu'il devait me laisser tranquille.

Et puis tout avait changé. Mais comment ? J'avais vécu toute ma stupide vie sans lui, et voilà que je ne me sentais pas capable de survivre une heure de plus à son départ…

J'étais assise sur un tabouret, enveloppée dans ma robe de chambre, tandis que Willa s'occupait de mes cheveux. Elle avait proposé de me coiffer devant un miroir, afin que je puisse suivre les différentes étapes de son travail, mais cela ne m'intéressait pas. Un aérosol à la main, elle s'arrêta et me regarda dans la glace.

— Wendy, soupira-t-elle. Je sais que Finn est parti et que tu le vis très mal, mais il n'est qu'une cigogne, tandis que tu es une princesse.

— Tu ne sais pas de quoi tu parles, marmonnai-je.

Furtivement, je fus tentée de prendre la défense de Finn, mais en toute honnêteté, je n'avais pas du tout apprécié qu'il parte sans moi. Après ce baiser, moi, je n'aurais jamais pu le quitter. Rester seule ici était une torture. Je baissai la tête et m'efforçai de clore le sujet.

— D'accord…, acquiesça Willa en levant les yeux au ciel et en vaporisant quelque chose sur mes cheveux. Tu restes néanmoins une princesse, et, ce soir, c'est ta soirée.

Je me tus pendant qu'elle me peignait et tirait sur mes mèches.

— Tu es encore jeune. Tu n'imagines pas la quantité de poissons qu'il y a dans la mer – surtout dans tes eaux territoriales. Les hommes les plus beaux et les plus importants vont te tourner autour, et tu oublieras très vite la bête cigogne qui t'a conduite jusqu'ici.

— Je n'aime pas pêcher, rétorquai-je sèchement, mais elle fit comme si elle n'avait pas entendu.

— La plus belle prise, ce serait Tove Kroner, bien sûr, continua Willa. Si seulement mon père pouvait m'arranger un mariage avec lui… (Elle lâcha un long soupir rêveur en tirant sur une boucle de mes cheveux.) Il est super mignon et super riche, précisa-t-elle comme si je lui avais demandé de me parler de lui. Il est le plus important de tous les Markis du monde, ce qui est carrément bizarre. Le plus souvent, les Marksinnas ont plus d'aptitudes. À côté de ce dont sont capables les femmes, les hommes sont presque ridicules, et pourtant Tove a plus de pouvoirs que quiconque. Je ne serais pas étonnée qu'il soit capable de lire dans les pensées.

— Je croyais que c'était impossible..., dis-je, surprise de l'avoir écoutée et comprise.

Une semaine plus tôt, je n'aurais rien saisi à son discours.

— C'est possible, mais très, très peu de gens en sont capables. Tellement peu que c'est devenu une aptitude quasi légendaire, expliqua-t-elle en donnant du volume à mes cheveux. Tove est de cette étoffe-là, donc ça ne m'étonnerait pas du tout. Si tu te débrouilles bien avec les cartes qu'on t'a distribuées, tu pourras toi aussi entrer dans la légende. (Elle fit pivoter le tabouret et admira son œuvre avec le sourire.) Reste à te faire entrer dans ta robe.

Sans que je m'en rende compte, Willa était parvenue à se préparer en même temps qu'elle m'apprêtait. Elle portait une longue robe bleu ciel qui s'évasait au niveau des hanches, et elle était magnifique. Jamais je ne pourrais espérer être aussi belle qu'elle.

Lorsqu'elle fut enfin parvenue à me faire entrer dans ma robe, elle me força à me regarder dans le miroir, insistant sur le fait qu'une beauté de cet ordre ne pouvait être ignorée.

— Waouh... ! lançai-je en avisant mon propre reflet.

C'était un peu prétentieux, mais je n'y pouvais rien. De ma vie, je n'avais été aussi jolie, et je doutais de pouvoir réitérer un jour pareil exploit.

La robe blanche et argentée flottait en scintillant autour de moi. Elle était dépourvue de bretelles et mise en valeur par le collier orné de diamants que Willa avait choisi pour moi. Rehaussées elles aussi par de discrètes pinces serties de diamants, mes boucles brunes tombaient de façon élégante dans mon dos.

— Tu vas tout déchirer, ce soir, promit Willa avec un sourire en coin.

Ce fut le dernier moment calme de la journée. En sortant de ma chambre, nous fûmes emportées par un flot d'assistants divers dont j'ignorais jusque-là l'existence. Ils me donnèrent le planning détaillé de la soirée : le déroulement des événements, les endroits où je devrais me rendre, les gens que je devrais rencontrer, les choses que je devrais faire.

C'était beaucoup trop pour ma pauvre cervelle, mais au moins cela me permit-il de ne plus penser à Finn et au fait qu'il m'avait abandonnée. Je lançai un regard désespéré à Willa en me disant que je lui revaudrais cela un jour. Sans elle, jamais je n'aurais supporté cette épreuve.

Pour commencer, il y eut un genre de cérémonie d'accueil dans la salle de bal. J'étais flanquée d'Elora et de Willa qui, fort heureusement, resta à mes côtés, jouant le rôle d'une assistante. Debout à une extrémité de la salle, protégées par des gardes armés, nous faisions face à une longue colonne de personnes attendant de m'être présentées.

Willa me soufflait leurs noms et titres à mesure qu'ils défilaient. La plupart étaient célèbres dans la communauté trylle, mais Elora m'expliqua que n'importe qui pouvait venir me voir en ce jour particulier et que cette queue n'avait pas de fin. J'avais mal aux joues à force de sourire. Il y avait tant de manière de dire « Heureuse de faire votre connaissance » et « merci »…

Après cela, nous nous retirâmes dans la salle à manger où nous nous retrouvâmes en petit comité, la table ne pouvant accueillir que cent personnes. Willa étant assise à cinq chaises de moi, j'étais complètement perdue.

Chaque fois que je me sentais vulnérable, je cherchais Finn du regard et me rappelais qu'il n'était plus là. Je tâchai de me concentrer sur la nourriture et ma façon de manger, ce qui n'était pas facile compte tenu de ma nausée permanente et de ma mâchoire endolorie à force de sourires crispés.

Ma mère était assise à ma droite, au haut bout de la table ; Tove Kroner était à ma gauche. Il ne prononça pas un mot pendant toute la durée du repas, tandis qu'Elora ne cessa de discuter poliment avec le chancelier.

Celui-ci ne se rappelait pas m'avoir vue l'autre jour, toute ruisselante de pluie, ce dont je me félicitai. Sa manière de me regarder me fichait une trouille bleue, et je fus incapable de lui sourire, craignant de ne pouvoir me retenir de vomir.

— Reprends du vin, me suggéra Tove à voix basse.

Un verre de vin à la main, il était penché vers moi pour se faire entendre par-dessus le brouhaha. Son regard couleur de mousse plongea brièvement dans le mien avant de se river sur un point imaginaire situé en face de nous.

— Ça détend les muscles, ajouta-t-il.

— Je te demande pardon ?

— Tu souris beaucoup, dit-il en désignant sa bouche et en esquissant furtivement un sourire forcé. À force, ça fait mal, hein ?

— Ouais.

Je souris un peu et eus aussitôt mal au coin des lèvres.

— Le vin fait du bien, crois-moi.

Tove avala une longue gorgée – bien plus longue que ne l'autorisait l'étiquette –, et je vis Elora le regarder du coin de l'œil sans cesser de parler au chancelier.

— Merci.

Je suivis son conseil, mais but beaucoup plus lentement que lui afin de ne pas provoquer les foudres de ma mère. Il ne serait pas question de réprimandes publiques, mais j'étais à peu près certaine qu'elle ne laisserait rien passer.

Comme le dîner se prolongeait, Tove commença à s'agiter. Il s'adossa à sa chaise et posa ses paumes sur la table. Soudain, son verre glissa vers sa main, puis s'en éloigna sans qu'il le touche. Je l'avais vu faire la même chose avec son assiette de soupe, la semaine précédente, mais n'en fus pas moins impressionnée.

— Tu es un peu nerveuse, ce soir ? me demanda-t-il.

M'avait-il surprise en train de suivre son verre des yeux ? Dans tous les cas, je baissai les yeux et m'intéressai soudain à mon assiette.

— Mmh…, ouais, un peu, acquiesçai-je dans un hochement de tête.

— C'est bien ce qu'il me semblait, ajouta-t-il en appuyant ses coudes sur la table.

J'imaginai la réaction difficilement contenue d'Elora.

— Mais je m'efforce de garder mon calme, précisai-je en empalant d'un air absent un légume que je n'avais aucune intention de manger. Vu tout ce qui m'est arrivé, j'encaisse plutôt bien.

— En tout cas, tu te donnes du mal pour faire bonne figure, je le sens, dit-il en se tapotant le côté de la tête. Je ne peux pas l'expliquer, mais… je sais que tu es très tendue. (Il se mordit la lèvre.) Tu projettes tes émotions avec une telle force. Ta persuasion est extrêmement puissante.

— Peut-être.

Son regard était déstabilisant, et je n'avais pas envie de le contredire.

— Si j'ai un conseil à te donner, utilise-la, poursuivit-il d'une voix à peine audible dans le brouhaha. Tu essaies de faire plaisir à tellement de gens ; c'est épuisant, je le sais. On ne peut pas être tout pour tout le monde ; moi, je n'essaie même plus. Ma mère me déteste pour ça, mais… (Il haussa les épaules.) Utilise-la juste un peu, et tu charmeras toute l'assistance. Sans même y penser.

— Ce n'est pas si facile, chuchotai-je. (Je craignais qu'Elora nous écoute et désapprouve notre sujet de conversation.) Ça m'épuiserait.

— Mmh…, fit-il en s'adossant à sa chaise.

— Tove, le chancelier vient de me dire que tu avais proposé de travailler avec lui au printemps prochain, intervint Elora avec enthousiasme.

Je levai furtivement les yeux vers elle, mais elle eut le temps de me lancer un regard noir avant de reprendre un air exagérément joyeux.

— Ma mère l'a proposé, en effet, la corrigea Tove. Je n'ai jamais adressé la parole au chancelier, et ce poste ne m'intéresse pas du tout.

Je commençais à être fan de ce Tove, même si je le trouvais un peu bizarre et que je ne comprenais pas ce qu'il racontait la moitié du temps. Il disait exactement ce qu'il voulait sans se soucier des conséquences, et je ne pouvais que l'admirer pour cela.

— Je vois…, dit Elora en haussant un sourcil tandis que le chancelier louait la qualité du vin.

Jusqu'à la fin du dîner, Tove sembla à la fois ennuyé et agacé. Il passa son temps à se ronger les ongles en regardant partout, sauf vers moi. Il avait quelque chose d'étrange et d'instable. Il avait encore moins sa place dans ce monde que moi, mais peut-être Tove ne se serait-il senti à son aise nulle part.

Arriva l'heure de danser. Richement ornée, la salle de bal était vraiment magique et me rappelait la brève valse que j'avais dansée avec Finn deux jours plus tôt – et aussi notre baiser passionné. Cela me rendait malade. Quand je pensais à Finn, je ne pouvais même plus sourire.

Pour ne rien arranger, le bal s'avéra la pire expérience de la soirée. Et de loin. Accueillir tout le monde n'avait pas été une partie de plaisir, mais que dire alors de ce bal où j'étais contrainte de faire la conversation à des hommes plus bizarres les uns que les autres ? Et qui n'avaient de cesse de me tripoter...

Garrett réussit à me voler une danse, ce qui fut un soulagement. Je dansais depuis une bonne heure, car les cavaliers ne cessaient de se succéder. Il me complimenta, mais pas à la façon étrangement perverse des autres.

De temps à autre, j'apercevais Elora qui tournoyait sur la piste, ou bien Willa, qui me lançait un sourire pendant qu'elle dansait dans les bras de quelque beau jeune homme. Je trouvais injuste qu'elle puisse choisir ses cavaliers, alors que j'étais obligée de satisfaire tous les étrangers qui se présentaient.

— Vous êtes sans aucun doute la plus ravissante princesse que nous ayons jamais eue, me dit le chancelier, dont le tour était venu.

Il était tout rouge et essoufflé, et je fus tentée de lui suggérer de s'asseoir pour se reposer un peu, mais Elora n'aurait sûrement pas approuvé. Il me serrait contre lui bien plus que nécessaire, sa main posée dans mon dos tel un énorme jambon. Comme je n'aurais pas pu me dégager sans provoquer un incident, je m'efforçai de sourire.

— Cela m'étonnerait, objectai-je.

Il transpirait tellement qu'il avait sûrement taché ma robe. Le magnifique tissu blanc et argenté serait jaune, après ce traitement.

— Non, je vous assure.

Ses yeux étaient grands ouverts d'un plaisir dont je préférais ne pas connaître l'origine, et je regrettai que personne ne vienne nous interrompre. Nous venions de commencer à danser, et je n'en pouvais déjà plus.

— En vérité, jamais je n'ai vu femme aussi jolie.

— Cela m'étonnerait encore plus, rétorquai-je en cherchant Willa du regard dans l'espoir de la lui mettre dans les bras.

— Je sais que vos prétendants vont bientôt se manifester, et je voudrais que vous sachiez que j'ai beaucoup d'atouts, poursuivit le chancelier. Je suis très riche, j'occupe une position stable, et ma lignée est d'une pureté exemplaire. Votre mère approuverait certainement un tel arrangement.

— Il n'est pas encore question d'arrangement…, me défendis-je.

Je tournai la tête et étirai mon cou en sachant pertinemment que, si Elora me voyait, elle m'accuserait d'avoir été impolie. Toutefois, je ne savais pas comment réagir autrement. Ce type répugnant venait de me faire une proposition dégueulasse. Je devais à tout prix me sortir de ce pétrin.

— Il paraît que je suis un excellent amant, murmura-t-il. J'imagine que vous n'avez pas beaucoup d'expérience, mais je suis tout à fait disposé à m'occuper de votre apprentissage.

L'air affamé, il baissa les yeux, regardant fixement autre chose que mon visage. J'avais une terrible envie de le repousser. Intérieurement, je hurlais mon dégoût.

— Puis-je vous interrompre ?

Tove apparut à côté de moi, au grand désarroi du chancelier. Sans laisser à celui-ci le temps de réagir, Tove attrapa l'homme par l'épaule, se saisit de ma main et m'arracha à son étreinte.

— Merci.

Je lâchai un soupir d'aise comme nous nous éloignions en tournoyant d'un chancelier déçu.

— Je t'ai entendue appeler à l'aide, expliqua Tove en souriant. On dirait que tu utilises ta persuasion plus que tu ne le penses.

J'avais crié mon désespoir en esprit, sans prononcer le moindre mot.

— Tu m'as entendue ? m'écriai-je, stupéfaite et soudain toute pâle. Qui d'autre m'a entendue ?

— Probablement personne. Ne t'en fais pas, personne ne perçoit plus rien, de nos jours. Le chancelier aurait pu remarquer quelque chose s'il n'avait été si occupé à admirer ton décolleté ou si tu avais lancé ton appel plus fort. Tu attraperas bientôt le coup.

— Attraper le coup ne m'intéresse pas. Je voulais simplement me débarrasser de lui, murmurai-je. Je suis désolée si je suis mouillée ; le chancelier ruisselait de sueur.

— Non, ça va, me rassura-t-il.

Comme nous dansions à une distance respectable et réglementaire l'un de l'autre, il ne pouvait sans doute pas sentir si ma robe était ou non trempée. Sa compagnie avait quelque chose de relaxant. Je n'étais pas obligée de parler, et je ne craignais pas d'être pelotée ni reluquée. Tove me regardait à peine et ne parlait pas, mais ce silence m'était agréable.

Elora finit par interrompre les festivités. Le baptême aurait lieu dans une vingtaine de minutes ; apparemment, ma mère avait remarqué que j'avais besoin de me reposer après toutes ces valses. La piste se vida, tandis que les convives prenaient place autour des tables ou se pressaient devant les rafraîchissements.

J'aurais dû m'asseoir pendant que j'en avais l'occasion, mais j'avais désespérément besoin de respirer, aussi me cachai-je dans un coin, derrière un empilement de chaises, et m'adossai-je contre le mur.

— Pourquoi tu te caches ? me taquina Rhys en me débusquant. Tu fuis quelqu'un ?

Vêtu d'un smoking plutôt voyant, très beau, souriant, il me rejoignit d'un pas nonchalant.

— De tout le monde. Tu es très élégant.

— C'est drôle, j'allais te dire la même chose. (Il s'arrêta devant moi, les mains dans les poches, le sourire encore plus large.) Enfin, « élégante » est un faible mot pour te décrire. Tu es... Ta beauté n'appartient pas à notre monde ! Il n'y a pas de comparaison avec ce qui nous entoure.

— C'est la robe, rétorquai-je en baissant la tête et en m'efforçant de ne pas m'empourprer. Ce Fredric est vraiment très doué.

— La robe est sympa, mais, crois-moi, c'est toi qui la mets en valeur.

Avec douceur, il remit en place une de mes mèches rebelles. Sa main s'attarda quelques secondes sur mon visage, tandis qu'il me regardait dans les yeux.

— Alors, tu t'amuses ?

— Je m'éclate, répondis-je, sarcastique. Et toi ?

— Je ne peux pas danser avec la princesse, alors je suis un peu amer, regretta-t-il avec un sourire triste.

— Pourquoi ?

J'aurais adoré danser avec lui. Ç'aurait été un agréable moment de détente après tout ce que j'avais supporté.

— Mänks, dit-il simplement en se désignant du pouce. Je m'estime déjà heureux qu'on m'ait laissé entrer.

— Oh..., fis-je en baissant de nouveau les yeux. Je ne veux pas être malpolie – d'autant que je suis heureuse de te voir –, mais qu'est-ce que tu fais ici ? Comment se fait-il que tu n'aies pas été banni ou un autre truc ridicule de ce genre ?

— Comment, tu n'es pas au courant ? s'étonna-t-il avec un sourire en coin. Je suis le mänks le plus important de la communauté.

— Ah oui ! et pourquoi ?

Comment savoir s'il se moquait de moi ? Je penchai la tête sur le côté et le regardai redevenir sérieux.

— Parce que je suis le tien, je suis à toi…

On l'avait invité parce qu'il était mon mänsklig, mon opposé. Sauf que ce n'était pas ce qu'il avait voulu dire. Quelque chose, dans son regard, me fit rougir pour de bon. J'eus un sourire triste.

Un des assistants d'Elora arriva soudain, ruinant ce qui subsistait de ce moment pour me demander de rejoindre la reine à table. Le baptême allait commencer. Une boule se forma dans ma gorge. On ne m'avait pas révélé mon nouveau prénom, et l'idée d'en changer me rendait malade.

— Le devoir m'appelle, m'excusai-je en m'éloignant.

— Eh ! (Il me prit par la main, m'obligeant à le regarder.) Tu vas être super. Tout le monde t'admire, s'extasie.

— Merci, répondis-je en serrant sa main avec gratitude.

Un craquement résonna dans toute la pièce, suivi par un tintement que je ne parvins pas à identifier. Le bruit provenait de partout à la fois : impossible d'en déterminer la source. Soudain, des débris scintillants se mirent à pleuvoir comme la verrière explosait.

22

La chute

Rhys comprit ce qui se passait avant moi et, me tenant toujours par la main, il me tira derrière lui. Nous étions à l'abri de l'averse de morceaux de verre dans notre coin, ce qui, à en croire les cris d'agonie des invités, n'était pas le cas de tout le monde.

Des gens tombaient du plafond pour se poser sur la piste avec une grâce étonnante. Le sol était jonché de morceaux de verre et taché de sang. Je me rappelai leur uniforme avant de les reconnaître. Ils portaient tous le même long trench noir, telle une équipe de superhéros.

Le mot enfla dans la salle sans que personne ne le prononce à haute voix : les Vittras.

Les Vittras s'étaient invités au bal en passant par le plafond. Les gardes trylles les encerclèrent aussitôt. Au centre, je reconnus Jen, le pisteur qui avait tellement aimé me frapper. Les yeux plissés, il scrutait la salle.

La voix d'Elora tonna, résonnant par-dessus le vacarme :

— Vous n'avez pas été invités ! Partez, s'il vous plaît !

— Vous savez ce que nous voulons, et nous ne partirons pas avant de l'avoir eu.

Kyra, la complice de Jen, fit un pas en avant. Elle ne portait pas de chaussures et piétinait les morceaux de verre sans s'en rendre compte.

— Elle doit être là. Où la cachez-vous ?

Jen tourna la tête, et son regard noir rencontra le mien par-dessus l'épaule de Rhys. Il eut un sourire vicieux en nous voyant, et nous comprîmes que nous étions dans le pétrin. Rhys me poussa vers la porte, mais Jen se lança aussitôt à notre poursuite. Démarrant les hostilités, les Vittras bousculèrent les gardes et d'autres Trylles.

Elora fixa sur Kyra un regard assassin, et la jeune femme s'écroula en se tortillant de douleur. Comme personne ne l'avait touchée, je conclus que l'agonie de Kyra avait quelque chose à voir avec les aptitudes de ma mère.

Je vis Tove, penché au-dessus de la table à laquelle il était installé, user de ses pouvoirs pour faire voler les Vittras en tous sens sans les toucher. Les gens criaient, la confusion était totale. Un vent violent parcourut la salle ; peut-être Willa essayait-elle d'aider ?

Soudain, Jen se retrouva en face de nous, masquant complètement le chaos de la salle de bal. Rhys fit barrage de son corps pour me défendre, mais Jen lui assena un coup de poing, l'envoyant au tapis.

— Rhys !

Je lui tendis la main, mais il ne réagit pas. Je voulus m'assurer qu'il n'était pas mort, mais Jen m'attrapa par la taille et me souleva.

— C'est lui qui te protège, maintenant ? s'amusa-t-il. On a fait peur à Finn, c'est ça ?

— Laissez-moi ! m'écriai-je en lui donnant des coups de pied et en tentant d'écarter son bras.

Soudain, nous tombâmes tous les deux en arrière, comme si quelqu'un l'avait bousculé. Jen heurta le mur et desserra suffisamment son étreinte pour que je puisse m'éloigner de lui à quatre pattes.

Hébétée, je me relevai tant bien que mal et essayai de comprendre ce qui s'était passé. Debout derrière une table jonchée de débris de verre, Tove avait le bras tendu vers Jen, paume ouverte.

Je lui souris, mais mon sourire s'évanouit dès que j'embrassai la salle du regard. Les Vittras avaient clairement repris le dessus. Les Trylles étaient plus nombreux, mais la plupart ne combattaient pas. Les pisteurs cognaient et repoussaient les assaillants, alors que les nobles se cachaient comme des lâches.

À l'autre bout de la salle, un des invités trylles avait ouvert le feu, tandis que le vent produit par Willa balayait la salle. Garrett n'avait pas d'aptitudes particulières, mais il se battait à mains nues contre les Vittras, qui étaient pourtant bien plus costauds que lui.

En dehors de Tove, Willa et Elora, aucun Trylle ne semblait posséder de vraies aptitudes – en tout cas, ils ne les utilisaient pas. La salle était un véritable pandémonium, et les choses étaient sur le point de s'aggraver, car de nouveaux Vittras descendaient du toit.

— Voilà pourquoi tu dois travailler ta persuasion, me dit Tove en me lançant un regard neutre.

Un Vittra arriva derrière lui.

— Attention !

Tove se retourna et tendit le bras, projetant le Vittra dans les airs et le faisant glisser sur le sol. Je jetai un coup d'œil circulaire à la recherche d'une arme quelconque, mais Jen m'attrapa de nouveau par la taille. Je hurlai et me défendis comme je pouvais. Son bras était comme un bloc de granit autour de moi.

M'entendant crier, Tove voulut intervenir, mais comme deux autres Vittras arrivaient vers lui il n'eut le temps que de pousser brièvement Jen contre le mur. Nous heurtâmes celui-ci encore plus fort et douloureusement que la première fois, mais au moins Jen me lâcha-t-il.

L'impact me laissa toute chancelante. Je clignai des yeux pour me réveiller. Quelqu'un me prit par la main, m'aidant à me relever. Dans le doute, j'acceptai cette aide non identifiée.

— Fais un peu plus attention, Tove !

— Je voulais simplement la libérer ! rétorqua celui-ci en faisant voler un autre assaillant sur une table, de l'autre côté de la salle. Et puis je suis un peu débordé !

Je tournai la tête pour voir qui m'avait aidé. Mes poumons se vidèrent de leur air. Vêtu d'un sweat-shirt et d'un blouson noirs, Finn embrassait du regard le chaos ambiant. Il était tout près de moi, me tenait par la main, et je ne pouvais plus ni bouger ni réfléchir.

— Finn ! m'écriai-je enfin.

Alors il me regarda, le soulagement le disputant à la panique dans ses yeux noirs.

— Quel bordel ! gronda Tove.

Entre le fils Kroner d'un côté, et Finn et moi de l'autre, il y avait une table renversée. Usant de son pouvoir, Tove l'envoya dans le Vittra qui attaquait le chancelier, avant de se précipiter vers nous. Comme tous les Vittras étaient occupés, il avait le temps de souffler un peu.

— C'est pire que ce que je croyais, remarqua Finn, les lèvres retroussées.

— Nous devons protéger la princesse, dit Tove.

Je serrai la main de Finn en voyant Jen commencer à se relever. Heureusement, Tove le plaqua aussitôt contre le mur.

—Je vais la faire sortir d'ici, lança Finn. Tu crois que tu peux te débrouiller tout seul ?

—Je n'ai pas le choix.

Soudain, Willa se mit à hurler, quelque part à l'autre bout de la salle. Son cri me terrifia d'autant plus que je ne la voyais pas.

—Willa !

Je voulus la retrouver pour l'aider, mais Finn m'en empêcha en m'entourant de ses bras.

—Barrez-vous d'ici ! ordonna Tove en cherchant à localiser Willa.

Finn m'entraîna vers la sortie, tandis que je m'efforçais de voir ce qui se passait. Tove avait disparu ; quant à Elora et Willa, elles demeuraient invisibles. Comme Finn me poussait dehors, je heurtai la jambe de Rhys et me rappelai qu'il était étendu, inconscient et ensanglanté, sur le sol. Je tentai de me dégager de l'étreinte de Finn pour aller le voir.

—Ne t'inquiète pas pour lui, ils ne lui feront rien ! affirma Finn. (Il me tenait toujours par la taille, et il était beaucoup plus fort que moi.) Tu dois sortir d'ici tout de suite !

—Mais… Rhys ?! suppliai-je.

—Rhys aussi veut que tu sois en sécurité ! insista-t-il en parvenant enfin à me faire quitter les lieux.

Je détachai mon regard du blessé et découvris avec stupéfaction le chaos dans lequel était plongée la salle. Les lustres s'étaient décrochés, s'écrasant au sol, et seuls quelques objets enflammés éclairaient encore la scène de bataille. Les gens criaient, hurlaient, les éclats de voix se réverbérant sur les murs.

—Le tableau, murmurai-je.

Mon esprit m'avait ramenée à la toile découverte dans la réserve secrète d'Elora. On y était. Ces événements étaient en train de se produire. Et je n'y pouvais rien. De toute façon, je n'avais compris la signification du tableau que bien trop tard.

— Wendy ! cria Finn pour me faire réagir.

Il lâcha ma taille et me prit la main, me tirant hors de la salle. Je soulevai ma robe pour ne pas marcher dessus comme nous courions dans le couloir. Le vacarme de la bataille résonnait toujours dans mes oreilles, et je n'avais pas la moindre idée de notre destination.

Je n'avais ni le temps de lui demander où nous allions ni celui de me réjouir de son retour. Au moins, si je devais mourir ce soir, j'aurais eu la satisfaction de passer les dernières minutes de ma vie avec lui.

Nous bifurquâmes vers le hall, et Finn s'arrêta net. Trois Vittras venaient d'entrer par la porte principale, mais ils ne nous avaient pas vus. Finn changea de direction, traversant furtivement le hall pour m'entraîner dans un salon.

Il ferma doucement la porte derrière nous. Le clair de lune se déversait par la baie vitrée, mais la pièce était plongée dans la pénombre. Nous nous cachâmes dans un coin, derrière une bibliothèque. Finn m'attira contre lui, me protégeant de son corps.

Nous entendions les Vittras, dehors. Je retins mon souffle et collai mon visage contre son torse en priant pour qu'ils ne viennent pas nous chercher ici.

Bientôt, les bruits de pas s'estompèrent. Finn ne desserra pas pour autant son étreinte, mais j'entendis son rythme cardiaque ralentir. Malgré la panique et la peur, je devins consciente du fait qu'il me tenait dans ses bras. Je levai les yeux vers son visage aux traits à peine visibles.

— J'ai déjà vu cette scène, chuchotai-je en le regardant. Ce qui est arrivé dans la salle de bal. Elora l'a peint. Elle savait ce qui allait se passer !

— Chut…, fit-il doucement.

— Pourquoi n'a-t-elle pas tout arrêté ? insistai-je à voix basse.

— Elle ne savait pas quand ni comment ça allait se produire, expliqua Finn. Tout ce qu'elle pouvait faire, c'était tenter d'améliorer ta sécurité.

— Dans ce cas, pourquoi es-tu parti ?

— Wendy… (Il écarta une mèche de cheveux de mon visage et me caressa la joue.) Je ne suis jamais vraiment parti. J'étais en contrebas, sur la colline, et je continuais à te pister. J'ai su ce qui arrivait en même temps que toi, et je suis venu aussi vite que j'ai pu.

— On va s'en sortir ?

— Je ne permettrai pas qu'il t'arrive quoi que ce soit. Je te le jure.

Je scrutai son visage, cherchant son regard dans la pénombre. J'aurais voulu rester dans ses bras pour toujours.

La porte s'entrouvrit, et Finn se raidit. Il me poussa contre le mur et m'entoura de ses bras pour me cacher. Je retins mon souffle et tentai de calmer les battements de mon cœur. Pendant une seconde, je n'entendis plus rien, puis la lumière s'alluma.

— Mais, ma parole, la cigogne prodigue est revenue, se moqua Jen.

— Vous ne l'aurez pas, dit fermement Finn en se retournant.

Par-dessus son épaule, je vis Jen décrire un lent demi-cercle dans notre direction. Il se comportait d'une manière étrangement familière, comme une bête que j'avais vue sur Animal Planet. Il tournait autour de sa proie, compris-je.

— Peut-être bien, concéda Jen. En tout cas, ce sera plus facile quand je me serai débarrassé de toi. Et si je ne suis pas en mesure de le faire, quelqu'un d'autre finira le travail à ma place. Nous ne renoncerons jamais.

— Et nous ne cesserons jamais de la protéger.

— Tu serais prêt à mourir pour elle ? s'enquit Jen, le sourcil haussé.

— Et toi, es-tu prêt à mourir pour la capturer ? rétorqua Finn d'un ton neutre.

Tove avait dit que ma protection était une priorité absolue. Je ne pensais pas compter à ce point pour lui. Était-ce uniquement parce que j'étais la princesse ? Elora avait-elle subi des attaques similaires lorsqu'elle était arrivée à Förening ?

J'agrippai le blouson de Finn, tandis qu'ils se défiaient du regard. Je ne comprenais pas ce que j'avais de si spécial pour que tant de Vittras soient prêts à tuer pour me capturer. Pour que tant de Trylles soient prêts à mourir pour me protéger.

— Aucun d'entre vous n'a besoin de mourir, intervins-je. (Je tentai de contourner Finn, mais il ne me laissa pas passer.) Je vais y aller, d'accord. Je refuse qu'il y ait d'autres blessés.

— Tu devrais écouter la fille, suggéra Jen en haussant plusieurs fois les sourcils.

— Pas cette fois.

— Comme tu voudras.

Apparemment fatigué de discuter, Jen plongea sur Finn, l'arrachant à mes bras. Je hurlai son nom. Ils se jetèrent sur la baie vitrée, la faisant voler en éclats, et atterrirent sur le balcon. Je bondis à leur suite et, pieds nus, sautai sur les dalles tapissées de débris de verre.

Jen donna à Finn quelques coups bien placés, mais ce dernier était plus rapide et, semblait-il, plus fort. Quand il frappa Jen, celui-ci tituba, faisant plusieurs pas en arrière.

— Je vois que tu t'es entraîné, lança le Vittra en essuyant un filet de sang sur son menton.

— Si tu abandonnais maintenant, tu ne baisserais pas dans mon estime.

— Bien essayé.

Jen donna un coup de pied dans le ventre de Finn, qui encaissa le choc.

J'attrapai un grand morceau de verre sur le balcon et les contournai, cherchant une ouverture pour attaquer. Ce faisant, je m'entaillai le doigt, mais ne sentis rien. Jen réussit à envoyer Finn au sol, lui sauta dessus et le frappa au visage. J'arrivai derrière lui et, de toutes mes forces, je lui abattis l'éclat de verre dans le dos.

— Ah ! cria Jen d'agacement plus que de douleur.

Je me redressai, tout essoufflée. Je ne m'étais pas attendue à cette réaction et ne savais plus quoi faire.

Jen pivota sur lui-même et me frappa si fort au visage qu'il me fit voler à l'autre bout du balcon. Pendant une fraction de seconde, comme ma tête pendait dans le vide, j'avisai le sol, loin en contrebas. Je me relevai tant bien que mal et agrippai le garde-corps.

Finn s'était relevé lui aussi et, à son tour, avait envoyé Jen au tapis. Les dents serrées, grognant comme un animal, il le frappait de toutes ses forces à coups de pied.

— Ne. La. Touche. Plus. Jamais. Jamais !

Soudain, Jen réussit à lui attraper le pied et à le faire tomber. J'entendis la tête de Finn heurter bruyamment le béton épais. Il ne perdit pas connaissance, mais fut sonné pendant suffisamment longtemps pour que Jen lui saute dessus, l'attrape par la gorge et le soulève du sol.

Je lui sautai sur le dos, ce qui n'était pas une aussi bonne idée que prévu, Jen ayant un éclat de verre géant planté dans l'échine. Le morceau transperça ma robe et me coupa le flanc sans toutefois m'empaler. C'était douloureux, je saignais beaucoup, mais cette blessure ne pouvait pas me tuer.

— Lâche-moi ! gronda Jen en m'envoyant un grand coup de coude dans l'estomac, me projetant à terre.

Je retombai sur mes pieds, tandis que Jen pressait Finn contre le garde-corps. La moitié supérieure du corps de Finn pendait dans le vide ; dès que Jen le lâcherait, il ferait une chute mortelle de plusieurs dizaines de mètres.

Pendant quelques secondes, je fus incapable de respirer. Je ne pensais plus qu'au tableau. Les morceaux de verre scintillant dans le clair de lune. Ma magnifique robe, d'un blanc éclatant à la lueur de l'astre de la nuit, avec une entaille ensanglantée sur le côté. Les ténèbres infinies qui s'étiraient au-delà du balcon. Mon air horrifié, ma main tendue.

— Arrêtez ! suppliai-je, les joues ruisselantes de larmes. J'accepte de partir avec vous ! Je vous en prie ! Laissez-le ! S'il vous plaît !

Jen éclata de rire.

— Tu m'accompagnes de toute façon, princesse ! Désolé !

— Pas tant que je serai en vie..., parvint à articuler Finn, alors que l'autre le tenait par la gorge.

Puis Finn releva violemment son genou et le planta dans l'entrejambe de Jen, qui gémit, mais ne relâcha pas son étreinte. La jambe toujours relevée, Finn se pencha en arrière. Jen comprit ce qu'il était en train de faire, mais il était trop tard, car Finn l'avait agrippé par le blouson.

L'équilibre était rompu. Presque au ralenti, Finn bascula par-dessus le garde-corps, entraînant Jen dans sa chute.

— Non ! hurlai-je en plongeant, le bras tendu.

Je tombai sur le ventre, glissai sur le balcon, la main se refermant sur du vide.

23

Conséquences

J'eus à peine le temps d'atteindre le garde-corps que Finn réapparut, flottant et toussant devant moi. Je n'en croyais pas mes yeux ; j'étais choquée, incrédule. Il s'éleva au-dessus de moi et retomba lourdement sur le balcon.

Allongé sur le dos, il toussa de plus belle. Je courus le rejoindre et m'agenouillai à côté de lui. Je lui effleurai le visage pour m'assurer de sa réalité et sentis sa peau douce et chaude sous mes doigts.

— Le pari était osé, dit Tove, dans mon dos.

Je me retournai et le découvris, vêtu d'une chemise blanche légèrement brûlée et ensanglantée. Son blazer avait disparu. En dehors de cela, il ne paraissait pas si mal en point. Il s'avança vers nous.

— Nan, protesta Finn. Tu arrives toujours à temps.

Je compris alors que, lorsque Finn avait basculé dans le vide, Tove avait utilisé son pouvoir pour le rattraper et le déposer sur le balcon.

Je regardai de nouveau Finn, incapable de croire qu'il était en vie et de retour avec moi. J'avais la main posée sur son torse, et je sentais son cœur battre dans sa cage thoracique. Il prit ma main dans la sienne et la serra doucement, cherchant Tove du regard.

— Où en est-on à l'intérieur ? demanda-t-il en désignant la maison du menton.

— Ils battent en retraite, répondit Tove, qui se tenait au-dessus de nous. Aurora s'occupe des nombreux blessés. Mon père a quelques côtes cassées, mais il survivra. Malheureusement, tout le monde n'a pas eu cette chance.

— Nos pertes sont importantes ? s'enquit Finn, l'air sombre.

— Je ne sais pas encore. En tout cas, certains n'ont pas survécu, ajouta Tove avec une grimace. Nous n'en serions pas là si les Markis et Marksinnas avaient appris à se battre. Ils s'en remettent complètement aux pisteurs, mais si la noblesse acceptait de se salir un peu les mains nous pourrions… (Il secoua la tête.) Nous aurions pu éviter ce massacre.

Finn pinça les lèvres et se tourna vers moi.

— Que s'est-il passé ? Tu vas bien ?

Sa main se porta à mon flanc, où mon sang avait imbibé la robe. Je grimaçai de douleur et hochai la tête.

— Ce n'est rien. Ça ira.

— Ma mère y jettera un coup d'œil, intervint Tove. Elle vous soignera tous les deux.

Puis il reprit, voyant que je ne comprenais pas :

— Aurora est guérisseuse. Elle te soignera en te touchant. C'est son aptitude.

— Venez, lança Finn en se forçant à me sourire et en s'asseyant lentement.

Il essayait de ne rien laisser paraître, mais il avait encaissé beaucoup de coups, et ses mouvements étaient hésitants. Tove nous aida tous les deux à nous relever.

Je passai un bras autour du torse de Finn, et il s'appuya à contrecœur sur mon épaule. Avec circonspection, nous marchâmes sur les débris de verre et retournâmes dans la maison, tandis que Tove nous racontait les détails de l'attaque.

En dehors des pisteurs chargés de la sécurité de la soirée, la plupart des Trylles, tout comme moi, étaient restés passifs. Les Vittras n'avaient peut-être pas beaucoup d'aptitudes, mais ils se battaient bien mieux que les nôtres.

Heureusement, quelques-uns d'entre nous, dont Tove et Elora, étaient assez forts et malins pour contre-attaquer. Ce qui leur manquait en qualités physiques, ils le rattrapaient en aptitudes extrêmement puissantes. Tove nous fit remarquer que si tous les Trylles avaient résisté – y compris ceux qui avaient de faibles aptitudes –, ne serait-ce que s'ils s'étaient battus avec les poings, les Vittras n'auraient eu aucune chance. Nous aurions dû gagner cette bataille sans déplorer aucune perte ni blessures graves.

La noblesse trylle était devenue si suffisante qu'elle estimait qu'assurer sa propre protection n'était pas une tâche digne d'elle. Elle se croyait tellement supérieure qu'elle en avait oublié la nécessité de s'occuper d'elle-même, et qu'elle avait confié tout ce qu'elle jugeait ingrat aux pisteurs et aux mänks.

La salle de bal était dans un état indescriptible. On avait allumé des lanternes le long des murs, aussi y voyait-on plus clair que lorsque nous l'avions quittée quelques minutes plus tôt.

Willa vint à notre rencontre en courant et me serra dans ses bras. Je lui rendis son étreinte, incroyablement soulagée qu'elle soit en vie. Exception faite de quelques égratignures et meurtrissures, elle paraissait en forme.

Avec enthousiasme, elle me raconta aussitôt comment, grâce à ses rafales, elle avait projeté plusieurs Vittras dehors par la verrière cassée. Je lui dis que j'étais très fière d'elle. J'aurais voulu l'écouter davantage, mais j'avais du mal à faire abstraction du chaos qui nous entourait.

Lorsque Elora nous vit, elle appela Aurora, qui était occupée à soigner une hémorragie. Je remarquai avec une certaine satisfaction que le chancelier avait une vilaine balafre au front. Avec un peu de chance, Aurora n'aurait pas le temps de s'occuper de lui.

Elora, quant à elle, ne semblait pas avoir beaucoup souffert. Si je n'avais pas été présente au moment de l'assaut, je n'aurais pas pu deviner qu'elle avait pris part à la bataille. Aurora, au contraire, bien que toujours aussi belle et hautaine, était en plus mauvais état. Ses cheveux étaient en désordre, sa robe était déchirée, ses bras et ses mains couverts de sang – dont la majeure partie n'était sans doute pas le sien.

— Princesse. (Elora paraissait sincèrement soulagée lorsqu'elle nous rejoignit en traversant avec précaution un carrelage jonché de débris de tables et de cadavres de Vittras.) Je suis heureuse de constater que tu n'as rien. J'étais très inquiète.

— Ouais, ça va.

Elle me toucha la joue sans aucune affection, comme si j'étais un animal au caractère inoffensif discutable.

— Je ne sais pas ce que j'aurais fait s'il t'était arrivé quelque chose. (Elle me sourit d'un air absent et retira sa main en se tournant vers Finn.) Je suppose que je dois te remercier d'avoir sauvé ma fille.

— Inutile, répondit Finn plutôt poliment.

Elora le regarda fixement pendant quelques secondes, lui parlant sans doute en esprit. Puis elle s'en fut, appelée par des sujets bien plus importants que sa fille.

Très loin de la froideur de ma mère, Aurora serra chaleureusement les bras de Tove. Elle aussi ressemblait à une reine des glaces, mais au moins était-elle capable de se réjouir que son fils ait survécu.

Ce moment vite passé, elle vint me voir. Elle élargit l'entaille dans ma robe de façon à pouvoir plaquer la main sur ma blessure. Cela fit mal et je serrai les dents. Finn me prit par les épaules, tandis que des picotements brûlants me parcouraient le flanc. Quelques instants plus tard, la douleur s'évanouit.

— Voilà, comme neuve, dit Aurora en souriant d'un air las.

Elle semblait avoir vieilli durant le processus, et je me demandai si elle se sacrifiait pour soigner les autres. Alors qu'elle s'éloignait pour aller s'occuper d'autres blessés, Finn s'appuya sur moi pour ne pas tomber.

— Et Finn ? m'écriai-je.

Elle me lança un regard étonné par-dessus son épaule. Apparemment, j'avais posé une question incongrue, et elle ne savait pas comment réagir.

— Non, non, ça va, protesta Finn.

— Tu parles, dit Tove en lui donnant une tape dans le dos et en faisant un signe de tête à sa mère. Finn nous a sauvé la mise. Il mérite un peu d'aide. Aurora, tu veux bien t'occuper de lui ?

Elle lança un regard incertain à son fils, puis hocha la tête et revint près de Finn.

— Bien sûr.

Elle le scruta à la recherche de blessures, essayant de déterminer ce dont il avait besoin. Je détournai les yeux et vis Rhys assis sur le bord d'une table. Il pressait un mouchoir ensanglanté contre son front, le regard rivé sur le sol.

— Rhys !

Il releva la tête et me sourit.

— Va le voir, me suggéra Finn. (Il grimaça comme Aurora appuyait sur son flanc.) Elle s'occupe de moi.

— Je me charge de lui, intervint Tove en prenant le bras de Finn pour me libérer.

D'un mouvement de tête, Finn me fit signe d'y aller. Manifestement, le traitement prodigué par Aurora le faisait souffrir, et il se donnait du mal pour le cacher.

Je n'avais pas envie de laisser Finn, mais il était normal que je consacre un peu de temps à quelqu'un qui avait essayé de me sauver la vie. Sans compter que Rhys avait été le seul, durant toute la soirée, à me dire que j'étais belle, et ce sans prendre un air vicieux.

— Tu es en vie ! lança-t-il. (Il voulut se lever, mais je lui fis signe de rester assis.) Je me demandais ce qui t'était arrivé. (Il avisa Finn, derrière moi, et son expression vacilla.) J'ignorais que Finn était revenu. Si j'avais su, je ne me serais pas inquiété.

— Je m'inquiétai pour toi, moi aussi, répondis-je en touchant doucement son front. Tu as sacrément morflé, tout à l'heure.

— Ouais, et je n'ai pas pu lui rendre la monnaie de sa pièce, grommela-t-il, tête baissée. Je n'ai pas pu l'empêcher de t'emmener.

— Mais si, insistai-je. Si tu n'avais pas été là, ils m'auraient enlevée bien avant, et personne n'aurait pu intervenir. Tu m'as sauvée, en quelque sorte.

— Ah ! ouais ? demanda-t-il, les yeux pleins d'espoir.

— Bien sûr, le rassurai-je en lui souriant.

— Dans le temps, tu sais, quand un gars sauvait une princesse, eh bien, la princesse le remerciait d'un baiser.

Il souriait, mais il était sérieux. Si Finn n'avait pas été là, à quelques mètres de nous, à nous regarder, je l'aurais sans doute embrassé. Mais j'étais tellement heureuse qu'il soit revenu que je ne voulais pas gâcher ce moment, alors je me contentai de secouer la tête en souriant.

— Peut-être quand j'aurai tué un dragon… ?

— Promis. Une accolade amicale te conviendrait-elle ?

— C'est mieux que rien.

Je le serrai dans mes bras, ce dont sembla s'offusquer une femme assise à proximité. Rhys n'était qu'un mänks… Les choses changeraient radicalement quand je deviendrais reine.

Après que Aurora eut fini de soigner Finn, elle nous suggéra à tous les deux de prendre un peu de repos. La salle de bal était un véritable champ de bataille, mais Tove insista pour que sa mère et lui s'occupent de tout. Je voulus protester, participer, mais j'étais épuisée et ne le contredis pas.

En utilisant ses aptitudes durant la bataille, Tove était parvenu à se concentrer. À présent, il dirigeait les opérations, charismatique. J'avais l'impression de voir le véritable Tove pour la première fois et non plus le gamin emprisonné derrière le bruit de ses pouvoirs.

D'une certaine manière, nous œuvrions de façon opposée. Je projetais intensément, ce qui expliquait la force de ma persuasion, alors que Tove recevait tout. Il était capable de capter mes émotions et mes pensées que je le veuille ou non. En toute logique, il percevait également les sentiments des autres, si bien que son esprit devait être totalement embrumé, saturé.

Finn décida de m'accompagner jusqu'à ma chambre, par sécurité. Nous n'avions pas encore atteint l'escalier que ma main était déjà dans la sienne. Je gardai le silence pendant presque tout le trajet mais, à l'approche de ma chambre, je ressentis le besoin de dire quelque chose.

— Euh… Tove et toi êtes copains ou quoi ?

Je le taquinais, mais j'étais véritablement curieuse. Jusque-là, je ne les avais jamais vus s'adresser la parole, et pourtant ils semblaient bien se connaître.

— Je suis pisteur, répondit-il. J'ai pisté Tove. C'est un bon garçon. (Il me regarda longuement et sourit un peu.) Je lui avais demandé de veiller sur toi.

— Si tu t'inquiétais tant pour moi, pourquoi es-tu parti ? contrai-je un peu trop sèchement.

Finn secoua la tête.

— Nous reparlerons de ça plus tard.

Nous étions arrivés devant ma chambre. Je reconnus un éclat joueur dans ses yeux noirs.

— De quoi devrions-nous parler, alors ? poursuivis-je.

— Par exemple du fait que tu es superbe dans cette robe, expliqua Finn en me détaillant de la tête aux pieds, les mains posées sur mes hanches.

Cela me fit rire. Soudain, il me poussa contre la porte. Son corps était si proche du mien que j'avais du mal à respirer. Sa bouche cherchait la mienne. Il m'embrassa de la même manière passionnée que la première fois, et j'adorai cela.

Je l'entourai de mes bras et lui rendis son étreinte. Il glissa une main derrière moi et ouvrit la porte. Nous titubâmes dans ma chambre. Il me rattrapa avant que je tombe, me souleva et me porta jusqu'à mon lit.

Doucement, il me posa sur les couvertures et se coucha sur moi. Sa barbe naissante me picota le cou et les épaules tandis qu'il me couvrait de baisers.

Il se redressa pour retirer sa veste et son sweat-shirt. Je m'attendais à ce qu'il retire aussi son tee-shirt, mais il se figea. Ses cheveux noirs étaient légèrement ébouriffés, et son expression complètement étrangère. Les yeux rivés sur moi, il me mettait mal à l'aise.

— Quoi ?

— Tu es tellement parfaite, souffla-t-il avec une détresse inexplicable.

— Ne dis pas ça, protestai-je en riant et en m'empourprant. Tu sais que ce n'est pas vrai.

— Tu ne vois pas ce que je vois.

Il se pencha de nouveau vers moi, arrêtant son visage juste au-dessus du mien. Après une minute d'hésitation, il m'embrassa très tendrement sur le front, les joues, les lèvres.

— Je ne veux pas te déranger, ajouta-t-il.

— Me déranger ? Comment ?

— Mmh… (Il se redressa, un léger sourire aux lèvres.) Tu devrais te mettre en pyjama ; cette robe n'est pas très confortable.

— Mon pyjama ? Pourquoi ? demandai-je, nerveuse, d'une voix que j'espérai rauque et câline.

Je m'assis. En entrant avec lui dans ma chambre, je ne pensais sûrement pas avoir besoin de me mettre en pyjama.

— Je vais rester avec toi ce soir, me rassura-t-il. Comme ça, tu pourras dormir en paix, mais c'est tout.

— Pourquoi ?

— Je suis là, c'est déjà pas mal, non ? me gronda-t-il en me regardant fixement.

Je hochai la tête et descendis du lit avec précaution. Je lui tournai le dos pour qu'il m'aide à retirer ma robe et profitai du contact de ses mains sur ma peau. Je ne comprenais pas vraiment ce qui était en train de se passer mais, du moment que j'étais avec lui, j'étais satisfaite.

Une fois mon pyjama enfilé, je retournai dans le lit. Il resta assis sur le bord pendant quelque temps puis, presque à contrecœur, s'allongea à côté de moi. Je me blottis dans ses bras, collai ma tête contre son torse. Il me serra fort.

Je n'avais jamais rien connu d'aussi agréable, aussi essayai-je de rester éveillée pour profiter de chaque instant passé avec lui. Toutefois, la fatigue physique aidant, je finis par m'endormir.

Le matin suivant, je fus réveillée par Elora, qui mettait les pieds dans ma chambre pour la première fois depuis mon arrivée. Elle portait un pantalon, ce qui était également inédit. J'étais toujours blottie dans les bras de Finn, ce qui ne sembla pas la gêner.

— Je suppose que tu as bien dormi, dit-elle en jetant calmement un coup d'œil circulaire autour d'elle. (Elle découvrait les lieux, semblait-il.) Je suis certaine que Finn s'est comporté en vrai gentleman.

— Comme d'habitude, confirmai-je en bâillant.

Finn s'écarta et commença à descendre de mon lit. Je fronçai les sourcils, mais ne dis rien. Comme il n'y avait rien d'anormal à ce qu'elle ne prenne pas très bien le fait que nous ayons passé la nuit ensemble, je ne réagis pas en voyant Finn ramasser sa veste et son sweat-shirt.

— Merci d'avoir protégé ma fille, ajouta Elora sans même le regarder.

Finn s'arrêta devant la porte et me regarda par-dessus son épaule, ses yeux noirs reflétant un conflit intérieur. Il hocha la tête et sortit de ma chambre en refermant la porte derrière lui.

— Vous avez pris ça beaucoup mieux que prévu, admis-je en m'asseyant.

— Il ne revient pas.

— Hein ? m'écriai-je en me tournant vers la porte, incrédule.

— Je lui ai permis de passer une dernière nuit avec toi parce qu'il t'a sauvé la vie. Histoire que vous puissiez vous dire au revoir. Je vais le transférer aussi vite que possible.

— Vous voulez dire qu'il savait ?

— Oui. Nous nous sommes mis d'accord hier soir, expliqua Elora.

Il le savait et il ne m'avait rien dit. Il n'avait même pas essayé de m'enlever…

— Mais… il m'a sauvé la vie ! insistai-je tandis qu'une douleur insupportable enflait dans ma poitrine, douleur qui criait que je ne pourrais pas survivre sans Finn. Il devrait être là pour me protéger !

— Il s'est trahi émotionnellement, et il n'est donc plus apte à accomplir cette mission, poursuivit-elle d'un ton neutre. En plus, s'il restait, tu serais bannie de Förening. Ce n'est pas ce qu'il veut, et toi non plus, soupira-t-elle. Je n'aurais pas dû lui permettre de passer cette dernière nuit avec toi… D'ailleurs, je ne veux pas savoir ce que vous avez fait tous les deux. Ne me dis rien, compris ?

— Il ne s'est rien passé, assenai-je en secouant la tête, mais je veux qu'il revienne. Il me protégera mieux que personne !

— Il faut que tu comprennes : Finn serait prêt à tout pour que tu vives, ma princesse. Il serait prêt à donner sa vie. Sans aucune hésitation. C'est ce que tu veux ? Tu veux qu'il meure à cause de toi ?

— Non…

Je contemplai mes couvertures. Elle avait raison, évidemment. La nuit passée, il avait failli perdre la vie pour sauver la mienne. Si Tove n'était pas intervenu, il serait mort.

— Parfait. Partir loin de toi est également dans son intérêt. À présent, il est l'heure de se lever et de se préparer. Nous avons un programme chargé, aujourd'hui.

24

Au revoir

Les jours qui suivirent se résumèrent à une succession de réunions consacrées à la défense de la communauté. Jamais Förening n'avait subi une attaque d'une telle ampleur. Les doigts des deux mains ne suffisaient pas pour dénombrer les victimes, parmi lesquelles on comptait plusieurs représentants de la noblesse venus de très loin. La perte de tout Trylle doté d'aptitudes était dévastatrice pour le royaume.

Elora et Aurora dirigèrent toutes les réunions, tandis que Tove et moi restions assis dans le fond. Tove était le plus puissant d'entre tous, mais il n'avait pas envie de prendre part aux discussions.

La vingtaine de personnes systématiquement présentes dispensaient des conseils et des propositions totalement inutiles. Tove m'expliqua que ma meilleure défense consisterait à développer mes aptitudes. Sur son conseil, Willa prenait des cours d'autodéfense et travaillait son contrôle du vent.

Pendant tout ce temps, Elora ne m'adressa presque jamais la parole. Et surtout pas pour être agréable avec moi.

Au moins mon baptême avait-il été ajourné. En attendant, il m'était permis de garder mon prénom.

Je traversai cette période dans une sorte de brouillard. Vivre ou mourir, cela m'était devenu égal. S'ils devaient attaquer de nouveau, j'étais prête à les affronter.

— Tu vas devoir surmonter ce que tu as vécu le soir de l'attaque, dit Rhys

Allongée sur mon lit, je regardais le plafond tandis qu'il me parlait, adossé à l'encadrement de la porte. Il avait toujours une vilaine entaille au front car Aurora avait refusé de le soigner. Sa blessure guérissait lentement, mais cela me faisait mal de le voir ainsi. D'autant que tout était ma faute.

— Peut-être.

Je n'étais pas certaine de pouvoir surmonter cette épreuve, et je me demandais même si j'en avais envie.

— Allez ! insista Rhys en soupirant et en venant s'asseoir à côté de moi. Je sais que tu as du mal à encaisser tout ce qui s'est passé, mais ce n'est pas la fin du monde.

— Je ne dis pas le contraire, marmonnai-je. Je déteste cette maison. Je déteste ma mère. Je déteste être une princesse. Je déteste être ici !

— Et moi aussi, tu me détestes ?

— Non, bien sûr que non, lui assurai-je en secouant la tête. Mais il n'y a vraiment plus que toi que je ne déteste pas.

— Quel privilège ! (Voyant que je ne répondais pas à son sourire, il redevint sérieux.) Écoute, moi non plus je ne suis pas amoureux de cet endroit. C'est un milieu difficile, surtout cette maison, avec Elora. Mais… qu'est-ce que tu veux faire d'autre ? Où est-ce que tu voudrais aller ?

C'est alors que l'idée me vint. Je ne voulais pas de cette vie, et cette vie ne voulait pas de Rhys. Il avait grandi dans une indifférence froide qui avait rendu son enfance encore plus difficile que la mienne. Ce n'était pas juste. Depuis mon arrivée,

Rhys avait été une des rares personnes à me traiter avec gentillesse, et il méritait que je lui rende la pareille.

Mon sort m'important peu, je n'avais besoin d'aucune protection. D'ailleurs, étais-je réellement menacée ? Tove m'avait expliqué que les Vittras avaient subi de lourdes pertes et qu'une nouvelle attaque n'était pas pensable pour le moment.

Je savais que, quelque part, loin d'ici, mon frère Matt s'inquiétait énormément pour moi. Maggie et lui m'accueilleraient à bras ouverts. Et ils adoreraient rencontrer Rhys. Resterait à leur expliquer son existence, mais je trouverais bien quelque chose.

Je n'étais pas une princesse, et je n'avais pas l'intention d'en devenir une. Rentrer à la maison serait tellement bon. Cela ne guérirait pas la blessure laissée par le départ de Finn, mais Matt et Maggie sauraient soigner cette peine de cœur.

Rhys n'était pas convaincu de la pertinence de ce départ ; l'entaille sur son front n'était-elle pas la démonstration de son incapacité à assurer notre protection ? Je n'eus donc d'autre choix que de recourir à ma persuasion. Mais simplement pour le convaincre de ne pas s'inquiéter pour moi.

Au milieu de la nuit, je décidai d'agir. Nous nous glissâmes hors de la demeure, ce qui se révéla plus difficile que prévu. Le jardin était quadrillé par des gardes et d'autres Trylles, dans le cas où les Vittras reviendraient. C'était très peu probable, mais ma mère ne voulait prendre aucun risque.

Rhys et moi sortîmes par la porte de la cuisine et nous rendîmes dans le jardin secret, en fleurs même au milieu de la nuit. Jamais je n'aurais pu escalader le mur de briques qui entourait la propriété sans son aide. Puis nous sautâmes ensemble de l'autre côté.

Sans prendre le temps d'épousseter nos vêtements, nous longeâmes le mur au pas de course. Rhys passa devant car il connaissait les lieux mieux que moi. Nous avions presque atteint le garage lorsque nous dûmes nous cacher derrière un buisson pour laisser passer un garde.

Dès que la voie fut libre, nous nous précipitâmes vers notre but. Rhys trouva sa nouvelle moto, mais ne la démarra pas. Il la poussa dehors, moteur et phare éteints pour ne pas attirer l'attention.

À la limite de la ville, il y avait une porte gardée par un homme, qui ne laisserait sans doute jamais passer la princesse, mais Rhys avait un plan. Il connaissait un passage dans la clôture, une brèche qui nous permettrait de descendre sur le talus. Des mänks s'étaient déjà échappés en empruntant cette voie.

J'aidai Rhys à faire rouler la moto à flanc de colline, à la faufiler entre les arbres sans la laisser dévaler jusqu'en bas. Apparemment, le trou, dans la clôture, était plus grand que par le passé. Certains des Vittras étaient sans doute passés par là, et les Trylles ne l'avaient pas encore réparé. C'était tellement typique ; ils étaient obsédés par la sécurisation du palais et négligeaient la ville elle-même.

Nous réussîmes à faire passer la moto sans trop de soucis. Alors seulement, comme nous gravissions la colline, je me sentis grisée et soulagée par mon évasion. Je fermai les yeux sur la tristesse que je ressentais à l'idée d'abandonner certaines des personnes, telles que Willa et Tove, que j'avais rencontrées, et je tâchai de rester concentrée sur mon objectif. J'étais libre.

Une fois sur la route, Rhys démarra la moto. Je le rejoignis en courant dans les ténèbres, pris place derrière lui, enroulai mes bras autour de sa taille et collai mon visage contre son blouson en cuir.

Lorsque nous arrivâmes devant la maison, le ciel avait une étrange teinte bleutée, annonciatrice de l'aube. Rhys n'avait pas encore coupé le contact que Matt ouvrait la porte d'entrée et survolait les marches du porche pour nous rejoindre.

Malgré la faible luminosité, je pus lire sa stupéfaction sur son visage. Je descendis de moto, et il me prit dans ses bras sans prêter attention à Rhys. Il me serra si fort qu'il me fit mal, mais ce n'était pas grave. J'enfouis mon visage contre son épaule, respirant son odeur familière, goûtant avec plaisir la protection de ses bras. J'étais de retour à la maison.

Les Vittras

1

Installé dans le SUV, Loki s'affaissa sur son siège et posa son cou contre l'appuie-tête. Il était beaucoup trop tôt pour ce genre de bêtise. Comme il avait proposé d'assurer leurs arrières et de leur servir de chauffeur, Jen et Kyra avaient accepté d'y aller seuls.

S'ils arrivaient précipitamment en trimballant la fille et qu'il ne réagissait pas assez vite, cela irait mal pour lui. Non pas vis-à-vis de Jen et Kyra, puisqu'il était de plus haute extraction qu'eux, mais Jen n'hésiterait pas une seconde à parler au roi de ses manquements.

Il attendait donc dans la voiture en écoutant l'album de Hugo sur son iPod. Par chance, il avait pensé à le prendre. Les CD de rap qu'il avait trouvés dans leur SUV d'emprunt avaient très vite volé par la fenêtre.

La voiture que leur avait confiée le roi avait rendu l'âme à quelques kilomètres seulement du palais des Vittras. Ce genre de chose arrivait de plus en plus fréquemment. Loki n'avait eu d'autre choix que de voler le SUV pour ne pas perdre la fille. Le roi avait été très clair : il la voulait, et il la voulait tout de suite.

Loki avait brisé la vitre côté passager, aussi Kyra avait-elle tendu son blouson noir devant le trou béant pour minimiser un peu les courants d'air. Contre le bruit, toutefois, ce n'était pas très efficace, aussi était-il contraint d'écouter sa musique à faible volume pour ne pas réveiller le voisinage.

D'après l'horloge du tableau de bord, il était un peu plus de 5 heures. Loki regarda par-dessus son épaule vers la maison de la fille. Il s'était garé de l'autre côté de la rue, à un pâté de maisons de chez elle, et son angle de vue était très mauvais.

C'était tant mieux, d'ailleurs, car il n'avait aucune envie de l'espionner. Il ne voulait pas participer à cette surveillance.

Le ciel commençait à s'éclaircir, passant du noir au bleu. Jen et Kyra étaient en planque quelque part. Il se demandait comment ils faisaient. Passer la nuit dehors, accroupi dans l'herbe humide à attendre l'apparition hypothétique d'une fille stupide ? Non merci.

Jen, lui, vivait pour ces trucs-là. Son moteur, c'était les sensations procurées par cette chasse. Loki n'était pas du tout comme cela. Il n'était pas pisteur, ce dont il s'était toujours félicité.

C'était apparemment un travail solitaire et fastidieux mais, ce qu'il détestait par-dessus tout, c'était l'idée de berner les gens pour les forcer à rentrer au palais des Vittras et à vivre ce genre d'existence. La vie était plus belle dans le monde des hommes, loin de la poigne de fer du roi et de sa société totalitaire.

Loki avait tout fait pour ne pas participer à cet enlèvement, mais le roi semblait à l'affût d'une bonne raison de le tuer, et son refus aurait constitué une raison suffisante.

Assis dans le SUV, Loki se dit qu'il pourrait s'enfuir. En vérité, il ne cessait pas de se le répéter depuis le jour même de sa naissance. Cependant, jamais son projet secret ne lui avait semblé aussi réalisable. Il était seul dans la voiture. Il lui suffirait de démarrer et de partir loin, de laisser Jen et Kyra justifier seuls sa disparition.

Les mêmes interrogations le freinaient toujours. Où irait-il ? Que ferait-il ?

Le roi le ferait traquer et tuer simplement parce qu'il en avait le pouvoir. Et, même s'il ne le faisait pas, Loki n'avait personne dans le monde des hommes. Il ne craignait pas de se battre pour les choses qu'il aimait, mais il n'aimait rien au point de risquer de s'enfuir.

Pour le moment, il ne voyait pas d'autre solution. Il patienterait et ferait ce que le roi attendait de lui.

Il entendit des bruits, peut-être des cris, mais il ne croyait pas Jen et Kyra assez stupides pour attirer l'attention de cette manière. Ils savaient que la fille était très importante pour le roi – et pour les Vittras –, et ils feraient preuve d'une grande prudence.

Loki s'adossa à son siège et ferma les yeux, murmurant la mélodie de *Hurt Makes It Beautiful*.

— Roule ! lança Kyra en ouvrant violemment la portière côté passager.

— Hein ? (Il se retourna et vit Jen sauter sur la banquette arrière.) Où est la fille ?

— On t'a dit de rouler ! aboya Jen.

Loki leva les yeux au ciel et obtempéra. Il mit le contact et s'engagea sur la chaussée. Soudain, Kyra lui appuya sur le genou, le forçant à accélérer. Apparemment, ses deux passagers étaient très pressés.

— Eh ! doucement, protesta-t-il. Ce n'est pas parce que le roi va vous tuer tous les deux qu'on est obligés de mourir tous maintenant.

Kyra le laissa conduire tranquillement, et Loki tourna dans une rue transversale au moment où apparaissaient derrière eux les gyrophares d'une voiture de police.

— Tu es autant dans le pétrin que nous, rétorqua Jen.

Loki le regarda dans le rétroviseur. Les yeux de Jen étaient noirs. Chaque fois que Loki croisait son regard, il avait peur que l'autre lui vole un bout de son âme.

— Je dirai même que ta situation est pire que la nôtre, intervint Kyra. Le roi t'avait confié la responsabilité de cette mission.

— Peut-être, mais j'ai délégué… Vous m'aviez promis que tout se passerait comme sur des roulettes, que la fille ne savait pas utiliser ses aptitudes… Comment a-t-elle pu vous échapper ?

— Finn l'a eue avant nous, expliqua la jeune femme en serrant les dents. Ils sont sûrement déjà en route pour le palais trylle.

— Je tuerai ce fumier, même si je dois crever avec lui, marmonna Jen.

— Finn ? (Loki secoua la tête, ne comprenant pas ce qu'ils racontaient.) C'est qui ?

— Un pisteur trylle, dit Kyra. Le meilleur.

— Vous le connaissez ? s'étonna Loki en haussant un sourcil. J'ignorais que vous fréquentiez les Trylles.

— Nos routes se sont déjà croisées, précisa Kyra en lui lançant un regard noir. Ce n'est pas la première fois qu'il nous empêche de capturer un échangé.

— C'est juste un pisteur, non ? s'enquit Loki en la regardant du coin de l'œil.

— Non, il n'est pas *juste* pisteur. Il est fort et se bat très bien.

— Vous auriez quand même dû l'écraser comme un cafard. C'est ce que dira le roi, et il aura raison. Rien ne justifie qu'un maudit pisteur trylle prenne le dessus sur vous dans un combat.

— Si tu avais été là, tu lui aurais sans doute mis une raclée, mais…

Jen croisa les bras et eut un sourire satisfait.

— On le fera remarquer au roi, d'ailleurs, dit-il.

— Ah oui ? fit mine de s'étonner Loki en le regardant dans le miroir. Vous allez dire au roi que vous êtes faibles, que vous ne servez à rien et que vous avez besoin de mon aide pour faire votre boulot ?

Le sourire de Jen s'évanouit.

— Je n'ai besoin de personne.

— C'est pourtant ce que vous venez d'admettre, insista Loki, dont le sourire, au contraire, s'élargissait. Avouez. Avouez que je suis plus fort et meilleur que vous, et j'assumerai les conséquences de votre échec.

— Va te faire foutre, Loki ! lança Jen en le regardant fixement de ses yeux torves et plissés, ce qui fit rire le chauffeur. Quand le roi t'aura fait exécuter – car c'est ce qu'il va faire –, je cracherai sur ta tombe.

— Ça fait trois semaines que vous êtes sur le coup, assena Loki d'un ton qui n'était plus du tout joueur. Trois semaines, pour aucun résultat. Le roi m'a envoyé finir le travail que vous aviez à peine commencé, et je t'ai laissé prendre les rênes de l'opération par respect pour ta position.

— Foutaises ! (Jen se pencha vers le siège du conducteur pour pouvoir crier plus directement dans l'oreille de Loki.) Tu nous as laissés faire par fainéantise. Tu m'as *laissé* prendre les rênes de l'opération parce que tu ne voulais pas te salir les mains.

— Oh ! je suis navré de ne pas prendre mon pied en kidnappant des jeunes filles ! vociféra Loki. Vous savez pertinemment que le roi va la torturer comme il nous a tous torturés, ou qu'il va la tuer. Vous voulez conduire cette fille à l'abattoir ?

— Et alors ? Ce n'est pas mon problème, rétorqua Jen en s'affalant sur sa banquette. Et ce n'est pas le tien non plus.

— Depuis quand as-tu une conscience ? demanda Kyra.

— Je n'en ai pas, répondit Loki en s'interrompant quelques instants pour se demander pourquoi il n'avait pas eu envie de participer à cette mission. C'est juste que le meurtre n'a jamais été mon truc.

— C'est elle ou nous, contra Kyra en haussant les épaules. Quand j'ai un boulot à faire, je le fais.

— Ouais, enfin, sauf aujourd'hui. Ce boulot-ci, vous l'avez salopé, et maintenant on va tous mourir dans d'horribles souffrances. Génial…

Jen donna un coup de pied dans le siège de Loki, qui freina brusquement, projetant son passager arrière contre son dossier.

— Connard ! lança Jen en le frappant derrière la tête.

Loki se retourna aussitôt pour riposter.

— Arrêtez ! cria Kyra en prenant le bras de Loki pour l'empêcher de frapper Jen. Calmez-vous ! On a un sérieux problème, et vous battre ne servira à rien.

— De toute façon, on est dans la merde, remarqua Loki, la mine sinistre. Rien de ce qu'on dira ne calmera le roi.

2

— C'est la faute de Loki ! lança Jen dès qu'ils furent dans les appartements du roi.

Loki leva les yeux au ciel et soupira bruyamment.

— C'est grotesque, se défendit-il. Je ne suis pour rien dans leur échec.

Durant la longue route qui les séparait d'Ondarike et du palais des Vittras, Jen, Kyra et Loki avaient eu tout le temps de mettre au point une histoire à raconter au roi. Ils savaient pertinemment que, dans tous les cas, celui-ci serait très énervé, mais, avec un peu de chance, ils échapperaient à l'exécution pour n'être que torturés.

Ils avaient fini par se mettre d'accord sur un récit plausible et plutôt convaincant. Ils diraient au roi que les Trylles les avaient devancés, que lorsqu'ils étaient arrivés pour kidnapper la fille celle-ci avait déjà été embarquée par leurs rivaux.

Mais leur pacte n'avait pas tenu, comme Loki l'avait prévu. Jen l'avait joué perso, comme à son habitude, attitude qui lui avait permis de faire son bonhomme de chemin dans l'armée des Vittras. Le roi semblait respecter la traîtrise.

— Il n'a rien fait ! insista Jen. C'est ça, le problème !

Le roi leur tournait le dos, son long manteau de velours rouge traînant presque sur le sol. Ses cheveux noirs lui arrivaient à la taille, et, s'il était plutôt mince, sa présence était tellement imposante que même Loki ne pouvait s'empêcher de se recroqueviller quand il était là.

Kyra avait fait une révérence en entrant dans la pièce et ne s'était toujours pas complètement redressée, tandis que Jen se tenait bien droit, les mains dans le dos, tel un soldat. Loki, lui, avait les bras croisés sur la poitrine.

Était également présente Sara, la reine. Elle était assise, Froud, son loulou de Poméranie, sur les genoux. Ni elle ni lui, cependant, n'avaient émis le moindre bruit ; retenant leur souffle, ils attendaient la réaction du maître des lieux.

Ses quartiers étaient hauts de plafond, mais les murs recouverts d'acajou les faisaient paraître exigus. Il n'y avait pas de fenêtre, aussi, chaque fois qu'il venait voir le roi, Loki se sentait-il un peu claustrophobe. Il y avait très peu de meubles, juste un bureau et quelques chaises rouges à haut dossier.

Une énorme bibliothèque occupait un mur tout entier ; on y trouvait surtout des ouvrages sur les Vittras et l'histoire des trolls, mais pas seulement. Un jour qu'on l'avait laissé seul dans la pièce, Loki s'était permis d'y jeter un coup d'œil. Il avait notamment trouvé un exemplaire de *Mein Kampf*, ainsi qu'un manuel de torture illustré qui expliquait, par exemple, comment découper des gens encore vivants.

— Est-ce vrai, Loki ? demanda le roi d'une voix tonitruante qui résonna dans la pièce.

— Que je n'ai rien fait ? Non, sire, répondit Loki en secouant la tête. Bien sûr que non. Je dirigeais l'équipe, mais j'ai délégué…

— Il attendait dans la voiture pendant que nous la traquions ! l'interrompit Jen d'un ton geignard et désagréable. Il n'a rien fait pour empêcher les Trylles d'emmener la fille.

Loki tourna vers Jen un regard dur couleur caramel.

— Oui, j'attendais dans la voiture, mais je vous avais demandé de m'appeler en cas de problème, cracha-t-il. Ce que vous n'avez pas fait, même quand vous avez laissé ce pisteur s'enfuir avec notre cible.

— On ne l'a pas laissé faire ! cria Jen. Si tu avais été là, tu aurais pu nous aider à le repousser !

— Vous n'aviez pas besoin de moi, paraît-il. À tel point que vous regrettiez que le roi m'ait demandé de vous accompagner. Vous n'arrêtiez pas de répéter que vous pouviez vous débrouiller seuls, alors je vous ai laissé le bénéfice du doute.

— T'ai-je envoyé avec eux pour que tu leur laisses le bénéfice du doute ? lui demanda le roi en se retournant enfin.

— Non, concéda Loki en baissant les yeux. Mais je n'étais pas loin. Je n'imaginais pas qu'ils rateraient un simple enlèvement.

— Je t'avais pourtant prévenu, poursuivit le roi en s'avançant sans lâcher Loki de ses yeux noirs. Je t'avais dit qu'ils étaient incompétents et incapables. Oh ! tu ne vaux pas beaucoup mieux, mais tu es plus fort. Et je ne parle même pas de ton esprit ni de tes aptitudes.

— Je sais, sire, mais je ne pensais pas qu'ils échoueraient. (Loki osa lever les yeux vers son maître et désigna Jen et Kyra d'un geste du bras.) Ils étaient quand même deux pour une fille stupide ! Je ne pouvais pas me douter qu'ils se planteraient à ce point.

— Moi, je m'en doutais. (Le roi se dressait devant Loki, le transperçant de son regard brûlant.) Et je t'avais demandé de veiller au bon déroulement de la mission. L'as-tu fait, Loki ?

— Non, sire, admit Loki en déglutissant à grand-peine.

Le roi hocha une fois la tête. Il tourna les talons, donnant l'impression qu'il allait s'éloigner, au lieu de quoi il se retourna brusquement, lui envoyant un violent revers au visage. Loki faillit en perdre connaissance et s'écroula au sol.

Sara sursauta, mais ne dit rien. Cela faisait des années que cela durait, et elle avait appris à ne pas intervenir lorsque le roi passait sa colère sur Loki.

Gisant sur le sol, celui-ci se frottait la mâchoire. Pendant quelques secondes, il crut que le roi la lui avait cassée – il ne comptait plus les fractures que le monarque lui avait causées. Mais non, pas cette fois, ce qui ne signifiait pas qu'il n'avait pas mal.

Jen se mit à glousser, s'amusant de la souffrance de Loki, mais le roi le fit taire.

— Dehors ! Fichez le camp avant de subir le même sort !

Ils ne se firent pas prier, s'exécutant en murmurant des excuses et en claquant la lourde porte en chêne dans leur dos.

Loki avait toujours mal. Alors qu'il aurait pu se relever, il préféra rester au sol. C'était plus sûr. Autrement, le roi risquerait de le frapper de nouveau.

— C'est la dernière fois que tu manques à ton devoir ! gronda le roi. Trop souvent, tu n'as pas été à la hauteur, alors que je t'ai tout donné. Tu n'es qu'un prince fainéant et capricieux.

— Je ne suis pas le prince, le corrigea doucement Loki.

— Et tu ne le seras jamais ! cria le roi comme si c'était un genre de menace.

Loki roula sur le dos et soupira.

— De toute façon, je n'en ai pas envie.

— Tant mieux. Tu ne seras jamais rien !

Le roi jura dans sa barbe, s'approcha de Loki et lui donna un coup de pied dans le flanc. Le jeune homme se mit en boule en se serrant le ventre. Il ne pouvait plus ni respirer ni bouger ni rien faire d'autre que sentir la douleur brûlante qui parcourait son corps tout entier.

— Oren ! lança la reine en serrant les accoudoirs de sa chaise.

Mais elle ne se leva pas. Le roi la regarda en agitant les mains d'exaspération. Il ne savait plus quoi faire, semblait-il.

— Je me retiens, mon amour, dit le roi à sa reine, apparemment sincère. (Il faisait son possible pour ne pas hurler ni jurer.) J'aurais envie de voir sa tête sur un plateau, expliqua-t-il en désignant d'un geste vague Loki, qui se tortillait de douleur. Mais je me retiens ! Et il est toujours en vie. Par respect pour vous et pour son titre. Mais s'il continue comme ça… il mourra !

— Je sais, répondit Sara en se levant et en posant le chien sur la chaise. Et je vous remercie de faire des efforts, mon roi.

Elle se rapprocha de son mari et poursuivit d'un ton apaisant :

— Je sais à quel point vous êtes frustré. Vous avez tant besoin de la princesse… Moi aussi, je la veux, vous le savez.

Le roi laissa échapper un long soupir et parut se radoucir un peu, même si cela semblait impossible.

— Je sais, acquiesça-t-il. Il m'arrive d'oublier que la princesse compte aussi beaucoup pour vous.

— Peut-être votre colère était-elle un peu déplacée. (Elle leva la main pour interrompre le roi, qui s'apprêtait à rétorquer quelque chose.) Loki a mérité son châtiment car il ne s'est pas montré à la hauteur. Toutefois, au lieu de vous en prendre aux vôtres, vous devriez diriger votre colère contre les Trylles.

— Que proposez-vous ? s'enquit le roi en plissant les yeux.

— Rien que vous n'ayez déjà proposé vous-même, mon amour, répondit-elle en posant les mains sur son torse et en souriant. Vous l'avez dit : vous seriez prêt à tout pour la ramener ici, et tout n'a pas été tenté. Elle est chez les Trylles, mais vous avez l'habitude de les affronter, non ?

Le roi hocha la tête en réfléchissant.

— Loki ! aboya-t-il sans le regarder. Rassemble nos meilleurs pisteurs, les plus puissants de nos Vittras. Nous allons attaquer les Trylles.

Loki se releva en se tenant le flanc. Il ouvrit grand sa bouche endolorie et fit craquer son cou.

— Même les gobelins, sire ?

— Non, pas encore, répondit le roi en secouant la tête. Nous ne les utiliserons qu'en cas d'extrême nécessité.

3

Loki attendait dans le fond de la pièce tandis que le roi étudiait le plan qu'il avait élaboré pour prendre d'assaut Förening avec l'armée qu'il avait rassemblée. Le roi avait déjà attaqué les Trylles à plusieurs reprises, parfois avec succès, et il n'avait aucune raison de penser que cette opération ne se passerait pas bien.

Il ne comptait toutefois pas abattre toutes ses cartes. La reine l'avait convaincu de rester en arrière avec Loki. Il n'était pas nécessaire, avait-elle dit, de les mettre en danger pour le moment. Oren et Loki étaient les plus puissants des Vittras, mais l'armée qu'ils avaient rassemblée devrait être capable de venir à bout des Trylles.

Ces dernières années, les Trylles étaient devenus faibles et suffisants, raisons pour lesquelles le roi les méprisait tant. Il ne pensait donc pas nécessaire de jeter toutes ses forces dans la bataille.

Il connaissait suffisamment bien la société trylle pour savoir que le bal de présentation de la jeune femme aurait lieu bientôt ; et il avait des espions dans les campements voisins qui l'informeraient de la date exacte de l'événement. Le roi pourrait aller l'enlever avant, d'autant que la sécurité du palais ne serait pas renforcée, mais il voulait marquer les esprits avec une attaque spectaculaire. Il voulait que les trolls de toutes les tribus connaissent sa puissance ; voilà pourquoi il donnerait l'assaut ce fameux soir, et ce même si les gardes seraient beaucoup plus nombreux.

Lorsque la réunion fut terminée, le roi sortit avec ses soldats pour effectuer quelques manœuvres. Comme il ne participerait pas à l'opération, Loki resta à l'intérieur, adossé à une bibliothèque.

— Comment vous sentez-vous ? lui demanda Sara quand ils furent seuls.

— Pas plus mal que d'habitude après une nouvelle raclée, ajouta-t-il avec un sourire narquois.

La reine fit la moue. Elle s'approcha de lui et voulut imposer ses mains là où le roi l'avait frappé, mais Loki eut un mouvement de recul.

— Loki, je connais la force du roi. Je la connais mieux que personne.

Au fil des ans, elle avait eu son content de meurtrissures et de bleus. Peut-être même en avait-elle eu plus que lui. Loki la regarda furtivement, puis détourna les yeux.

— Je vais bien, mentit-il.

— Vous devriez me laisser vous soigner. (Elle essaya de s'approcher, mais il recula de nouveau.) Peut-être avez-vous une côte cassée ou un organe touché ? Pourquoi ne me laissez-vous pas vous aider ?

— Parce que. (Il se passa la main dans les cheveux, qu'il avait couleur sable.) Parce que je l'avais mérité.

— Loki, vous ne pensez pas ce que vous dites. Vous savez que ce n'est pas vrai. Oren passe ses nerfs sur tout le monde et vous ne devez pas le prendre personnellement.

— J'aurais dû leur venir en aide, dit-il doucement. J'aurais dû secourir Jen et Kyra. Oren m'avait prévenu ; il m'avait dit qu'ils ne seraient pas à la hauteur. Je le savais, et pourtant je n'ai rien fait. J'étais sûr qu'elle réussirait à s'enfuir.

— Vous ne pouviez pas savoir, tenta de le rassurer Sara.

— Si, je le savais. Je l'espérais, même.

Sara écarquilla les yeux, tandis que sa mâchoire se décrochait.

— Loki !

— Voyons, Sara ! lança-t-il en la regardant avec exaspération. Je sais que vous voulez cette fille à tout prix, mais franchement, à quoi cela servirait-il de la ramener ici ? Croyez-vous vraiment que cela rendrait votre vie plus facile ? ou celle du roi ?

— Nous serions plus heureux tous les deux, affirma Sara en baissant néanmoins les yeux. La vie est plus simple quand le roi est heureux.

Loki eut un rire sinistre.

— Vous pensez réellement qu'elle le rendra heureux ? Toute ma vie j'ai été au service du roi, et en vingt-trois ans je ne l'ai jamais vu content. Rien ne le satisfait jamais.

— Vous ne comprenez pas. (Sara secoua la tête et fit un pas en arrière.) Je ne peux pas croire que vous l'ayez laissée filer...

— Est-ce si difficile à croire ? Le roi la traitera comme il nous traite, vous et moi. Pour une fois, j'avais envie de voir quelqu'un lui échapper, je voulais voir quelqu'un se soustraire au piège dans lequel nous sommes vous et moi enfermés.

Sara s'éloigna de Loki, la traîne de sa robe rouge balayant le sol. Ses longs cheveux noirs étaient tirés en arrière et noués en une queue-de-cheval stricte, comme à son habitude. Elle se donnait beaucoup de mal pour paraître aussi forte et imposante que son mari, mais il y avait quelque chose de doux et de fragile en elle.

Parfois, Loki s'étonnait que le roi ne l'ait pas brisée mais, lorsqu'elle tourna vers lui son regard noisette embué de larmes, il comprit qu'il s'était trompé. Physiquement, elle n'avait pas beaucoup changé, mais à l'intérieur Sara n'était plus du tout celle qu'il avait connue quatorze ans plus tôt.

— Vous ne comprenez pas, dit-elle avec emphase. La princesse va tout changer, et pas uniquement pour moi. Pour tout le monde. Elle a ce pouvoir.

— Sara, soupira-t-il. (Il posa les mains sur ses bras nus, et elle le regarda fixement, les lèvres tremblantes.) Vous avez essayé de changer les choses depuis votre mariage avec Oren. Quant à moi, j'essaie depuis plus longtemps encore ! Malgré nos efforts, rien ne bouge. Il ne renoncera jamais à son pouvoir, et ce n'est pas une jeune femme qui bouleversera notre monde.

— Vous avez peut-être perdu tout espoir, mais pas moi, protesta-t-elle en s'essuyant les yeux avec un mouvement de recul. Je ne cesserai jamais de croire que nous pouvons nous améliorer.

— Je ne… Non, rien. Tant pis.

— Je ne comprends pas. Vous assumez le fait d'avoir laissé la fille s'échapper tout en affirmant avoir mérité votre châtiment…

— À cause de tout ce merdier…, répondit Loki en désignant vaguement la porte, derrière laquelle résonnaient les grognements des soldats. Ils vont faire la guerre à cause d'elle. Il y aura des blessés, des morts, sans doute, alors que j'aurais pu la ramener ici, tout simplement.

— C'est vrai, assena Sara. Mais vous ne réfléchissez jamais avant d'agir.

Il gémit et s'affaissa sur une des chaises du roi.

— Économisez votre salive, Sara. Vous n'êtes pas ma mère.

— Votre mère était une femme bien, et elle vous aurait traité avec bien plus de sévérité que moi. Vous devez cesser d'agir avec légèreté. Vos actes ont des conséquences, Loki.

— Je croyais bien faire !

— En la laissant filer ? s'étonna Sara, dubitative.

— J'avoue que oui.

Sara se massa le front comme si discuter avec lui lui donnait des maux de tête.

— Vous êtes parfois si bête…

— Je me suis planté en beauté !

— Pas d'excuse ! tonna-t-elle en brandissant le doigt. Vous l'avez laissée s'enfuir, et c'est impardonnable !

Loki ne dit rien. La voix de la reine chevrotait d'une douleur non feinte. Déglutissant difficilement, il fixa le regard sur ses genoux et la laissa terminer.

— Cette attaque des Trylles devrait porter ses fruits, poursuivit-elle. Dans le cas contraire, vous ferez tout ce que le roi vous demandera pour la ramener ici. Et plus s'il le faut. Vous ferez le nécessaire, même s'il faut pour cela aller au-delà des ordres que vous donnera le roi. Car si par malheur vous lui permettiez de s'échapper de nouveau, je ne ferai rien pour empêcher Oren de déverser sa colère sur vous. Ai-je été claire ?

— Oui, acquiesça-t-il doucement, tête baissée.

— Loki ! ai-je été claire ?

— Oui !

Il releva la tête et lut sa conviction dans son regard. Elle laisserait le roi le tuer s'il ne ramenait pas la princesse.

— Bien. (Elle lissa ses cheveux et se détourna de lui.) Maintenant, apprêtez-vous. Peut-être ont-ils besoin de vous pour s'entraîner ?

Loki obtempéra, trop effrayé qu'il était pour discuter. Le pire, c'était qu'il lui avait dit la vérité parce qu'il pensait qu'elle le comprendrait. Il s'attendait à ce qu'elle approuve sa décision, à ce qu'elle le félicite d'avoir permis à la princesse d'échapper à tout ceci, mais Sara était aveuglée par ses propres besoins.

Privé d'allié, Loki n'avait plus le choix. Si le raid qui se préparait ne portait pas ses fruits, il serait contraint d'aller chercher la fille lui-même.

4

— Nous aurions déjà dû recevoir de leurs nouvelles, se plaignit Sara en faisant les cent pas dans les appartements du roi, suivie de près par Froud.

— La route est longue jusqu'à Förening, fit remarquer le roi de sa voix rocailleuse et d'un ton qui se voulait apaisant. Laissons-leur le temps de donner l'assaut. Le bal de présentation n'est commencé que depuis quelques heures.

Assis derrière le bureau du roi, Loki feuilletait un recueil de berceuses vittras. Des berceuses assez inquiétantes dans lesquels il était souvent question d'enfants désobéissants enlevés par des gobelins ou des tribus rivales pour être mangés ou réduits en esclavage.

Il trouva celle que sa mère aimait lui chanter, et c'était la moins terrifiante de toutes. Un humain s'y changeait en oiseau pour essayer de voler un bébé vittra, mais au moins l'enfant ne mourait-il pas à la fin.

En vérité, il aurait préféré se trouver n'importe où plutôt que dans ces appartements à attendre d'être mis au courant de l'issue de la bataille, à se demander s'ils avaient ou non capturé la princesse, mais le roi et la reine lui avaient ordonné de rester là avec eux. Pendant qu'Oren patientait, stoïque, à sa place, Sara arpentait la pièce en tous sens.

La tension, dans l'atmosphère, était épuisante, et le recueil de berceuses pas assez distrayant. Loki songea un instant à aller chercher un manuel de torture, histoire de s'évader pour de bon, mais il n'avait pas envie de voir toutes ces choses horribles que le roi lui ferait subir un jour.

— Et s'ils ne la ramenaient pas ? demanda Sara en se tournant vers son mari.

Elle se tordait les mains, et son teint lisse était anormalement terreux.

— Ils vont la ramener, répondit-il en refusant de croiser son regard, les yeux fixés sur la porte.

— Mais s'ils échouaient, insista-t-elle, sur le point de pleurer, semblait-il, ce qui attira l'attention de Loki. Oren, il s'agit peut-être de notre dernière chance.

— De toute façon, ils ne risquent pas de la tuer, intervint Loki, rassurant. Même si nous ne la ramenons pas aujourd'hui, les Trylles ne lui feront aucun mal. Ils la mettront simplement en sécurité. Vous n'avez aucune raison de vous inquiéter.

— Pour une fois, Loki a raison, approuva le roi en le montrant du doigt.

Sara hocha la tête, peu convaincue. Elle se remit à faire les cent pas en compagnie de son chien, qui lui piétinait presque la traîne.

Loki se replongea dans son livre de berceuses, mais n'eut pas le loisir d'avancer beaucoup dans sa lecture, un tapage se faisant entendre dans le couloir. Puis il y eut des bruits de pas et les portes des appartements du roi s'ouvrirent à la volée.

En voyant Kyra, Loki se leva aussitôt. Elle avait une allure épouvantable. Ses cheveux courts étaient roussis, sa peau et ses vêtements maculés de terre et de sang. Seules ses joues étaient propres là où ses larmes avaient coulé.

— On n'a pas réussi à l'avoir, annonça-t-elle d'une voix chevrotante en secouant la tête. Ils ont pris le dessus et ont tué Jen.

— Ils ont tué Jen ? s'étonna Loki.

Il n'avait jamais particulièrement apprécié Jen, mais il le considérait comme un bon pisteur.

— Ils sont beaucoup plus puissants que prévu, poursuivit Kyra.

— Où est-elle ? demanda Sara comme si elle n'avait rien entendu jusque-là. Où est la princesse ?

— Elle est à Förening, répondit Kyra en regardant nerveusement le roi du coin de l'œil, s'attendant à tout moment à recevoir un coup. Elle va bien, mais ils la détiennent toujours.

— Combien avons-nous perdu de combattants ? s'enquit le roi, imperturbable.

— Je l'ignore, admit Kyra. Beaucoup.

— Mmh… (Le roi se leva et croisa les mains dans son dos.) Très bien. Nous allons devoir passer aux choses sérieuses.

Il sourit. Sara eut un mouvement de recul, car elle trouvait ses joies plus inquiétantes que ses colères.

— Nous ferons tout ce qu'il faudra, ajouta-t-il, mais je vous promets que Wendy sera bientôt à nous.

Castelmore
60-62, rue d'Hauteville
75010 Paris
E-mail : info@castelmore.fr

Aubin
IMPRIMEUR

IMPRIM'VERT
Votre imprimeur agit pour l'environnement

Achevé d'imprimer en février 2014
N° d'impression 1312.0278
Dépôt légal, mars 2014
Imprimé en France
36231105-1